正義の天秤

大門剛明

角川文庫
22085

CONTENTS

師団坂法律事務所ルーム1

●在籍弁護士一覧

鷹野和也……元医師で切れ者。華々しい経歴と実力の持ち主。

佐伯芽依……事務所の創設者であった名弁護士の娘。生真面目。

杉村徹平……運と要領がいい若手。ニートから転身。

桐生雪彦……容姿端麗、頭脳明晰な元裁判官。あるトラウマを持つ。

梅津清十郎……六十歳過ぎ。刑事をやめ弁護士になった人情派。

第一話

ブレーメンの弁護士たち

1

それは人の歴史の中で、数限りなく繰り返されてきた問いだ。

——正義とは何か？

誰も完璧（かんぺき）な答えを出せないこの問いが、リーガルパッドの下部、各ページに天秤（てんびん）とともに印刷されている。我が師団坂（しだんざか）法律事務所の特製で、常に考えることが望ましいという教育的配慮らしいが、今はそんな哲学的問いに時間を割く余裕などない。

タクシーの後部座席で、佐伯芽依（さえきめい）は問いの横にある乱雑な文字を見つめた。弁護士だった父が被告人・藤間純一（ふじまじゅんいち）に接見した時に速記したものだ。父はただ質問と答えを書き留めるだけでなく、被告人の態度まで事細かに観察している。これから自分も藤間に接見するわけで、参考にしたい。ただし何が書いてあるのかわかりにくくて、解読に苦労する。

「ここでいいですか」

「あ……はい」

タクシーから降りると、両手で顔を張って気合を注入。かなり怪しげだったようで、通行人がじろじろ見つめている。恥ずかしさを振り払うようにダッシュ。東京拘置所に駆け込んだ。

「師団坂法律事務所の佐伯です。接見にきたんですが」

慌てて弁護士バッジを襟元に付けると、係員が目をしょぼつかせた。

「弁護士さん？　受付はそっちですよ」

「あ、すみません」

初歩的なミスだ。弁護士用受付は別にある。焦っていたので一般の受付と間違えた。

芽依はハンカチで軽く額の汗をぬぐうと、手続きを済ませて面会整理票をもらう。

「こちらです」

案内してもらって接見室に向かう。アクリルの遮蔽板をはさんだ向こうには、被告人の藤間純一がすでに着席していた。はじめましてと挨拶して名乗ると、藤間は軽くお辞儀した。かなりの肥満体で眼鏡をかけ、顔や首筋にアトピーのような吹き出物ができている。年齢は三十八歳らしいが、くせの強い髪がかなり後退していた。芽依はリーガルパッドを取り出し、罫線の横に日時を書き込む。メモを取る体勢をとった。

「もうすぐ公判ですが、困ったところはありませんか」

微笑みながら語りかけたが、返事はない。藤間は後頭部をボリボリとやるだけだ。フケとくせのある毛髪が、椅子の上に落ちた。

「不安なのは当然だと思います。ですが師団坂法律事務所としましては弁護団を組み、引き続き全力で弁護していきたいと思っていますので、安心してください。それでですね。当時の状況ですが、どんな感じだったんですか」

藤間は半年前、四谷(よつや)の交差点に車で突っ込んだ。当時、路上には多くの人がいて、死人も出た。当然、現場はパニックになった。この事件、藤間が犯人であることは間違いがない。藤間は事故後、現場から逃亡して三日後に逮捕されている。その直後の検査ではアルコールや薬物の反応はなかった。現場にブレーキ痕(こん)はなく、人をひき殺して電柱に当たって止まるまで暴走している。無差別殺人。少なくともマスコミではそう報道されている。

「俺、死刑になるんだろ」

「そんなことは……」

藤間は大学院修士課程修了後、電機メーカーに就職。一年ほどでドロップアウトし、派遣会社で肉体労働に従事していた。その派遣会社をクビになった直後に事件は起きた。自暴自棄になっての犯行というのが、世間一般の見方だ。

「師団坂のルーム1ってすごいらしいな。ただ死んだ佐伯真樹夫(まきお)先生は別格だったらしいじゃないか。あの人は何度も奇跡を起こしてきたんだって。でもその先生が死んだってことは、もうどうしようもないんだろ」

藤間はため息をつく。

「まあ、警察の取り調べでも言ったけど、自暴自棄になっていたのは事実だしな。無敵の人……だっけ？　失うものが何もない俺らみたいな負け組は何をするかわからない。だから危ない。社会のゴミ、歩く時限爆弾……知ってるよ。世間では俺を死刑にすべきって声が満ち溢れていることくらい」

藤間の顔には笑みがあった。ひきつった自虐的笑い。確かに客観的状況は厳しいと言わざるを得ない。死者は一人だけだったが、死刑にしろという声がネットでは大半を占めている。被害者一人に対する殺人罪だけでなく大勢の人々への殺人未遂罪でもあるわけで、死刑判決はあるかもしれない。

「そういやあんた、佐伯って苗字ってことは、佐伯真樹夫先生の親戚なのか」

藤間の問いに、芽依はこくりとうなずいた。芽依は二十八歳。新司法試験に合格後、師団坂法律事務所に入って二年目だ。

「親戚と言いますか、娘です」

そう答えると、藤間の口元が少し緩んだ。

「そりゃすごい。その若さで天下の師団坂法律事務所、しかもルーム1に入るなんて超勝ち組だ。とても優れたDNAなんだろうね」

藤間のセリフは多分に皮肉を含んでいた。師団坂法律事務所は弁護士二百名という日本においてはかなり大規模な法律事務所だ。破産案件やエンタメ案件など専門分野に特化した法律事務所をブティックファームというが、師団坂ルーム1は刑事事件で日本トップのブティックファームと言えなくもない。その中心にいたのが佐伯真樹夫――三か月前に病死した芽依の父だった。藤間の事件も発生当時は父が引き受けていた。藤間の発言は婉曲な世襲批判だ。

「それより藤間さん、わたしが訊きたいのは真実です。あなたは事故を起こした後に逃走、逮捕されたのち、警察の取り調べに対して一度自白していますよね？　リストラされて腹が立っていたから死んでもいいと思って突っ込んだって。でも後になって否定している。本当のところはどうなんです？」

芽依はじっと藤間を見つめる。五感を研ぎ澄まし、彼が何を考えているのかを感じ取ろうとした。しかしわからない。父のように真実を見極める力など自分にはない。

「魔が差したっていうか、空白なんだ」

「空白……ですか」

「自白したときはやけになっていた。どうにでもしやがれって感じだった。走っているときもリア充どもを横目にコイツら死ねばいいのにって思っていた。でもあの時、わざとひき殺したってわけじゃない。覚えてないんだ。気づいたらすごい衝撃で、人が死んでいた」

記憶喪失という主張だ。厳しいなと思わざるを得ない。記憶がないなど誰でもどんな場合でも言えることだ。しかし故意の有無はそんなあやふやな言葉よりも客観的な証拠から判断される。アクセルはべた踏み状態だった。電柱に激突して止まらなければ、被害者はもっと増えたと言われている。

「記憶がないということですが、その理由について思い当たることはありますか」

芽依の問いに、藤間はうつむいたまま、首を横に振った。

「睡眠薬は飲まれますか」

「一度も飲んだことがない」

「てんかんや睡眠時無呼吸症候群などで病院に通われたことは？」

「ない」

病院など長い間通っていないという。

「お酒を飲んでいたとかは？」

「それもない。俺はお猪口一杯も飲めない」

「本当ですね？　飲酒運転がばれるのを恐れて、アルコールが抜けるまで逃げたとか、そんなことはないんですね」

「ないよ。嘘つくわけないだろ」

考えられるすべての可能性を追っていくが、藤間はすべてを否定していった。逃亡した理由は、ただ怖くなったかららしい。

「本当に覚えてないんだ」

藤間は頭を掻きむしっていた。わけもわからぬまま、逃げ出したらしい。芽依はリーガルパッドに視線を落とす。正義とは何かという問いを噛みしめつつ、息を吸い込むと、大丈夫です、と自信をもって断言した。

「わたしを信じてください。大丈夫ですから」

藤間はゆっくりと顔を上げた。

「本気で言っているのか？　お嬢様の道楽じゃない」

「ええ、本気です」

「根拠は何だ？　俺でさえよくわからない。何であんなことになったのか……あんた何で大丈夫だなんて言えるんだよ」

慰めはいらないと言うのだろう。しかしこの態度は逆に言えば救いを求めているということだ。

「正義を信じているからです」

藤間は口をぽかんと開けた。芽依はしっかりと藤間の瞳を見つめる。こちらの思いが届いたのだろうか。

しばらく間があって、口元だけがゆがんだ。

「ふざけんな！」

「ふざけているんじゃありません。藤間さん、あなたの言うことが本当なら、死傷の罪は免れませんが、過失犯で死刑はありません」

「やっぱりふざけてるんじゃねえか」

それからしばらく話したが、藤間は怒るだけで全く進展がなかった。時間が来て仕方なく、芽依は接見終了のブザーを押した。

接見を終えた芽依は、タクシーの後部座席でメモを見つめていた。

スマホにはメールと不在着信が多数。初めて自分で接見に臨み、被告人の心を感じ取ろうとしてみたが、やはり自分の手には負えない。どうすればいいのだろう。そんな思いでいっぱいだ。

赤坂見附（あかさかみつけ）にある事務所に着いたとき、すでに日は傾いていた。黒塗りの車に外国人経営者が乗り込んでいくのが見える。日本人が数名、深々と頭を下げていた。芽依は夕日に手をかざしつつ、二十二階建ての師団坂ビルを見上げる。本当か嘘か震度七でも仕事に支障が出ないとされる徹底した耐震構造は、父が若い頃にクライアントだった有名建築家の設計によるものだ。

十四階から二十二階までが法律事務所だが、下の階は外資系企業などが入っている。元々、師団坂法律事務所はその名の通り、北区の師団坂というところにあった。普通の一軒家くらいの小さな法律事務所だったのを、父が一代でここまでにしたのだ。ルーム1からルーム5までがあり、それぞれ専門分野があってしのぎを削っている。芽依のいるルーム1は刑事事件に特化した部署で、その道のスペシャリストが集結している。

芽依はメールや不在着信の多さにため息をつきながら、にじみ出る汗をぬぐった。エレベーター内でも電話がまたかかって来た。

「杉村（すぎむら）です。ヤバいことになっちゃいまして」

かけてきたのは杉村徹平（てっぺい）という若手弁護士だった。どうしたのかと問いかけると、杉村は早口でまくしたてた。何を言っているのやら、さっぱりわからない。

「例の黒塗り歴史書事件ですよ。被疑者の言うことがコロコロ変わっちゃって」

「そうなんですか。確認しますから」

ため息を十九階到着の音に隠した。引き受けたのなら、最後まで責任をもってやってよと言いたかったが、彼も経験は浅い。芽依と同じように困っているのだろう。

白を基調としたルーム1のオフィスは広い。小規模な演劇ホールくらいの大きさがあって、地下には大量の判例資料と、蔵書の山がある。判例検索システムで事務員が判例を検索していた。選ばれた二十五名の弁護士がいて、それぞれ仕事に当たっている。外に出ている者、被疑者と接見している者もいるが、この時間はデスクワークが主だ。

「佐伯先生、はい」

膨大な数の書類を運んできたのは、事務員の中川綾女（なかがわあやめ）だ。

まっすぐな長い黒髪に白い肌。上品な顔立ちで大会社の令嬢らしい。芽依より年齢は若いが、芽依はいつも敬語を使っている。いつも何故か行司が持つような軍配団扇（うちわ）を愛用。こっそり見た履歴書に、特技は左ハズ押し右おっつけと書かれていたが、意味がからない。

綾女の向こう側には、高速でキーボードを叩（たた）く年配の男性が座っている。石仏というか地蔵というか腹話術人形のような彼は、氏家保志（うじいえやすし）という勤続四十年の大ベテラン事務員だ。電話対応など仕事の時はよくしゃべるが、プライベートではほとんどしゃべることがない。事務員は十二名。弁護士数に比べると少ない。

芽依はデスクに向かった。やり残している仕事は多い。必死でかたづけても、日に日にその量が増えていく感じだ。借金を返すために闇金に手を出す相談者の気持ちがわかるような気がする。普通の事務所なら土日は休み。師団坂も基本的にそうだが、ルーム1には休日などなく、家にもほとんど帰れない。

「お疲れさん」

香ばしいコーヒーの匂いに芽依は顔を上げた。鼻と口が離れた面長の顔が微笑んでいる。梅津清十郎という六十過ぎの弁護士だ。自分で豆を煎っているらしく、確かにコクがある。ルーム1内に人はまだ残っているが、窓の外を見ると、すでに真っ暗だ。

「え？　もう十時ですか」

時間の経過が信じられないくらい速い。

「まだ八時前だと思っていました。胃が小さくなったかもしれません」

「うらやましい。オレなんぞ、半分ないからな」

笑えない冗談で梅津は返した。彼は年齢の割に弁護士歴は長くない。元刑事という珍しい経歴の持ち主だ。コーヒーを片手に、斜め横にあるシニア・パートナールームに視線をやった。ここは生前、父が使っていた部屋だ。事務所全体で二百名も弁護士がいて、大きく分けると、パートナーとアソシエイトに分かれる。パートナーは出資者の意味で、その分事務所内で責任ある地位に就く。若い弁護士はたいていアソシエイトだが、だいたい勤続十年でパートナーになる場合が多い。

　この他、意思決定に関する権限はもたないが、顧問的存在として意見を言うオブ・カウンセルという役職もある。パートナーの中でもトップのシニア・パートナーは父だけだった。しかし今、その席は空白。誰がこの事務所のリーダーになるのかは決まっていない。

「親父さんが亡くなって、まだ三か月か」

「でも……悲しんでばかりいられませんから」

　芽依は接見での藤間を思い出した。父のことで嫌みを言われて、少し心が痛んだ。

「まあ、そうだな。だが藤間の事件、かなりヤバいだろ？　死刑回避に向けて情状証人を用意しないとまずい」

「そうなんですけど、わたしにはこの事件、裏に何かあるようにしか思えないんです」

　梅津はほう、と顎のあたりをさすった。

「根拠はあんのかい？」

　当然訊かれるべき問いだ。芽依はそっと一冊のリーガルパッドを差し出す。それは父が遺したものだ。父はこの事件について、事件記録の書かれたこのパッドに、ただの自暴自棄の無差別殺人ではないと書き残している。

　とはいえ、事件の真相がこうで、具体的にどう弁護すべきかは書かれていなかった。これが大丈夫だと言った根拠であるなど、藤間には言えない。梅津はやれやれという顔でこちらを眺めていた。いつまで父親から自立できないんだこいつはという感じか。実際そう思われても仕方ない。

「ところで体は大丈夫なのか？　他にもたくさん事件抱えて、ろくに寝てないだろ。上永先生も入院中だし、無理すんな。藤間の事件は公判ももうすぐだし、代わってもらった方がいい。半端な頑張りは、被告人への礼を失することになるぞ」

梅津は芽依の体調を気遣ってくれた。正直、父の死後、ルーム１の運営は苦しい。というより危機に瀕しているといっていい。確かにルーム１には正義感に燃える優秀な人材が多いのは事実だ。しかし父の存在はあまりにも大きかった。ワンマンの弊害は父自身感じていたようで、ルーム１からルーム５まで分けて対等の関係にしたのもその表れだろう。

「でも明日から、助っ人がやって来ますから」

「助っ人？」

「ニューヨークの大手法律事務所にいる鷹野和也先生です」

「鷹野？　ああ、元医師っていう変わり種か」

芽依はうなずく。梅津も元刑事という変わり種だが、鷹野はさらに変わっている。企業法務から刑事事件まで幅広くこなし、経営手腕もある。外国でも引っ張りだこの弁護士に、無理を言って来てもらうのだ。

「鷹野先生には実績があります。あの人ならルーム１の統括だけでなく、藤間さんの事件だって何とかしてくれるはずです」

「ニューヨークで話題の日本人弁護士だろ？　よく来てもらえたもんだな」

「すごく誠実な人みたいですから」

「……だといいがな」

梅津は気のない返事をして、コーヒーを飲みほした。鷹野の年俸はかなりの高額だ。一年契約だがオプション付きで、活躍次第では億を超える。メジャーリーガーのような契約で、実際鷹野も向こうで代理人の経験もあるという。正直、どれだけやってくれればペイできるのか不安だが、ルーム1に経営の専門家はいない。クライアントの人権や正義を守るという目的と同時に業務の効率化がはかれるならかまわない。

芽依はもう少し頑張ろうと腕まくりをする。自信をもって言ったが、本当は鷹野のことはよく知らない。知っているのは経歴だ。鷹野はかつて大病院に勤務していた優秀な外科医だったと聞く。法曹の道を志したのは遅く、三十代になってから。理系なのにあっさり旧司法試験に合格したわけで、よほど頭がいいのだろう。主に海外で活躍し、実績を積み重ねている。

転向理由は医療をとりまく法制度に納得できなかったからだと聞く。しかし来てもらう理由は別にあった。それは父が言い残したからだ。鷹野和也……あれは本物だと。藤間の事件でもそうだが、自分はいつも死んだ父の跡を追っていて自分で決められない。情けないなと思いつつ、芽依はもうしばらく仕事を続けた。

小鳥のさえずりに顔を上げた。

机の上には判例資料が散乱している。徹夜仕事をしたまま、眠り込んでしまったようだ。朝六時四十四分。大きく伸びをすると、屋上に上がって深呼吸。朝日を体いっぱいに浴びて目を覚ました。

ヨーグルトにトースト。一階の店で簡単な朝食をとってからすぐに仕事再開。昨日の遅れを少しでも取り戻さないといけない。法廷が開かれるのが十時からなので、小さな法律事務所では出勤が遅くてもいいが、ルーム1はそうはいかない。二十四時間体制で刑事弁護に備えているので、いつもは誰かしら人はいるが、今日はがらんとしていた。

「おはようございます」

一番先に事務所に現れたのは、色白の青年だった。名前は桐生雪彦。茶色く染めた髪と端整な顔立ちがどこかのホストのように映る。

「鷹野先生のこと、どう思います？」

芽依が鷹野の話を振ると、桐生は迷惑そうに応じた。

「さあ……同じ転向組といっても、理由は人それぞれですからね。俺みたいにヤメ判、あるいはヤメ検の弁護士はいても、ヤメ医師は聞きませんから」

桐生は東大在学中、一回で旧司法試験に合格している。元は裁判官で、いずれは最高裁判事と言われたエリートだ。バリバリの司法官僚。将来を嘱望されていたにもかかわらず、現場に出たいという理由だけで弁護士に転向した。桐生も仕事がたまっているようだが、こなしている量が芽依とは比較にならないほど多い。それでも睡眠など体調管理は万全のようで、疲れが全く顔には見られない。

「桐生くん、おはようさん」

底抜けに明るい声が聞こえ、ボサボサ髪が現れた。若手弁護士の杉村徹平だ。桐生は振り返ることなく、書類を手渡す。

「いやあ、ごめんよ」

「これくらい、やってくださいよ」

しばらくして弁護士や事務員たちが次々と姿を見せた。ルーム1の事務員ツートップ、中川綾女と氏家保志はこれから法廷対決をする弁護士と検事のように向かい合って席に着く。いつも全員がそろうわけではないが、今日は鷹野が来るということで早くからルーム1はにぎやかだ。

「勝利おめでとうございます」

痩(や)せた眼鏡の弁護士に、杉村が話しかける。

「すごいですね。心神耗弱(こうじゃく)で大幅減刑じゃないですか」

「当たり前の判決だよ」

「先生がいれば安泰です。色々ご教示ねがいます」

杉村は北添昇(きたぞえのぼる)という弁護士におべっかを使っていた。彼はいつもこの調子だ。元ニートで法律家を志したのも気まぐれらしい。コネで入った自分が言うのもなんだが、何故ルーム１に入れたのか謎だ。

「上永先生、もうすぐ退院らしいですよ」

　事務員の綾女が口を開いた。

「氏家さんの極秘ルートでつかんだネタですので、信頼に足るかと」

　本当ですかという声が連鎖的に起こって、氏家は赤べこのようにうなずいている。上永とはベテランで最も実績のある上永恒夫弁護士のことだ。そうなのか……芽依もほっと胸をなでおろす。上永がいればルーム１はまとまる。さらに鷹野までが加われば、鬼に金棒だろう。

　ルーム１にいる弁護士の多くは、人権派と呼ばれることが多い。それは昨今、あまり褒められた名称として使われていないが、みな真面目だ。正義のために労力をいとわない。ただし彼らは金に無頓着なところもある。ルーム１からルーム５までの中で、最もコストパフォーマンスが悪いのがこのルーム１なのだ。

「どうやら、お出ましのようだぜ」

　窓の外を見ていた梅津の声に芽依は振り返る。しばらくしてエレベーターが到着。ドアが開き、一人の弁護士が姿を見せた。

　ルーム１の面々に緊張が走る。背の高い見慣れない顔。彫りが深く、濃い眉毛が長く左右に伸び、浅黒い肌は昭和的というのか誠実さを醸し出している。芽依はその男性のもとに駆け寄った。

「来てくださったんですね、鷹野先生」

にこりと微笑んだ鷹野は、深く頭を下げた。

「皆さん、少しお時間をください」

芽依はルーム1のメンバーたちに話を聞くように言った。しかしそんな必要もなく、誰もが鷹野に注目していた。

「鷹野和也です。よろしくお願いします」

鷹野はルーム1の面々や事務員に何度もお辞儀をした。

「こちらこそ」

杉村の拍手に続き、綾女や芽依が拍手した。それがルーム全体に広がり、弁護士も事務員も誰もが笑顔で新しい指導者を迎えた。本来、新顔がいきなりトップの地位に就くなど、面白くないだろう。それでもルーム1の面々に不満はないようだ。

「これから鷹野先生には、マネージング・パートナー、ルーム1の指導的立場として頑張っていただくことになっています。それでは少し自己紹介を含めてご挨拶を」

「まいったな……小心者なんで」

鷹野は苦笑いを浮かべつつ、自己紹介をした。

「ええと、鷹野和也です。ニューヨークから来ました。知っている方も多いと思いますが、元々は医者をしていました」

鷹野家は父も祖父も医者で、母親は大手薬品会社の研究員。鷹野は父親の跡を継ごうとしたらしい。エリートの家系だが、あまり嫌みはない。メジャーリーグに関するうんちくを披露した。好きな球団はニューヨーク・ヤンキースだという。

「ええと、昨今この日本を見ますと、人権意識の低さに驚かされます。厳罰化を求める声の増大は人々の攻撃性が高くなってきたからでしょう。人権を唱えるものがまるで悪であるかのようなレッテルを貼られることさえあります。なぜあんな悪人を弁護するのか。そうまでして死刑回避をしたいのか、と」

爽（さわ）やかな声だった。鷹野は弁護士たちの心を一瞬でつかんだようだ。これなら他のメンバーともうまくやって行けるだろう。

「しかし我々はそういう声に屈してはいけません。青臭かろうが弁護士たるもの、正義の実現に向けてまい進すべきなのです。たとえどんな批判にあおうとも屈してはいけません。この名門、師団坂法律事務所は時代が変わろうが被告人の人権を守っていくべきです。人権の砦（とりで）として正義を貫きましょう」

再び拍手が起こった。

「一緒に頑張りましょう、鷹野先生」

杉村が目を潤ませながら言った。こんなことで感激しないで欲しいと思うが、誰もが安堵の表情に見える。芽依もそうだ。鷹野がここに来る際、芽依は人事権などトップとしての権限を与える約束をした。年俸も半端ではない。仮に彼が不誠実な金の亡者なら大変なことになっていたわけで、ほっと胸をなでおろした。藤間の事件も彼ならなんとかしてくれるのではないか。

　鷹野は笑顔のまま、少し間を空けた。

「とまあ、普通なら挨拶するんだろうが……」

　急に口調が変わり、瞬きして芽依は鷹野を見つめる。彼は微笑みを絶やさない。しかしどういうわけかその笑顔は邪悪なものに映った。

「俺は違う。正義を貫くのはその通りだが、人権派はいらない」

　ルーム1の空気が一瞬に凍り付いた。何を言い出すのだとばかりに誰もが鷹野を見つめている。

「佐伯真樹夫は確かに偉大な弁護士だった。しかし彼は甘い。負の遺産もある。その最たるものがこのルーム1だ。すっかり腐りきっている」

　ルーム1が腐っている？　本気で言っているのだろうか。杉村は口をあんぐりと開け、普段クールな桐生も眉間にしわを寄せている。梅津は容疑者を取り調べる刑事のように冷たい視線を送っていた。確かに経営は苦しいが、人権の砦として金にならない刑事弁護も必要だろう。

「今ここにいない上永恒夫などもそうだな。正義というものをいかがわしいものに変えてしまった。たいした稼ぎもないのに経営を圧迫し、死刑回避できたからと言って喜ぶ勘違い野郎もいる。そんなんだから人権ってものが怪しげなものだとされてしまうんだ」

芽依の斜め前にいた弁護士が眼鏡を直した。伏し目でわかりにくいが、鷹野を睨んでいる。無理もない。今のセリフは芽依から見ても、まるで先ほどのやり取りを見知った上でのあてつけのようにも感じられた。

「俺はマネージング・パートナー。そこのお嬢さんから、ここの全権を委託された」

鷹野は親指で芽依をさした。

「だから好きにさせてもらう。ルーム1を改革し、本当の意味で戦える集団に鍛え直す」

「改革ってどうやるつもりですか」

両腕を組みながら問いかけたのは、桐生だった。法廷で東京地検の検事と対峙するときのように厳しい目つきだ。

「単純なこと……まずは診断する」

「はあ？　診断って……」

鷹野は桐生と目を合わせてから、リーガルパッドを手にした。音もなく一枚ちぎる。何語かわからない検査項目のようなものが乱雑に書き込まれている。まるで医師が書くカルテのように見えた。

「ダメな奴は、切除する」

鷹野が差し出したのは、診断表だった。切除？　リストラのことか。企業なら普通だが、日本の法律事務所でリストラという言葉を耳にすることはあまりない。

「これからルーム1メンバーの仕事ぶりを調べさせてもらう。大事なのは実力と結果だ。結果を重視せずに努力がどうのとか、人権意識などくそくらえだ。合格点は五十点以上。できる限り早く調査し、こいつは使えないと思ったら辞めてもらう。以上」

鷹野は一方的に演説をやめると、シニア・パートナールームへ足を向けた。ルーム1のメンバーたちはただ茫然と鷹野を見送っていた。彼が姿を消してからざわめきが起こり、どういうことだという視線が芽依に向けられた。しかし自分にもわからない。こんなことを言いだすなど、全くの想定外なのだ。

芽依はいたたまれなくなり、逃げるようにシニア・パートナールームに向かった。

「どういうことです？　鷹野先生」

鷹野は答えることなく、父が使っていた椅子の座り心地を確かめていた。

「冗談ですよね？　ダメな弁護士をクビにするなんて」

しかし鷹野は首を横に振った。

「あの場面で嘘をつく合理性などない」

冷たく振り払うような言い方だった。鷹野は父の部屋を引っ掻き回し、書類をポイポイと床に投げ捨てている。芽依は何するんですか、と書類を拾い上げた。

「行くぞ。案内してくれ」

「え？　どこへ」

「診断だ。ここの連中の働きぶりを見せてもらう」

鷹野は立ち上がると、エレベーターに向かう。各弁護士のデータが納められた資料庫に向かった。芽依はわけもわからぬまま、鷹野の後を追った。

2

鷹野がやって来てから、一週間ほどが経った。

新しい指導者としてやって来た鷹野は、弁護活動の傍ら、ルーム1の面々について徹底的に調べている。裁判記録を読み込み、個々の弁護士がどういう弁護をしているかを把握するのだという。

芽依は自分の仕事をかたづけると、杉村の手伝いに回った。黒塗り歴史書事件で、警察に事情を聴かれている青年に会いに行く。

「じゃあ、あなたがやったんじゃないわけね」

青年は細い目で芽依と杉村を見つめた。

「そうだよ。あれは冗談だって」

黒塗り歴史書事件とはこういうものだった。二か月ほど前、池袋の大型書店で太平洋戦争に関する歴史書の一部が黒く塗りつぶされているのが発見された。それだけならたいした問題にはならなかったのだが、時を同じくして他の大型書店や古書店でも黒く塗りつぶされている本が見つかったのだ。

塗りつぶされていたのはその歴史書だけではない。他の出版社の歴史書、日本史の教科書や参考書、小説まであった。しかしいずれもが太平洋戦争に関する記述のある書物で、明らかに同一犯の仕業と思われていた。

たいして重い罪ではないが、思想犯的側面があることからマスコミで取り上げられ、どの局もニュースで流した。

「俺は戦争がどうのとか、どうでもいいんだよ」

青年は新宿の書店で、警戒していた書店員によって、参考書を黒く塗りつぶしたところを現行犯逮捕された。

「単にスロットで負けてムカついていたときにニュース見て、ちょっと真似してやろうかって思っただけなんだっての」

芽依は調べた。確かにこの青年には、逮捕された新宿の書店以外の事件ではアリバイがあった。アリバイについて芽依が調べたことを話すと、青年は得意げにふんぞり返った。

「だから言っただろ?」

「何言ってるの。あなたは罪を犯したのよ、わかってる?」

「はいはい。すみませんでした」

青年に全く反省の色は見えなかった。一連の事件で真犯人ではないにせよ、この事件では器物損壊罪だ。その罪は消えないし、模倣犯というたちの悪いことをしておいて無反省か。

一連の事件に関しては青年の疑いが晴れ、微罪ということで彼は自由の身になった。この青年は師団坂法律事務所が企業法務で付き合いのある会社の御曹司で、警察に事情聴取されてすぐ、親から相談があったのだ。早期解決できてよかったのだが、何か釈然としない。

「はいそうですか。わかりました。またよろしくお願いします」

東京メトロで移動中、杉村はスマホ片手に恭しく頭を下げていた。隣に座っているお婆さんが迷惑そうに睨んでいる。どうやら青年の父親から連絡があったようだ。電話口で父親はさすがルーム1の弁護士さんですなと大声でしゃべっていたのでこちらにも聞こえた。

「かなり報酬をもらえるようです。助かりましたよ」

杉村は上機嫌だった。しかし芽依は納得できない。こういう連中は救ってやるというより、むしろきちんと罰を受けさせるべきではないのか。

「信じられますか？　不起訴処分で五百万ですよ。五百万。例の評定もこれでグーンとアップでしょうからね」

杉村は鼻の穴を大きくして、電車の天井を指さした。彼は鷹野がやって来て以来、さかんにごまをすりに行っているようだ。

「いやあ、鷹野先生がリストラ宣言した時は僕も驚きましたよ。いきなり人権派弁護士はいらない！　ですからねえ。なんて人だと思いました。でも今思うと先生の言われることにも一理あるかと」

「一理あるってどういう意味？」

「そのまんまですよ。力なき正義は無力ってのはセオリーなのに、ルーム1にはその意識が希薄だったかもしれません。僕も思ってたんですよ。刑事弁護って金にならないじゃないですか。佐伯先生だって刑事専門じゃなかった。この弁護士大量増員時代、正義がどうこう言ってちゃ生き残れません。左巻きだ、人権屋だとかネットで叩かれるだけで、美味しい思いなんてできっこないですから。やっぱこれからはクライアント・ファースト。ニーズをしっかりキャッチしてどうやって対応していくかの時代ですよ」

芽依は顔をしかめた。ルーム1面接の際、言っていたことと百八十度違う。あの時杉村は人権について人類普遍のもので、自分がどれだけ悪者にされようが、命がけで被告人を守り抜くと誓っていた。

「杉村さん、あなたって信条とかないの？」

「ありますよ。長い物には巻かれろって立派なものが」

杉村は考える人のポーズをしながら口元を緩めた。

ダメだこれは……芽依はため息をつきつつ、鷹野のことに思いをはせた。これからルーム1はどうなっていくのだろうか。そう思っているうちに、赤坂見附に着いた。早速エレベーターで十九階まで昇る。

「あれ、どうしたんですかね」

　杉村が目をしょぼつかせている。彼の言う通り、ルーム1内はいつもと違う異様な雰囲気に包まれていた。シニア・パートナールーム前には人だかりができていて、リーガルパッドが五枚ほど縦長で貼り出されていた。誰もがそちらに注目する中、事務員の中川綾女と氏家保志は、われ関せずとばかりに黙々とキーボードを叩いていた。

「こんなこと、許されていいのか」

　北添は歯噛みしている。他の弁護士たちも皆、怒りと戸惑いの表情だ。芽依は近づいて貼り紙を見る。紙の中心には太いラインが引かれ、五十を境に合格、不合格が分けられている。芽依の名前はすぐに見つかった。ライン上五十点のところにあったからだ。しかし二十五人中、十二人もの弁護士がラインの下に位置している。北添も四十六点で不合格ゾーンにいた。

「僕の名前がないんですけど」

　杉村は顔がつくほど近くに寄って、診断表を見つめている。

「ああっ！　何でこんなところに」

　杉村の名前は一番下にあった。十八点と悲しいまでの最下位だ。

「あり得ませんよ！　こんなこと」

　杉村は半泣き状態だ。実績のない自分が先輩弁護士たちより上なのは確かにおかしいが、杉村だけは公正な点数かもしれない。それはともかく、合格ゾーンの弁護士も、不合格ゾーンの弁護士も一様に不満げだ。

「もう我慢できん」

北添がドアノブに手をかけようとしたとき、扉が開く。気色ばんだ北添に文句があるのかとばかりに鷹野は冷たい視線を送った。

「診断結果はこの通りだ。五十点に届かないものは切除する。一か月後にはここを出ていってもらう。それまでに就職先を見つけておくように」

北添は鷹野を睨みつけた。しかし気にする風でもなく鷹野はシニア・パートナールームに戻ろうとした。

「待ってくれるかね」

低い声が芽依の背後から聞こえた。到着したエレベーターから、ハンチング帽をかぶった初老の男がゆっくりとこちらに向かってくる。ルーム1の弁護士たちの顔が一様に明るくなった。

初老の男性が帽子をとると、銀髪がのぞいた。

「退院されたんですか、先生」

期せずして声が上がる。銀髪の男性は上永恒夫。このルーム1で父を除くと実績も人望もナンバーワンの弁護士だ。

「ここに来る途中で桐生くんに話は聞いた。鷹野先生、本気でこれだけの弁護士を辞めさせるつもりかね」

ドアノブにかけた手を鷹野は離した。振り返ると、ゆっくりと首を横に振った。

「いいえ、そういうことではありません」

「じゃあ、これはおふざけということだな？」

上永の問いに、鷹野は口元を緩めた。

「これだけじゃありません。これはあくまで第一弾です。使えないと思えば順次、さらに辞めてもらうつもりです」

さらなるリストラ……では当落ギリギリで残った芽依もすぐにリストラされるかもしれないということか。競争原理を導入しようとする試みはわからなくもないが、こんな恐怖政治で仕事が十分にできるのだろうか。

「本気のようだね」

「冗談を言う合理的理由が俺にはありませんのでね。いいじゃないですか、上永先生、あなたは六十八点。文句なしに合格ゾーンだ」

「そういう問題じゃない」

鷹野と上永はしばらく無言で目を合わせた。上永の気迫は、鷹野の文字通り鷹（たか）のように鋭い眼光にも決して引けを取っていない。何度も法廷で検事と闘うところを見たが、その時と同じようだ。病み上がりであっても、さすがの存在感だった。

「そうですよ、そういう問題じゃありません」

虎の威を借る狐のように、杉村が鷹野を攻撃する側に回った。杉村だけではない。声にこそ出さないが、ルーム1のほとんど全員が上永の味方になっている感じだ。

緊迫した空気を和らげるように、上永はふっと笑みを漏らした。

「どういう考えがあってのことか知らんが、鷹野先生、今はこんなことをして身内で争っている場合じゃない。今、ルーム1で最重要案件である藤間さんの公判はもうすぐだ。私の入院中、世論は死刑に向いている。担当の判事は世論を気にする人だし、裁判員を誘導することに長けている。今のままでは犠牲者が一人なのに死刑判決が下る可能性が高い。厳罰化の芽はここで絶たないといけないんだ」

鷹野は上永を真似るように笑みを浮かべた。

「それがあなたの正義ですか」

「そうだ。すべては被告人のために。君は知らないかもしれんが、ここルーム1は大事件の際には一致結束してことに臨む。そうやって実績を積み重ねてきた。この団結力こそ師団坂ルーム1の強さなんだ。君がやろうとしていることは逆に舵を切っている」

見解の相違ですね、とばかりに鷹野は後頭部を掻いた。上永は決して切れ者の論客という感じではないが、その朴訥とした話し方には人を説得するだけの誠実さがあった。法廷で誠実さはとても大事な武器になる。

「鷹野先生、仮に君の合理主義が正しいとしよう。我々は古臭く間違っていると。しかし今、藤間純一はその人生の岐路に立っている。いやそんな生易しいものじゃない。我々の行動ひとつで彼の生き死にが変わって来るんだ。それでいいのか？　どうか争いはやめにして、我々と一緒に動いてはくれないか」

上永は深くこうべを垂れた。いくら外国で実績があろうが、上永にとって鷹野は、十歳以上も年下の新参者。そんな人物が長年親しんできた自分の城で好き勝手にやっているのにこの態度で迎えるというのは、器が違う感じだ。ルーム１の面々はその誠実さに誰もが共感しているように思えた。

しばらく間があって上永は顔を上げた。鷹野は窓の外を見つめていたが、やがてわかりました、と小さく答えた。

「理解してくれたかね。鷹野先生」

「ええ、要するに結果を出せばいいということでしょう？」

鷹野の答えに、誰もが怪訝そうな顔を向けた。結果を出す？　どういう意味だろう。上永の求めに対する答えにしては、ずれている。鷹野は後ろ手を組んで、証人尋問でもするようにゆっくりと上永のところに歩み寄った。

「要するに俺の実力が信用できないということだ。その気持ちはわかりますよ」

「私はそんな意味で言ったのでは……」

言いかけた上永を鷹野は遮った。

「いいでしょう。藤間は俺が一人で弁護します。必ず死刑は回避すると約束します。もし俺が結果を出したら、あなたにルーム１から出て行ってもらいます」

芽依はえっと声を上げた。上永をリストラする？　何を言っているのだろう。

「あなたが辞めるなら、代わりにリストラ要員の十二人は救済してもいい」

「おい鷹野先生、あんた」

北添ら他のメンバーは、いまにも鷹野につかみかからんばかりの勢いだ。上永が目で制しているが、我慢しきれずに一人の弁護士が前に立ちふさがった。

「鷹野先生、いい加減にしてください」

桐生だった。彼は診断で七十一点。トップの成績を収めていた。その桐生までもが鷹野に嚙みついた。

「刑事弁護をギャンブルか何かだと思っているんですか？　それに上永先生はルーム1のエースです。絶対に辞めさせてはいけない」

「十勝しても十敗。QS率も低い怪我もちの投手を、エースとは言わない」

鷹野は桐生をいなした。

「どうします？　上永先生、この十二人の代わりに辞めますか」

すぐに返事はなかった。度を過ぎた挑発に耐えかねたのか、いつも温厚な上永も、さすがにムッとしているように映った。

「私だけが一方的に辞めろと？」

「いいえ、もちろん俺もリスクを負います。仮に死刑判決を許してしまったなら、俺は師団坂を去って二度とここに近づかないと約束します。それでいいでしょう？」

芽依は割って入ろうとしたが、二人には近づき難い空気があった。やがて上永はゆっくりとうなずく。

「ああ、それでいい」

上永は背を向け、エレベーターに向かった。声を荒らげたわけではないが、彼がここまで怒るのは極めて珍しい。

「先生、待ってください」

ルーム1のメンバーが何人も上永を追いかけていく。桐生も後を追った。杉村はおろおろしている。

ルーム1は本当の意味で危機だ。今までもルーム1は決して仲良しグループだったわけではない。弁護方針や判決内容を巡って父のいた時でさえ激しい争いが続いていた。しかしそれらは正義を求めるから起こった争いで、決して自分たちのためではなかった。今回は違う。いい年の大人同士が意地の張り合いをしただけのことだ。

鷹野は芽依のところにやって来た。

「質問をする。究極の二択だ。自分が重篤な病気で大手術を受ける場合を考えて欲しい。人格者だが手術の腕前は怪しい医師と、人格破綻者だが腕前は抜群の医師。どちらに手術をしてもらいたい？」

突然の問いに、芽依は目をぱちくりさせた。答えずにいると、鷹野は勝手に答えを出した。

「俺なら文句なく、腕のたつ人格破綻者を選ぶね。患者にとって必要なのは結果だ。いくら努力しようが、結果が出せなければナンセンス。大手術と刑事弁護は同じだ。求められるのは法廷での勝利。頑張りました、でも結果は出せませんでしたでは話にならない。藤間純一は今まさに、生死の境に立つ重病患者だ」

どうすれば彼を救えるかという問いに対する答えは一つだ。上永を追いかけ、土下座してでも戻ってきてもらうこと。ルーム1全体で弁護活動に向かうこと。しかしそんな答えを鷹野が求めているはずもない。

残った弁護士たちを見渡すと、鷹野は口を開いた。

「藤間はリストラされた後、衆人環視のもとで交差点の集団に車で突っ込んだ。その際、ブレーキは踏まれていない。死亡したのは一人。伏見了(ふしみりょう)という青年。ここは動かない……あとはどうすればいい？」

鷹野は動かしようのない事実を確定させていった。芽依も同じように考えた。そしてたどり着くのは藤間の内心というところになる。事件発生当時、記憶を失っていたという言葉は真実なのか？　本当のところは誰にもわからない。たとえ実際には故意がなくとも、客観的事実からそう判断されれば故意ありの判断が下る。それが裁判というものだ。現状、この故意ありの部分も動かない。そうなると導きうる結論は一つだ。

「理想的な情状証人を見つけるべきかと」

芽依の答えに鷹野は首を横に振った。

「それでは無意味だ。今までと同じやり方になる」

「じゃあ、心神耗弱の主張ですか」

杉村の答えにも、鷹野は首を横に振った。脱法ハーブによる交通事故が相次いだとき、心神喪失の主張が多くなされた。しかし藤間には薬物使用の形跡はない。

「他にないか」

誰も返事をしなかった。他にどういう可能性があるのだろう？　わき見運転という可能性もブレーキを踏んでいないので厳しい。鷹野はダメだな、と机に両手をついた。

「これでは話にならない。どうも思考が偏りがちになっているようだ」

「鷹野先生、どちらへ？」

「藤間の事件の調査だ」

今さらという気もするが、自分で確かめたいこともあるのだろう。藤間に会って彼の心の内を確かめるつもりなのだろうか。

「わたしも行きます」

エレベーターに向かう鷹野を、芽依は追いかけた。

ルーム１用の地下駐車場から芽依を乗せて、鷹野のシボレーが発進した。先ほどどこかへ電話していたが、向かう先はどこだろう。よくわからないが、あれだけ全員の前で見得（みえ）を切ったのだから、何か考えがあるはずだ。

「東京拘置所に行くんですか」

「いや、『カワグチ企画』だ」

藤間が働いていたという人材派遣会社だ。

かなり急な坂道を上った場所に三階建てのビルがある。『カワグチ企画』の文字が目に飛び込んできた。

「ここのようだな」

鷹野はしばらく坂道を眺めていたが、インターフォンに手をのばした。

「こんにちは。先ほど電話した鷹野と言いますが」

やがてドアが開き、ツナギを着た五十代くらいの男性が姿を見せた。

「ああ、どうぞ」

男性は川口秀勝(かわぐちひでかつ)という名前で、この会社の社長だという。この川口は検察側の証人として公判にも呼ばれている人物だ。藤間は事故を起こす直前、解雇を言い渡されている。

川口は煙草をふかすと、どこか迷惑そうに椅子に座った。

「勘弁して欲しいですね。あれから警察の方が何度も来られて事情を聴いて行ったんですよ。週刊誌の記者も来ました。まるで皆さん、私が彼をリストラしたせいで事件が起きたとでも言いたげなんですから。あのね、言っておきますけど、ウチら派遣会社だって経営が苦しいんです。その中で彼はああだこうだ文句をつけてよく休んでいたし、派遣先でも評判が悪かったんですから。嘘だと思うなら訊きに行ってくださいよ」

川口は出勤表をぽいと投げて寄越した。

芽依は失礼します、とペラペラめくる。藤間はよく体調不良で休みをとっている。病院など長い間通っていないと言っていたが、詐病だろうか。

「ご安心ください。私はリストラが原因だとは思っていませんので」

鷹野は柔和な表情で応じた。ここだけを見ると、本心からそう思っているように思えるし、誠実そのものだ。川口も少し安心したのか、表情が和んだ気がする。

「人件費の削減、リストラは運営上、当たり前の措置です。日本ではいまだに冷たいと感じる人が多いようですが。それよりお訊きしたいのは、藤間純一の様子です。どこか体の調子が悪いとか、そういうことはありませんでしたか」

「さあね。あの時はリストラの件で口論になって、わたしにも暴行を……」

「え、藤間さんが川口さんに暴行を？」

芽依は藤間がどんな暴行をしたのかと訊ねた。川口は一つ咳払いをしてから、入り口のドアを指さした。

「ほら、へこんでいるでしょう？　ドアを蹴飛ばして出て行ったんですよ」

「でもそれは川口さんへの暴行じゃありませんよね？」

芽依は細部に突っ込んだが、川口はそんなことといいじゃないですかと曖昧に答えた。

「その時、他に誰かいませんでしたか」

鷹野の質問に、川口は一瞬言いよどみ、事務員の方にちらりと視線をやった。少し間があって思い出したように答えた。

「給料日だったので、山岡和夫という社員が給料を受け取りに来ていましたが」

「藤間純一に親しい社員はいましたか」

川口は首をひねった。

「プライベートのことまでは知りませんね。ただしよく問題を起こしていましたし、特にいなかったんじゃないですかね。大した働きもしないくせに、プライドだけが高くてすぐに切れる。大学院まで進んだことを鼻にかけて、自分よりずっと働きもよくて協調性もある高卒の社員を見下しているんですから困ったもんですよ」

「なるほど。よくわかりました」

鷹野はメモを取りつつ、かなり細かいことまで訊ねている。あまり意味がないように思えたが、何か発見でもあったのだろうか。

「どうもありがとうございました。それではこれで」

鷹野は車に戻った。よくわからない訪問だった。こんなことを訊いてどうするのだろうという質問ばかりしていた。芽依のスマホには不在着信が入っている。折り返すと、クライアントが訪ねてきてどうしても話がしたいので、すぐに来て欲しいという内容だった。鷹野に事務所まで送ってもらった。鷹野はこの後、もう少し調べるらしい。事件現場に行って、被害者に手を合わせることも勧めたが、そんな非合理なことはしないと答えた。

「東京拘置所へは行かないんですか」

鷹野はいや、と首を横に振った。

「藤間さんに会って、真実を確かめなくてもいいんですか」

「この事件では今のところ必要ない。患者の声は医師に重要な情報をくれる。だがその声にまどわされて真の病原が見えない場合もある。大事なのは客観性だ。いくら患者が頭が痛いと言っても、検査結果の数値や画像の方を重視する。今回の場合、おそらく藤間の声はノイズ。それより他の部分の情報が欲しい」

被告人の声はいらないというのか。芽依は反論した。

「でも故意か過失か、あるいは故意にしてもどういう心理だったのか。彼の心にこそ真実があるんじゃないですか。直接会って話すことで感じられることもあるし、そういう言葉にならない人間の心を感じるということが、重要だと思うんですけど」

鷹野は冷たい視線を芽依に送った。

「真実はそんなところからは発見できない。弁護士の勘のようなものは合理的でない」

事務所の前まで行くと、芽依は車から降りた。

「感じるな、考えろ」

おかしな言葉を残して、鷹野は去った。

芽依は小首を傾げた。事務所に戻ると、仕事をこなした。本当に長い一日だ。なんてことになったのだろう。本当にリストラを宣告し、それだけでなく実力者の上永とは一触即発の状態まで行った。鷹野という人物を招いたせいで、ルーム１はガタガタになりそうだ。彼が何を考えているのかわからない。夜になって準備書面作りに入っても、鷹野は帰ってこない。どこに行ったのだろう。

あらかた仕事をかたづけると、エレベーターで下に降りた。

「じゃあ七条くん、これだけ頼んだわ」

髪をお団子にした綺麗な女性弁護士が書類を渡すのが見えた。

「わっかりました。必ず仕上げておきます」

若い茶髪の弁護士は何度も丁寧に頭を下げていた。芽依と入れ違うようにエレベーターで十七階に上がって行ったのは波多野花織という弁護士だ。彼女はルーム2所属。元東京地検特捜部の検事だった。一方、若い茶髪の弁護士は遠くから見ると桐生のようにイケメンだが、あくまでイケメン風であって近くで見るとそうではない。ふっと顔を上げて芽依を見つめる。しまった……気づかれたようだ。芽依は思わず背を向けた。

「聞いたぞ、ルーム1、無茶苦茶らしいじゃねえか」

七条竜太郎が近寄って来た。

「まあ、佐伯真樹夫先生が亡くなった時点でチェック・メイトだけどな。博打で鷹野とかいうキワモノ呼んで自滅とは情けねえ。まあ心配すんなよ。ルーム2が実質トップになるだけだ。真樹夫先生の遺志は俺らが継ぐから」

七条はにやにやしていた。小中と彼とは同じ学校に通っていた。当時はガリ勉タイプだったのだが、弁護士として再会した時には何かが弾けていた。

「よくわかんねえんだけど、ルーム1ぶっ壊れたらどうなんのかな？　合同会議やってルーム1とルーム2のメンバー総入れ替えかな。あるいは全ルームシャッフル？　まあ、鷹野って人の言い分もわかるわ。お前らってさ、金になんねえ仕事ばっか引き受けて、師団坂の経営、圧迫しまくってんだよ。ブティックファームってのは金になるから成立するんだ。ウチやルーム3がいなかったら師団坂自体つぶれてるぞ」

　芽依は無視して通り過ぎようとしたが、七条は早足で追いついてきた。

「まあ、お前は安泰か。抜群のコネがあるし、ルーム4に行って女性の権利を声高に叫んでたらいいからな。でも他のメンバーは悲惨だな。桐生くらいしか残んねえだろ」

　我慢し切れず、芽依は足を止めて振り返った。

「七条くん、甘く見ない方がいいよ。ルーム1は何度もこういう危機を乗り越えてきたんだから。そしてそのたびに強くなってきた」

　芽依のハッタリを七条は鼻で笑った。

「残念だな。誰がどう見ても明らかに真樹夫先生の死後、ルーム1の戦力は右肩下がりだ。逆にウチとルーム3は右肩上がり。波多野先生なんぞ最近、刑事事件勝ちまくりだぞ。ベテランの古賀先生や中堅の瓶子先生、若手では俺……ウチは年齢層も幅広く、多士済々だ。各ルームの戦闘力を比較するとウチが百とした場合、ルーム3が八十五、ルーム1は七十くらいだろうぜ」

「好きに言ってれば。失礼します」

「俺のスカウターは故障知らずだ。つうかあれ、爆発する仕様になってるだけで、実は一回も故障してなくね？」

意味不明なことをしゃべり続ける七条を振り切って駐車場に向かった。上司にはヘコヘコするくせに芽依にはいつもちょっかいをかけてくる。ただし七条の戦力分析はあながち間違ってはいない。各ルームの関係は対等で、合同会議が開かれて予算や人事異動が決められる。父を亡くして以来、ルーム1の発言権は低下している。仮に上永が抜けることになれば、その差はさらに開くだろう。ふう、と長い息を吐き出す。今日はちゃんと休もう。往復する分、睡眠時間は短くなるが、しばらく帰っていなかったので、誰もいない自宅に戻ろうと思った。

駐車場にはハンチング帽の男性が立っていた。上永だ。芽依は駆け寄った。こんなことになって、どうすればいいのだろう。思いのたけをぶつけた。

「鷹野先生にはわたしが何とか協力してやっていけるよう説得してみます。こんな馬鹿なことはやめるように」

上永は苦笑いを浮かべてから、ため息をついた。

「私も熱くなっていたようだ。大人げなかったね」

「今思うと、あのリストラ宣言はすべて鷹野先生の計画だったような気がするんです」

「計画？　どういう意味だね」

「こういうことです。鷹野先生がルーム1で権勢をふるうとき、一番邪魔なのは上永先生です。先生さえいなくなれば好きにできる。でも実績はトップだし、能力を考えれば辞めさせることはできない。でも他の弁護士をリストラすると言い出せばどうでしょう？　上永先生の性格を考えれば、辞めさせられる弁護士をかばうことは誰でもわかりますし、邪魔な存在である先生一人を狙い撃ちにしたんじゃないかって。上永先生、考え直してくれませんか」

間が空いたが、上永はゆっくりと首を横に振った。

「もう後戻りはできないだろう。私が今さら頭を下げても、鷹野先生は考えをひっこめる気がないようだ」

確かにそうかもしれない。あれだけ我が強い人間だとは思わなかった。仮に芽依の推測が正しければ、自分の計画通りにいってほくそ笑んでいるはずだ。わたしのせいですみませんと言おうとすると、逆に上永が謝った。

「もし私が消えることになったら、ルーム1を……師団坂法律事務所を頼む。私の代わりに頑張ってくれ」

「代わりなんてそんな、無理ですよ……」

上永は応えることなく、車に乗り込んで去って行った。どうすればいいの？　一人残された芽依は泣きたい気持ちだった。

3

長い一日がようやく終わった。

JR赤羽駅に着くと、芽依は少し寄り道して、コンビニで夜食を買った。自宅へと続く師団坂は旧陸軍の近衛師団と第一師団、二つの工兵大隊に向かう坂道だったという。ここからすべてが始まり、父は師団坂法律事務所を築き上げたのだ。しかしそれが今、こんな形で崩壊しようとしている。

師団坂の途中に教会があって、日曜になると聖歌隊の歌声が響いていた。小さな十字架が見える。言われなければ教会とはわからないほどの古い建物は、いまだに存在していた。明かりがついているし、礼拝堂には誰かいるのだろう。

子供の頃に抱いたあの荘厳な感覚は、自分にとっては原風景のような感じだ。聞くところによるとこの教会は戦前からあるらしい。キリスト教徒ではなかったが、近所だったのでよく遊びに来ていた。最近は全く来ていなかったが、かつては若い女性の牧師さんがいた。今はもうかなりの歳だろうが、まだ元気でいるだろうか。

「芽依ちゃん？」

優しげな声に振り返る。記憶からかなり年齢を重ねていたが、すぐにわかった。立っていたのは冨野静子という女性牧師だ。父が仕事でほとんど帰れないので、彼女が時々世話を焼いてくれた。中学の頃、不良グループに入りかけた。小さい頃から父に正義だ何だと綺麗ごとばかり押し付けられていた感じがして、その反動があったのだ。すべてがばからしく思え、高校生のボーイフレンドに勧められ、ドラッグに手を出しかけたこともある。芽依は警察に補導された。そんな芽依を、本気で怒ってくれたことが記憶に残っている。

「お久しぶりです」

「ほんとにそうよ。水くさいわ。顔くらい見せてくれたらいいのに」

すみません、と芽依は謝る。

「こんな夜遅くに、二人も来客があるなんてね」

静子はにこりと微笑んだ。芽依は二人という部分をなぞった。しかし静子は微笑むだけで答えない。まあいいか。

以前から静子には一つだけ訊きたいことがあった。それは母のことだ。芽依は母のことはまるで知らない。父は生前、正式な結婚はしておらず、芽依の母のことを全く話そうとしなかったのだ。どういう事情かは最古参の事務員、氏家でさえ知らないらしい。生きているのか死んでいるのかさえわからない。しつこく訊ねると、どうしても知りたければ、静子に訊けと最後に言っていた。一瞬、迷ったが、今はその時期ではないように思う。

「お父さんが亡くなって、つらいでしょう」

芽依はうなずく。父が脳梗塞で他界してからすでに三か月。初めて刑事事件で勝利を得た晩、倒れたという報を受けて病院に向かった。しかし昏睡状態で一度も目覚めることなく父は逝ってしまった。あまりにも呆気ない死。冗談のように思え、どういうわけか臨終の言葉を聞いても涙が出なかった。涙があふれたのは、火葬場だった。

父が無理をしているのはわかっていたが、それは若い頃から。異常な頑張りだったのにいつしかその頑張りが日常化し、当たり前になっていたのだ。危険ランプに気づけなかった。そう思うと涙がとめどなくあふれた。体中の水分がすべて抜けていくように涙が止まらなかった。事務所のメンバーや多くの法曹関係者の前で恥ずかしげもなく激しく嗚咽した。

涙が涸れた時、自分の中に使命感が宿った。父の志を継いでしっかりしなければ、と。それなのにどうしてこんなことになってしまったのだろう。自分は何を信じていけばいいのか。いやそれよりどうしても父が築いた師団坂法律事務所、ルーム1を守りたい。自分のせいで、ルーム1が無茶苦茶になりそうなんです、と芽依はすべてを静子に打ち明けた。

「そういうことがあったんだ」

芽依はこくりとうなずく。

「鷹野先生があんなに冷たい人だなんて、思いもしませんでした」

思い返してみると、これまでも見込み違いはたくさんあった。無罪だと思った被告人が実は凶悪でどうしようもない人間だったというのは多い。自分は気まぐれな善意や甘い言葉にすぐに騙されれる。父のように鋭く真実を見通す力はない。弁護士には不向きなのかもしれない。

「もう少し様子を見てみたら」

「はあ、でも取り返しのつかないことになりそうで」

確かに決めつけはよくない。鷹野が合理主義者で変人であることは間違いなさそうだが、どんな人物なのか全てわかったわけではない。

「その人、悪い人じゃないように思う」

芽依はゆっくりと顔を上げた。

「どうしてそう思うんですか」

問いかけると、静子はえ？　と少し戸惑ったような顔で応じた。

「だって優秀なお医者さんだったんでしょ？　そのままでも未来は開けているのに三十過ぎてから弁護士目指すなんて、よほどのことがあったとしか思えないから。合理主義って意味なら、一番おかしいことしてるじゃない」

「それはそうですけど」

鷹野という人物にどんな過去があろうが、それは今、ルーム1が置かれた状況とは何の関係もない。

芽依は時計を見た。すでに午後十時近い。帰ります、と切り出す。

「また顔を見せてよ」

「はい、また来ます」

芽依は微笑むと外へ出た。彼女に話して、少しだけ気分が楽になったように思う。長い間会っていなかったのに、それを全く感じさせないくらい時間の壁は薄かった。

外灯に照らされた十字架を見上げていると、スマホに着信があった。表示は梅津だ。

「はい、どうしたんですか」

「こんな時間に悪いな」

梅津はメールが苦手らしく、いつも電話で連絡をとってくる。何の用事だろう。鷹野について話があるというのだろうか。

「警察の知り合いから連絡があった。例の黒塗り歴史書事件の真犯人が見つかったようだ。杉村と一緒にお前さんもかかわっていただろう。念のために知らせておこうと思ってな」

意外な知らせだった。警察はようやく犯人の特定に成功し、任意で事情聴取を始めたところだという。犯人は容疑を認めているそうだ。

「どんな人物だったんですか」

「それがな、まだ十七歳のガキだったそうだ」

「少年のイタズラですか」

「イタズラってわけでもないんだがな。真相はくだらないものだ」

梅津は説明した。真犯人の少年は有名な進学校に通っているという。受験勉強に追われ、書店で歴史の参考書を求めていた。小学生の時から大事な部分にマーカーで線を引く習慣があった。立ち読み中、集中するがあまり、胸ポケットに入っていたボールペンで思わずアンダーラインを引いてしまった。慌ててその部分を消そうとしたが消えるわけもなく、パニックになって黒く塗りつぶしてしまったのだという。

財布を持っていなかったので、買うことはできない。放置しておけば見つかった際、そのコーナーによく出入りしていた自分が疑われる。どうする？　思いついたのは思想犯のように見せかけることだ。

「そのガキは参考書だけに注意がいかないよう、他の歴史書も黒く塗ったんだ。大人、それも専門家が読むようなマニアックな歴史書を選び、最初に見つかるよう目立つところに置いた。そうすれば誰も参考書の落書きが発端とは思わない。馬鹿なことをしたものだな。正直に言えばまずおとがめなしだったろうに」

その時、芽依の脳裏に電流が走った。

閃き(ひらめ)というのか、自分でもよくわからない感覚だ。何だろうこの感覚……それは言葉にならない小さな閃光(せんこう)だった。しかしどういうわけか藤間の顔が浮かんだ。あの事件と黒塗り歴史書事件は全く関係がない。しかし二つの事件には何となく通じるものがあると思えたのだ。

「おい。どうしたい？」

梅津の呼びかけにはっとする。

「いえ、何でもないんです。それじゃあ」

通話を切ってからも、閃きの余韻が残っていた。早く家に帰って眠りたいと思っていたが、この閃きの正体を突き止めなければという思いが精神を集中させていく。

感じるな、考えろ……鷹野の言葉が浮かんだ。そういえば鷹野は結局、戻ってこなかった。事務所に芽依を送り届けた後、どこへ行ったのだろう。

そう思った時、視界が一気に開けた。

——ひょっとしてこの事件って……。

さっきの閃きの正体が、ようやくわかった。普通ならこんな考えなど馬鹿らしいと一蹴されるところだ。しかし鷹野はこの推理をもとに動いているのではないか。芽依はその夜、目がさえて、なかなか寝付けなかった。


翌日、ルーム1はいつもと変わりなかった。

芽依はおはようございます、と挨拶をした。事務員の綾女が挨拶を返す。氏家は無言で会釈だけした。

「おはようございます」

桐生が返事した。あれだけ昨日揉めていたのに、さすがにみんな大人だ。仕事はきっちりとこなす。たとえもうすぐリストラされようとも、それまでは一生懸命、クライアントのために働こうとしている。芽依にはこういうことが重要と思えた。

接見を終えてから、師団坂ビル一階にあるレストラン街に向かった。ここには和洋中、いくつもの店があって、カレー専門店に入ると、梅津と杉村が食事をとっていたので芽依は同じテーブルに座った。話題の中心は藤間の事件のことだ。

「公判は来週に迫っている。どうやって弁護するつもりなんだろうな」

梅津はスプーンを口に運んだ。半分胃がない割にはよく食べる。

「鷹野は確かに優秀だ。事務処理能力の速さには驚かされる。あんなスーパーマンにはまずお目にかかられねえな」

「桐生くんより速いっていうんですか」

杉村はカレーを口のまわりに付けたまま訊ねた。

「ああ、まるで真樹夫先生の再来だ。字が汚ねえところまで似てる」

乱雑な文字は無関係だろうが、それは知らない事実だった。梅津が性格はまるで違うがな、と皮肉った。

「それより弁護方針だろ。ろくに情状証人もいない。裁判長は世論に敏感な人物だし、迎合した厳罰が下る可能性大だ。心神耗弱もわき見運転の主張も難しい。どう考えても突破口が見つからない」

「鷹野先生が負けたら、追放。そうなるとリストラはご破算ってことになりますかね」

最低点でリストラ宣告された杉村は、どこか嬉しそうだった。

「鷹野先生の弁護方針、わたしにはだいたいわかりました」

芽依が口を開いた。二人は一斉に芽依の方を向く。

「黒塗り歴史書事件から思いついたんです。あの事件の真相は、たった一つの参考書の落書きを目立たなくするため、他の歴史書に落書きをしたというものでした。藤間さんの事件も実はこれと根っこが同じなのではないのかと……」

「そういや昨日、何か思いついたようだったな」

梅津は言ってみな、と促した。

「確かに藤間さんは人ごみに突っ込みました。ですが被害者は伏見了という青年一人だけ。この事件、無差別殺人と思われていましたが、実は最初から伏見了さん一人を狙った犯行ではなかったのか、と」

「葉っぱを隠すなら、森の中……ってやつか」

梅津の言葉に、芽依は首を縦に振る。

「鷹野先生はきっと藤間さんと被害者の関係を探っているんだと思います」

二人は芽依の方を黙って見つめた。馬鹿げていると思われたのだろうか。この推理が正しくても殺人であることは変わらない。しかし無差別殺人でないとすると話は別だ。彼が伏見を狙った理由があるなら、別の方向から弁護が可能になる。

「なるほど。そんなこと、考えもしなかったな」

梅津は顎のあたりをさすっている。

「鷹野先生が死刑判決を回避できて上永先生がリストラってことになっても、どっちにしても僕、助かっちゃうんですかね？」

杉村は人の話を聞いているのだろうか。いつの間にか隣にいた桐生がタブレットを操作しつつ、あんたは辞めろよとばかりに冷たい視線を送っていた。

「わたしは鷹野先生に協力したいと思います」

芽依は野菜ジュースだけを飲んで、腰を上げた。


電車に乗って向かうのは、大塚だった。

一人、話を聞きたい人物がいる。山岡和夫というカワグチ企画の社員で、彼と今から会う約束をした。小さな喫茶店の中に入ると、髪の薄い四十代半ばの男性が待っていた。

「すみません、どうしてもお話を聞きたくて」

「いや、かまわんよ」

もともと、この山岡は上永が情状証人として用意した人物だ。藤間には友人がほとんどおらず、古い知り合いに頼んでも断られたという。ただ一人この山岡だけが引き受けてくれたそうだ。

「山岡さんは事件があったあの日、お給料をもらいに『カワグチ企画』の事務所に来ていたんですよね？　その時藤間さんはどんな感じでしたか」

「給料が少ないってイラついていたな。口論になって無茶苦茶言っていた。社長が給料をピンハネしてるだ何だってな。リストラを切り出されて、出されたスポーツドリンクを社長の顔にぶっかけて帰って行ったくらいだしな。出ていくとき、扉が蹴られてへこんでたよ」

思った以上に酷い態度だったようだ。

「そういや鷹野って弁護士は、スポーツドリンクのこと、やたら気にしてたな。どうでもいいことを根掘り葉掘りと」

鷹野も聞きに来ていたのか。芽依は続けて問いを発する。

「山岡さんはプライベートでは藤間さんと親しかったんですか」

「いや、会社でしか会わんかったわ」

その程度の関係では、正直なところ情状証人としては厳しい。

「山岡さんから見て、藤間さんはどんな人でしたか」

そうよなあ、と山岡はコーヒーをちびちびやった。

「仕事ぶりは決して褒められるようなものじゃなかったな。病気でもないのに仕事はよく休むし、若いラインリーダーとしょっちゅう衝突していた。ここは俺の場所じゃないっていうのかなあ、そんな態度が誰の目にも明らかだった。あれでは派遣先から嫌われて当然だろう。友達もできんわな」

川口社長とまるで同じことを言っていた。

「それなのにどうして情状証人を引き受けてくださったんですか」

「いや、少し前の自分を見るようでな。藤間くんの気持ちがよくわかったってだけだわ。憐れみみたいな感じで声をかけたんだ」

カワグチ企画には高卒の働き手が多い中、山岡は大卒だという。別の中堅会社で課長まで上がったらしいが、数年前にリストラにあった。妻とは別居し、働き口がなくハローワークで紹介され、ここに再就職したのだという。

「最初は何故、自分がこんな仕事をしなくちゃいかんのだっていう思いでいたんだわ。酒を飲んで肝臓を悪くした時期もあった。しかし途中からは真面目に働く気になった。ただしそれは自分一人の力じゃない。出ていった妻と子が戻ってきてくれたからなんだ。やり直したいってな。それがなかったらきっと酒におぼれ、今頃ぽっくり逝っていたと思う。藤間くんは酒も飲めないらしいし、風俗にもいかん。発散する場がなかったんだろう」

そうなんですか、と芽依は力なく相槌を打った。

確かに山岡の話はそれなりに聞くべきところはあった。しかしだからといってあれだけの事件を起こす情状としては弱い。

「藤間さんと伏見了さんについて、何かご存じないですか」

芽依はようやく、肝心の部分に切り込んだ。

「伏見？　ああ、あの事件の被害者か」

「そうです。藤間さんが伏見了さんと何か関係があったのではないかと思いまして」

しばらく山岡は記憶をたどっていた。

「ううん、確かに気に食わない奴がいる様子ではあったな。ただ、それが誰であるのかはわからん」

芽依は伏見のことではないのかと何度も執拗に訊ねた。しかし山岡は首を横に振った。おそらく社長じゃないのかと答えた。

「他に藤間さんがよく話していた社員の方とかいませんか」

「そうだなあ……」

山岡が語ってくれた他の派遣会社のメンバーをメモしていく。話し込んでしまい、いつしか予定をだいぶオーバーしている。仕方なく今日はこれまでということで喫茶店を出た。

「何か思い出したら、いつでもご連絡ください」

「ああ、そうするよ」

お願いしますと念押しして、山岡とは別れた。

午後もスケジュールはびっしりだった。

無理をして藤間の弁護活動に時間を割いているので、いつもよりさらにハードになった感じだ。とはいえ泣き言は言っていられない。

山岡に話を聞いたが、藤間と伏見の関係はいまいちわからない。やはり直接会って質問をぶつけた方がいい。東京拘置所で接見に臨むことにした。

係の人に連絡を取ってもらい、接見室に向かう。

また来たのかよという顔をするかと思ったが、藤間はすがりつくような目でこちらを見つめていた。以前会った時よりも、幾分か痩せて見えた。さすがに公判を直前に控え、食ものどを通らないというところか。これから一週間後、人生が決まるのだから無理もない。

「状況はどうなんだよ」

藤間は以前のように喧嘩を売るような態度ではない。助けてくれよと何度も懇願した。芽依は思った。この藤間はおそらく極悪人ではない。もちろん善人でもないが、ネットで定着した凶悪犯の像は彼の悪を肥大化させたデフォルメだ。まだ余裕があるときには強がりもするが、追い詰められれば臆病な本質が頭をのぞかせる。

「前に来たあの弁護士、頭おかしいだろ」

「え？　誰のことですか」

「鷹野とかいう濃い顔の奴だ」

芽依はリーガルパッドに速記する手を止めた。鷹野が接見に来たのか。必要ないと言っていたがやはり……。父は被告人は一番の証人だと言っていた。被告人に接見することなく弁護など不可能だろう。何だかんだと言っていたが、やはり鷹野も接見第一主義なのだ。

「藤間さん、すみません。こちらの連携ミスで……繰り返しになると時間の無駄ですので、鷹野はどういうことを訊ねていったのか教えてくださいますか」

藤間は大きくため息をついた。

「あの弁護士、ほとんど何も訊いて行かなかったんだ」

「はあ？　そんなわけないでしょう」

虚を衝かれて、芽依は口を半分だけ開けた。

「本当だよ。抜け毛は多いか、とか洗っていない洗濯物はあるか、とかどうでもいいことだけだ。それっきり二度と帰ってこなかった。三十分の予定が三分も経たずに終わりだよ。合理的な接見だったとかなんだとか言ってたけど、何の説明もなしだ。何なんだよ。もうわけがわかんねえ！」

何だそれは……さすがに芽依も掛ける言葉が見つからない。鷹野は結局、宅下げで藤間の着ていた服を持っていっただけらしい。

芽依は気を取り直して、自分の推理を藤間にぶつけた。

「藤間さん、どうか正直に答えてください」

藤間は薄くなった前髪の隙間から芽依を見つめた。

「ああ、もう何も隠すことなんてない」

「では訊きます。事件当時の記憶がないというのは本当ですか」

藤間は片方の眉毛を少し下げた。遅れて首を縦に振る。

「ああ、本当だ」

「あなたはかねて恨みに思っていた伏見さんを殺すため、わざと車で突っ込んだんではありませんか？　それを隠そうとして記憶がないと言っているのではありませんか？　わざとはねたとしても、犯行動機に同情の余地があるなら、減刑が可能かもしれません」

「何言ってるんだ？」

「正直に言ってください。あなたは伏見了さんともともと知りあいだったんじゃないんですか……」

「だから知らねえって」

判で押したような答えだった。それからしばらく押し問答のようなやり取りが続いたが、藤間は同じことを繰り返すだけだ。

「本当のことを言ってくれなければ、弁護のしようがありません」

「伏見なんて知らないって言ってるだろうが！」

口げんかのようなやり取りの中、芽依は藤間の本心を探った。仮にこちらの推理が正しいなら、この期に及んで隠し立てする意味は何だろう。それともそんなものなどなく、単純に推理が間違っているのだろうか。この事件の真相は世間で言われているように、自暴自棄になった藤間の凶行だったと。わからない。本当に被告人が何を考えているのか闇の中だ。全く進展のないまま、時間だけが無情に過ぎていく。

「くそ！　もうお仕舞いだ。せっかくルーム1に頼んだのに、何でよりによってこんなおかしな連中ばっか来るんだよ」

芽依は藤間の泣き言を聞きながら、接見終了のブザーを押す。彼の心中を推し量ることはできないが、最後の藤間の恨み節は胸に刺さった。


ルーム1に戻った芽依はリーガルパッドを開いた。

父が遺したメモを何度も見返すが、どこにも答えはない。ただ父はこの事件、裏に何かあると予想して死んだ。答えが見えたように思えたが、蜃気楼のように消えていく感じだ。この推理は違うのだろうか。違うというなら、答えはどこにあるというのだろう。

「どこへ行くんですか」

エレベーターの前に来たとき、背後からの声に振り返る。呼び止めたのは桐生だった。

「事件を目撃した証人に話を聞こうと思って」

「藤間さんの事件ですか。無駄ですよ」

冷めた目で桐生は芽依を見つめていた。確かに厳しいとは思う。伏見了との関係は見えてこない。おそらく鷹野も苦労しているのだろう。苦労して苦労してたどり着いた先には、絶望しかないのかもしれない。それでもこの状況下、自分の推理を信じて精一杯のことはやっておきたい。伏見と藤間の関係さえ見えれば……。

「伏見さんと藤間さんは無関係です。俺がとっくに調べていますから」

芽依はハッとして桐生を眺めた。

「カレー店で言ってましたよね？　藤間さんが伏見だけを狙った可能性について。でも俺はその可能性について初めから考えていました。いや俺だけじゃない。上永先生もです。念のために調べるよう、先生に頼まれていたんです」

この推理に上永が気づいていた？　そうだったのか。普通なら考えつかない方向性と思っていたのだが、すでにお見通しだったとは。やはり自分はまだまだ未熟だ。だが、そうすると……。

桐生は芽依の考えを読み切ったように、大きくうなずいた。

「おそらく鷹野先生もとっくに考えているでしょう。でもいくら追ってもその方向性では事件は解決しません。結局は世間一般で言われるように、藤間さんが自暴自棄になって引き起こした無差別事件だったんですよ。最初からその前提で、死刑回避に絞って弁護すべきでした」

桐生はどこか憐れむような表情だった。

「まあ、俺の調査が信用できないなら、とことん調べてください」

それじゃあと言って、桐生は去って行った。芽依はしばらくじっと立っていたが、不意に力が抜け、壁に手をついた。

——お父さんは、間違っていたの？

芽依は父のリーガルパッドを取り出す。ただの自暴自棄の無差別殺人ではない……その言葉に必死ですがってきたが、気力までへし折られるようだ。きっとこの先、いくら調べても藤間と伏見は結びつかない。おそらく桐生なら抜かりはないだろう。公判は迫っている。鷹野も出口の見えない迷宮に入り込んでいるのかもしれない。

それから数日後、芽依は疲れ切っていた。

電車内でネットにつなぐと、藤間を死刑にしろという意見であふれかえっていた。人権派弁護士どもはいい加減にしろという書き込みもいくつか見られる。ネットの攻撃性を気にしていても仕方ないが、あまりいい気分ではない。

師団坂を上って、芽依は再び教会にやって来た。

公判を明日に控えた今、自分にできることは何もない。あえて言えば神に祈ることくらいだろうか。合理主義者の鷹野だったら鼻で笑うことだろう。芽依もこれまで自分が担当した裁判の前に神頼みすることはなかった。こんな気持ちになったのは初めてだ。

静子はいないようで、教会の明かりは消えていた。それでも月が円く、その光がかすかに差し込んでいる。芽依はクリスチャンでも何でもないのに、十字架の前まで歩み、祈りをささげた。しかし祈る途中で、自分でもどうなるのが理想なのかわからなくなっていた。藤間の死刑を回避したいが、そうなると上永がルーム1から去ることになる。きっと鷹野は本気で辞めさせる気だ。上永も律儀な人物だし、約束は守るだろう。どうすればいいのか。

いや、今はそんなことを考える時ではない。ルーム１の将来は置いておいて、今回の弁護がうまくいくよう願うのみだ。真実を明らかにして、正義が行われることをわたしは望みます、と強く祈った。

最後に一礼し、帰ろうとした時だった。誰かがこちらに向かって来た。静子にしては人影が大きい。芽依は思わず、柱のかげに身を隠した。

その人影はゆっくりと十字架の方へと向かっていく。

芽依は口元に手を当てる。最初はまさかと思った。しかし今は確信に変わっている。月の光は左右に長く伸びた眉毛を照らし出していた。

――そんな、どうして？

鷹野は黙って十字を切ると、ひざまずいて神に祈りをささげていた。月の光で淡く浮かんだその姿はまるで聖人。芽依のようにどこかためらいがちな祈りではなく、敬虔なクリスチャンそのものという祈りだった。

祈りはいつまでも続くような長いものに感じられた。しかし時間にすると三分にも満たない。深く一礼してから、鷹野は足早に教会を後にした。

芽依は鷹野の姿が消えてからも、しばらく動けなかった。

公判を前にして神頼みしたい気持ちはよくわかる。とはいえ鷹野はそんなことから一番遠い存在のようにしか思えなかった。どうしてこの教会にやって来たのだろう。謎ばかりだが、それでも確かなことがある。それは去っていく鷹野の目には勝利の確信のようなものが浮かんでいたということだ。芽依は不思議な気持ちのまま教会を後にする。外灯に照らされて教会の十字架がぼんやりと浮かんでいた。

4

藤間の公判当日、芽依は朝一番の電車で事務所にやって来た。

ビルの谷間を名も知らない鳥が二羽、競うように通り過ぎていく。朝日が差し込む部屋で、すでに何人かが仕事をしている。桐生に綾女、氏家、その他事務員二名というメンバーだ。そしてシニア・パートナールームにも鷹野がいるようで、カタカタとキーボードを叩く音が聞こえてきた。

「おはようございます。いよいよ今日ですね」

杉村がねぼけ眼でやって来た。芽依もええ、と返した。

「どうなっちゃうんだろう」

情けない杉村の嘆きは、事件というよりも自分の将来についてのものに思えた。そんなことは知ったことではないが、芽依は昨日の晩のことが忘れられずにいた。

しばらく自分の業務に専念しようと、たまっていた書類を書くが集中できない。藤間の事件は鷹野が弁護人としてすべてを引き受けた以上、自分たちにはこれ以上何も手出しできない。それでもなんとか協力できないものか。いやそれ以上に鷹野という人物への抑えがたい興味から、シニア・パートナールームの扉をノックした。

「失礼します。いいですか」

いつの間にかシニア・パートナールームは鷹野仕様にカスタマイズされていた。父が使っていたときは書類やコンメンタールなどが整然と並んでいたが、今はぐちゃぐちゃで、足の踏み場もないような有り様だ。

「今日の弁護、本当に一人でやるつもりですか」

背後から声をかける。鷹野はあくび交じりにああ、と答えた。

「お手伝いさせてもらうわけにはいきませんか」

助手の申し出に答えは返ってこなかった。代わりに質問が降って来る。

「どうしてそんな気になった？」

一瞬、芽依は言いよどんだ。昨日の晩、柱のかげに隠れていたのに気づかれたのかと思った。しかしあの暗さと位置からでは見えまい。いくら洞察力が優れていようが、そこまではわかるはずもない。

「仕事はいくらでもある。俺一人でやれるものに付き合っていれば、その分他の仕事に遅れが出てしまうとは思わないか？　非合理的だ」

それはその通りだと思う。しかし芽依は長く息を吐き出した。

「いいえ、思いません」

「何故だ？」

「一時的には遅れが出るかもしれません。それでも鷹野先生の弁護を間近で見せていただくことで未熟なわたしの弁護士としての能力も向上し、長期的にはルーム1、師団坂法律事務所全体の利益につながると考えるからです」

合理主義にもかなうだろうという回答に、鷹野のキーボードを打つ手が止まった。小さく、なるほどと言った。

「この事件の真相についてどう思う？」

質問を受け、芽依はこれまで自分が考えてきたことを話した。不特定多数を狙った犯行ではなく、藤間が伏見一人を狙った犯行だったのではないか、と主張した。

「無差別殺人ではない、というわけだな？」

「そう考えました。でもこの推理は……」

鷹野はパソコンや資料をすべて芽依にドンと渡すと、パンをかじりながらネクタイを結ぶ。エレベーターに向かった。

「その通り。この事件は無差別殺人じゃない」

芽依はえっと漏らした。本当にそうだと言うのか。この態度、ひょっとして鷹野は真相にたどり着いたのか。

「ついて来い」

芽依は少し遅れてはい、と大きな声で返事した。

公判一日目は予定通り、十時から行われた。

東京地裁第一〇四号法廷は当然のように満席。ひな壇の中央に裁判長が腰かけ、左陪席右陪席の裁判官、裁判員六名が並んだ。弁護人席には鷹野と芽依が座り、右横の被告人席には刑務官にはさまれながら藤間純一が腰かけている。対面の検事席には検事、その左横に被害者遺族が座り、鋭い視線を藤間に送っていた。

「被告人は前へ」

裁判長の声で裁判が始まった。藤間は証言台へと歩みを進める。

「名前は？」

「藤間純一です」

「職業は？」

間があって藤間は無職です、と答えた。

本人であるかどうかを確かめる人定質問の後は起訴状朗読だ。眼鏡の女性検事がこれは事故ではなく、無差別殺人であるという朗読をした。裁判長は黙秘権などの説明をすると、藤間に向かって問いかけた。

「被告人は起訴状記載の事実を認めますか」

藤間はしばらく沈黙した。罪状認否はその後の裁判の流れを決める大事な場面。黙秘かと思われたその時、彼は苦しげに口を開いた。

「記憶がありません」

傍聴席が少しざわめいた。しかし鷹野の顔に驚きは見えない。この態度は予定通りということだ。そうすると鷹野はある意味、勝負に出たということになる。

それから検察官の冒頭陳述があって、検事は厳しく藤間の罪を問いただした。一方、鷹野も冒頭陳述を行った。どうやって弁護していくのか注目されるところ、鷹野は簡単に弁護方針について論じた。

「弁護側は被告人が四谷の交差点に突入し、伏見了さんらを死傷させた事実を争いません。ただし故意があったという検察側の主張には異議を唱えるものであります。被告人には事故当時の記憶が欠落しており、そのような状態では故意をもって人をひき殺すということはできないからです。この点について証明していきたいと考えます」

傍聴席からふざけんな！　というヤジが飛んだ。裁判長が注意をしている。一方、芽依は目を瞬かせた。こんな方向性でどうやって弁護していくのだろう。

休憩もなく、すぐに証拠調べが開始された。

検察側が当時の状況を裁判員に示していく。事件当時の生々しい写真もスクリーンに映し出され、裁判員の中には青ざめた顔の者もいた。ブレーキの跡もなかったこと、被告人が事件後、逃亡していることなどが示され、故意があって突っ込んだものであるという主張がなされた。

もし芽依が裁判員なら、おそらく検察側の主張を聞き入れていたことだろうと思った。それだけ検事の主張にはよどみがなく、説得的だった。裁判員の面々の顔を見渡すが、六人全員が検察側の説明に納得しているように感じられた。

「では休憩にします。午後は一時からですので、五分前までに着席してください」

裁判長が宣言し、午前の公判は終わった。

鷹野はすぐに席を立ち、足早に関係者入り口に向かう。芽依は虚を衝かれたが資料を整理し、後を追った。

「どこへ行くんですか？　というか弁護方針が死刑を回避するものと違うように感じるんですが、どうするつもりなんです？」

「カミンシツだ」

最初、その言葉の意味がわからず、何らかの弁護戦術を芽依の知らない医学用語で表現したのかと思った。しかしすぐに間違いであることに気づく。

「どこへ行くのかって聞いただろ？　三日間寝てないので眠くなった」

カミンシツとはそのまま、仮眠室のことらしい。なんだその答えは……東京地裁にあったろうか。いやそんなことはどうでもいい。

「さすがに法廷で寝るわけにもいかないだろ？　五分前になっても来なかったら、車で寝てるから、起こしに来てくれ」

「わかりましたけど、この事件、どうやって弁護していくんですか」

鷹野はまともに答えず、あくびをしてから去って行った。呆気にとられつつ、芽依は鷹野を見送るしかなかった。

芽依は近くのカフェで資料を整理しながら、簡単な食事をとった。それにしてもいったいどうするつもりだろうか。そう思っていると、窓ガラスがコツコツとノックされた。梅津だった。後ろには杉村もいる。近くにはタブレットを片手に、不服そうな顔で桐生も立っていた。

「よっ、どんな感じだ」

「ダメですね」

入ってきた梅津たちに、芽依はこれまでの状況を説明する。鷹野は故意の有無で争うという方針をとった。本当にこれで何とかなるのだろうか。

「飲酒による記憶不明瞭と主張していくつもりなんですかねえ」

杉村は首を傾げた。

「危険運転致死傷なら、百パーセント死刑はありませんね」

桐生が遠くから突っ込みを入れた。確かに危険運転致死傷罪は重罪だ。悪性が高いことから厳罰が科される。しかし故意がないため、死刑はあり得ない。そうか、本当は飲酒などしていなくても、飲酒をしたという証言をさせる。そして酩酊（めいてい）状態で意識朦朧（もうろう）となっていた。飲酒運転がばれるのを怖れて逃亡した――事実と照らし合わせても筋が通っている。この主張が通れば相当重い罪になるだろう。それでも死刑だけは百パーセント回避できる。

「問題は午後に行われるカワグチ企画社長の証言でしょうね。会社を出た段階で藤間は酔ってはいなかったはずです。事件が起きたのは十五分後。いつ、どこで酒を買ったか、どれくらいの量を飲み、どの程度の時間で酔いが回ったか、被告人の体質なども含めてしっかり主張できなければ厳しいでしょう」

「なんていうか、せこい戦術ですね」

杉村がつぶやく。彼が言うと本当にせこいと感じてしまう。

「それじゃあわたし、そろそろ戻ります」

言い残して、ルーム1の面々と別れた。

一〇四号法廷はすでに傍聴人が多く詰めかけていたが、鷹野の姿はなかった。芽依ははっとして時計を見る。そういえば車に起こしに来て欲しいと言っていた。芽依は慌てて駐車場に向かう。車内では鷹野がうなだれるように眠っていた。改めてその顔を見ると、よほど疲れているようで目の下にクマができている。平然としているようでいて実はボロボロ。父のことが浮かんだが、首を横に振ると、窓ガラスをドンドンと数回叩いた。

「先生、時間です」

目覚めたようで、扉が開く。鷹野はあくび交じりに目を開けた。

「おかげさまで、だいぶ疲れが取れた」

不満げな芽依に、鷹野はどうしたと問いかけてきた。

「さっきの質問に答えてください」

「質問？」

「そうです。どうやって弁護していくつもりなんですか」

問いに答えはなかった。

「飲酒運転だったと主張するつもりなんですか」

「そうじゃない」

「はあ？　じゃあどうやって……」

「今から教えてやる」

遅れるぞ、と言って鷹野は駆け出した。芽依は納得できないまま後を追う。さっぱりわけがわからない。二人は一〇四号法廷に戻った。裁判長が遅すぎるというような顔で芽依たちを見ている。鷹野は爽やかな白い歯を見せ、すみませんと何度か謝っていた。

「それでは午後の審理を始めます。証人は前に」

傍聴席の方から、一人の男性が証言台に向かっていく。カワグチ企画社長、川口秀勝だ。担当の女性検事が尋問を開始する。事件の直前、藤間の様子がどうだったのかを細かく訊ねていく。

「あなたが事務所で最後に見た、被告人の行動について教えてください」

「藤間くんは解雇を言い渡すと、怒り狂っていました。意味不明なことを叫びだし、私に暴力をふるったんです。これはまずいと思いましたが、何とか帰ってくれました。扉を蹴飛ばして今でも下の方がへこんでいますよ」

川口の答えに、検事は二度うなずいた。

「では解雇を言い渡した当時、被告人は酩酊していたとか、病気だったとか、そういう様子はなかったんですね？　ただ激昂していたと」

川口はそうです、とうなずいてから答える。

「今もたまに、お前がリストラしたからこんな事件が起きたんだ、みたいな嫌がらせの電話がかかってくることがあるんですが、こちらも経営が苦しいんですよ。あんなことになるなんて想像できません」

「被告人についてですが、お酒を飲むかどうかご存じですか」

「面接で全く飲めないと言ってました」

検事の尋問は、桐生が予想した飲酒運転の主張を先に潰すようなものだった。これでは飲酒運転の主張も難しいだろう。それから検事はさらに詳しく藤間について訊ねていく。藤間の悪性格が立証されていった。

「弁護側は反対尋問がありますか」

はいと言って鷹野は立ち上がった。

桐生の予想した戦術もほぼ封じられた今、全く打つ手はないように感じられる。しかし鷹野は動じることなく、爽やかな顔で質問を開始した。

「川口さん、先ほどあなたは検察側の質問に対し、こうおっしゃいました。解雇を言い渡された被告人が意味不明なことを叫びだし、暴力をふるったと。この部分について詳しく教えていただけますか。意味不明なこととはどういうことです？」

一瞬、川口は言葉に詰まった。

「それはあれですよ。給料が少ないのはおかしいってことです」

「別にそれは意味不明ってほどでもありませんが」

川口はため息で応じた。

「要するにこっちがピンハネしているんじゃないかって言ったんですよ」

「ピンハネしていたんですか」

まさか……と川口は苦笑いで応じた。

「では暴力というのはどういう意味でしょう？」

「ああ、それはこちらが出したコップの水を、私にぶっかけたってことです。暴力って言えるのかどうなのか、法律的な知識がないのでよくわかりませんがね」

そうですか、と息を吐き出すと、鷹野はさらに訊ねた。

「その時出したのはお水だったんですね？　アルコールとかじゃなかったんですよね」

川口は鷹野を軽く睨んだ。

「水ですよ。ああ、正確にはスポーツドリンクです」

「どんなスポーツドリンクですか」

「覚えてませんよ。粉末の溶かして飲むやつです」

「わかりました。以上です」

川口は席に戻った。芽依が見る限り、この反対尋問は効果を挙げているとは思えない。

鷹野は何故かスポーツドリンクについて詳しく聞いた。こんなことをしつこく訊いて何の意味があるのか？　むしろどうでもいい部分を根掘り葉掘り訊く弁護人と思われたかもしれない。裁判員が嫌悪感を持つのではという気がしてならなかった。

次に弁護側からの証人として、山岡和夫が呼ばれた。鷹野は山岡に向かって質問する。

「あなたは被告人の同僚ですよね？　藤間さんはどういう人でしたか」

山岡は藤間の人物像について話した。芽依の前で言っていたことと同じような内容だ。かなり長く藤間の人となりについて質問した後、鷹野は少し角度を変えた。

「では当時の状況について質問します。山岡さん、あなたは事務所で被告人が解雇を言い渡されるのを見ていたんですよね」

「ええ、たまたま給料をもらいに来ていましたから」

「その時、藤間さんは何を飲んでいましたか」

「スポーツドリンクだと思います」

「ただの水じゃなかったんですか」

「スポーツドリンクですよ。私も後でもらって飲みました」

鷹野は大きくうなずく。

「スポーツドリンクの種類は覚えていますか」

「いいえ。覚えていません」

「スポーツドリンクは缶に入っていたものですか。あるいはペットボトルから注いだものですか」

「どちらでもないです。粉末のものを溶かして作るタイプだと思います。社長が藤間くんに用意しているのを見ましたから」

「あなたが飲んだスポーツドリンクも、粉末を溶かしたものでしたか」

「わかりません。見ていないので」

「弁護人、いいですか」

しつこい問いに裁判長が声を上げた。

「この質問は本件と関係しているんですか」

「関係しているどころか、核心です」

鷹野は裁判長をじっと見つめた。

「裁判長、被告人が飲んだのは川口社長によって混入されたベンゾジアゼピン系の睡眠薬です」

その瞬間、傍聴席はざわめきに包まれた。

「睡眠薬を飲まされて被告人は人の群れに突っ込んだ……これが弁護人が考えている事件の真相なんです」

芽依は口元に両手を当てた。検事や裁判員たちも一様に驚いている。そして一番うろたえていたのは、席に戻った川口だった。顔面蒼白(そうはく)となっている。裁判長や横の二人の裁判官さえ驚きを隠せない様子で、しばらくざわめきは収まらなかった。

ただ一人、鷹野だけが一貫してクールだった。

「被告人に記憶がないというところがポイントでした。記憶喪失の理由は、十五分前に川口社長に飲まされた睡眠薬の影響で意識が飛んだからです。薬に耐性のない人が初めて大量に服用すると、このようなことが起こりえます。私は宅下げされた被告人の着衣から毛髪を採取してアメリカの研究所で調べてもらっていました。マトリックス支援レーザー脱離イオン化質量分析——MALDI—MSと言われるものです。これは覚せい剤における液体クロマトグラフィータンデム質量分析性——LC—MS／MSを睡眠薬検出に最適化したものです。ニューヨークの知り合いに頼んで大急ぎでやってもらい、ようやく検査結果が出ました」

鷹野は勝利を確信したように一歩、二歩と裁判長の方へ歩んでいく。

「被告人は事件後、三日ほど逃亡していたので、尿検査では睡眠薬成分が検出されませんでした。成分が尿検査で検出できる期間は一日程度ですので。一方、MALDI—MSは毛髪を使った睡眠薬の検出方法で、睡眠薬を摂取後、一年くらいまで検出が可能です」

鷹野の説明に裁判長は気圧され、何も言えなくなっている。鷹野はさらに言葉を続けた。

「徹底的に調べましたが、被告人はここ数年、医者に一切かかっていませんし、この薬物は市販されていません。もちろん逮捕後は拘置所にいるわけで、薬を手に入れることは不可能です。一方、川口社長には入手可能です」

医師であった鷹野に睡眠薬のことを指摘され、川口は絶望的な顔だ。芽依は鷹野が藤間の着衣を持って行ったらしいことを思い出す。あれにはこんなに重要な意味があったのか。考えもしなかった。

「この事件が起きた原因は川口社長にあるんです。彼は派遣社員の給料をピンハネしていました。被告人はそれを指摘しました。やけになって言ったものです。しかし嘘から出たまこと。川口社長は真実を突かれ、慌てました。そして被告人に睡眠薬を飲ませたのです」

さらに鷹野の説明は続いた。

「殺してやるという確定的な故意ではありません。もしかしたら死ぬかもと思いつつ飲ませた未必の故意。カワグチ企画の事務所はちょうど急勾配の坂の上にあります。被告人に睡眠薬を飲ませれば、事故死する可能性がありました。しかし被告人が睡眠薬入りの水を半分しか飲まなかったために効果が表れるのが遅れ、このような大惨事となったのです。つまりこの事件、殺人だったということです。ただしそれは被告人が伏見さんを殺そうとしたということではありません。川口社長が藤間さんを殺そうとしたのです。弁護側はこのことを証明したいんです」

「わ、わかりました。証人尋問を続けてください」

裁判長に言われ、ようやく鷹野は証言台へ戻って行った。

「では続けます」

鷹野は山岡を尋問して、川口が睡眠薬を飲ませた可能性について追及していった。そしてそれは芽依の目から見て成功しているように思えた。あまりの事態に検察は慌てている。有効な反対尋問はできない様子だった。

続いてカワグチ企画の事務員の証人尋問が始まる。

事務員は当時、会社の冷蔵庫にスポーツドリンクがあったが、粉末のスポーツドリンクは置いていなかったと証言した。つまり川口が藤間に飲ませたという白い粉は、少なくともスポーツドリンクの粉ではない。

「川口社長は眠れないと言って、かかりつけの内科で粉砕してもらった睡眠薬をよく処方してもらっていました。会社にも薬がありましたよ」

真実が誰の目にも明らかになってきた。

川口は藤間に睡眠薬を飲ませた後、山岡に見られたと気づいた。仕方なく藤間に飲ませたのがスポーツドリンクだと思わせようと、冷蔵庫にあったスポーツドリンクを山岡に飲ませた。だから山岡は藤間が自分と同じスポーツドリンクを飲んだのだと勘違いしたのだ。

芽依はすべてが裏返っていく興奮に包まれつつ、弁護人席に戻った鷹野を見つめた。

鷹野は自分の弁護に酔うでもなく、もう少し眠らせて欲しいとばかりにあくびを嚙み殺していた。

やがて一日目の公判が終わった。

芽依は鷹野とともに立ち上がる。この公判の様子は、大きくニュースで取り上げられるだろう。周囲の騒ぎとは対照的に、鷹野はすでに興味をなくしたおもちゃを見つめるように、無言で法廷内を見渡すと、一〇四号法廷を後にした。

判決が下ったのは翌週だった。

すでに実質的に決着はついており、後は消化試合のようなものだ。殺人に関する判決は無罪になった。

睡眠薬を飲ませた川口は警察に事情を聴かれ、すでに自白している。梅津によると、川口はこんな事件になるとは思いもしなかった、と泣きながら訴えているそうだ。動機はやはり給料のピンハネが発覚するのを恐れたかららしい。

芽依は鷹野に頼まれ、藤間の釈放手続きをした。

「今になって初めて、伏見さんに対する謝罪の思いがわいてきました」

睡眠薬を飲まされたという事情があるとはいえ、人を殺した事実は変わりない。藤間は公判でそう涙ながらに訴えていた。その態度は社会に絶望し、ふてくされていたときとはうってかわって殊勝なものだった。

「本当に、ありがとうございます」

藤間は涙ながらに礼を言った。

「礼なら鷹野にしてください。わたしは何もしていません」

芽依は言い残して、藤間とは別れた。

それにしても、こんな真実が隠されているとは思いもしなかった。遠目にスカイツリーを眺めながら思う。事件の真実はすべて明らかになったが、鷹野はどうやって真相に気づいたのだろう。この難解なパズルのような真実にいかにしてたどり着いたのか。それだけが謎だ。

十九階に着くと、弁護士たちが大勢、集まっていた。

決してそれは勝利を祝うような雰囲気ではない。鷹野を囲むようにルーム1のメンバーが集結し、上永は壁にもたれながら両腕を組んでいた。公判は終わったが、こちらはこれからが問題と言っていい。鷹野と上永、二人の約束は判決結果を受けて、どちらかが辞めるというもの。死刑を回避できるか否かが焦点だった。結果は鷹野の完全勝利だ。しかし本気なのか。リストラの件はなかったことにする——鷹野がそう言い出してくれないだろうか。そんな芽依の思いを裏切るように、鷹野は口を開いた。

「上永先生とはこれでお別れだ」

打ち上げられた花火のように一瞬の沈黙があって、桐生が吠えた。

「そんな馬鹿な！　こんなことあり得るか」

周りの弁護士たちも声にこそ出さないが、同じ思いなのは手に取るようにわかる。

「鷹野先生、あなたの実力は認めます。しかし上永先生を辞めさせるなどあり得ません。あんなものは売り言葉に買い言葉。あなただってわかっているでしょう」

鷹野は首を横に振った。

「約束は約束だ。それに人事権は俺がもっている」

芽依が一歩、鷹野に近づいた。

「何か言いたいことがあるのか」

しかし言葉は出てこない。彼をここに呼んだのは自分だ。あれだけ権限を与えておいて今さら何を言うのかという気がする。それに鷹野という人物に興味をひかれ始めていることも事実だ。鷹野はあの状況から藤間を救った。それにどうして鷹野はあの時教会にいたのか……。

「もし上永先生を辞めさせるなら、私も辞めます」

一人の中堅弁護士が鷹野に迫った。彼に同調して、周りからも同じ声が上がる。鷹野は好きにしろとばかりに背を向けるが、上永が鷹野に近寄った。

「これを受け取ってもらおうか」

内ポケットから出したのは、辞職願いだった。

「後は頼んだよ」

それだけを言い残して、上永はエレベーターに消えた。多くの弁護士たちが上永を追う。考え直してくださいという声が上がった。

鷹野は彼らの背中へ向かって大声で叫んだ。

「正義を求めたいものは残れ！」

一瞬ひるんだものの、弁護士たちの足は止まらなかった。上永を追って一人、また一人とルーム1を後にする。

「何が正義だよ」

鷹野を睨みつけ、弁護士たちがエレベーターに消えた。桐生は一度だけ振りむくが、そのまま出ていってしまった。ルーム1に残ったのは鷹野以外には芽依と梅津、遅れてやって来てぽかんと口を開けている杉村だけだった。

窓の外は夕焼けだ。スカイツリーの方を見ると、名も知らぬ鳥の群れが一個師団のように編隊を組んで飛んでいく。芽依は無言でその群れを見送っていた。

5

すでに時刻は夜の十時を過ぎていた。

シニア・パートナールームで、鷹野は山積みの書類を見ていた。ようやく一区切りがつき、肩を鳴らした。最近運動不足で体がなまっている。週一でもいいからフィットネスクラブに通う方がいいのだろうか。

藤間の事件のことを思い出す。真相に気づいたのは、川口の証言がきっかけだ。川口はあれだけ細かく事務所での様子を覚えているのに、なぜか水をかけられたことを隠した。会話の内容についてもわけのわからないことと誤魔化した。そこには水に入れた睡眠薬、そして給料のピンハネに触れられたくないという自己防衛反応があった。

電話が鳴った。芽依からだ。

「先ほど連絡がありました。正式にルーム1、いえ師団坂法律事務所を辞めさせてもらうそうです」

「そうか、わかった」

鷹野は机の上に載せた弁護士リストにバツマークを付けた。これで二十二人目。上永を追ってほとんどの弁護士が辞めていった。

「想定外ってやつだな」

上永をクビにした場合、彼を追って辞めていく弁護士がいることは計算に入っていた。しかしここまで連鎖するとは思わなかった。それだけ上永が慕われていたといえば聞こえがいいが、頼られ過ぎていたのだ。そんな組織では長くもたない。上永が不在となればもろくも崩れるだろう。現に佐伯真樹夫亡き後、ここはガタガタになっている。戦力的に見て、ルーム2やルーム3の方が明らかに上だ。とはいえ辞めていった弁護士の中には惜しい者も含まれている。

「まあ、考えていても仕方ない」

残った面子(メンツ)で何とかしよう……あるいはどこかから有望な人材を引き抜くか。幸い事務員は全員残った。目立たないがここの弁護士補助員(パラリーガル)はとても優秀だ。むしろ弁護士たちがパラリーガルの足を引っ張っていたくらい。コーヒーを淹(い)れると、ミルクを取り出す。ブラックの方が好きだが、ミルクを入れないと胃にも悪いし、シュウ酸がたまり結石ができる恐れもある。鷹野はミルクを垂らしながら幾何学模様を描くと、チビチビ味わうように飲んだ。

仕事を再開しようと思った時、エレベーターが止まる音が聞こえた。振り返ると、シニア・パートナールームの扉がノックされた。こんな時間に誰だろう。

「失礼します」

入って来たのは、桐生だった。

「忘れ物をしまして」

「何だ？」

桐生は頭を下げた。

「ルーム１にもうしばらくいさせてもらえませんか」

鷹野は無言で桐生を見つめた。やはりそうか……戻ってきた以上、忘れ物とはそういうことだろう。ただし丁寧な口調とは裏腹に、桐生の瞳にはどこかこちらを値踏みするような色が見えた。元裁判官としてもう少しお前を観察してやる。そう言いたいのか。生意気な奴だが、まあいい。

「好きにしろ」

ありがとうございます、と言い残して桐生は姿を消した。

鷹野はふうと息を吐き出すと、リーガルパッドに視線を落とした。桐生雪彦のバツマークを消してマルを付ける。戦力的には彼が残ってくれたことは大きい。これでようやく最低限のラインだけは維持できるかもしれない。桐生はまるで野生のオオカミのように鋭い牙をもっている。いずれは優れた法律家になるだろう。だがまだ今はオオカミというより犬というところか。番犬と呼ぶレベルだ。

鷹野は桐生の横に司法官僚と書き加える。考えてみれば残った面子は、桐生以外は酷いものだ。佐伯真樹夫は弁護士として、百獣の王ライオンとでも呼ぶべき存在だった。しかし娘の芽依はまるで猫だ。愛くるしさはあるが、弁護士としての戦闘力は皆無。ただし暗闇で目が光って、人が気づきにくいところに目が届くことがある。DNAだろうか、素質は持っている。佐伯真樹夫亡き今、彼女は成長できるだろうか。鷹野はお嬢様、と佐伯芽依の横に書き込んだ。

「まるでブレーメンの音楽隊だな」

改めて思った。梅津清十郎は馬のような顔で朴訥としているが、馬のように足は速くない。あえて言えばロバだろう。真実を見抜く目をもっているので五十五点をつけたが、伸びしろという意味では期待薄だ。梅津の横には刑事と書き込む。最後の一人、杉村はやかましいだけの無能だ。ニワトリと呼ぶのもおこがましい。診断では最低点をつけてやった。本来ならリストラすべきだが、非常事態だ。残しておいてやろう。何故か憎めないものはもっているがな……口元を緩めると、杉村徹平の横にニートと書き込んだ。

「それでもまあ、俺よりはましか」

鷹野はリーガルパッドにある自分の欄を見つめた。鷹野和也の横にある医師という文字を二重線で消して、殺人犯と書き加えた。

第二話　カルネアデスの方舟

1

師団坂ビルの中央は吹き抜けになっている。

ガラス張りのホールは豪華で、一階には各種レストラン、二階三階は美容院や海外の服飾メーカーが入り、高級ホテルかデパートさながらのスタイルだ。芸能人が闊歩しているときもあり、政治家や海外の大物が出入りしているのもよく目にする。警護やセキュリティにもかなり気を遣っていて、関係者以外は十階以上に上がることはできない。自分などがよくこんな法律事務所で働いているものだと改めて思う。

師団坂ビルの屋上に出て、杉村徹平はソーセージマフィンを頬張った。秋晴れの十二時半過ぎ。暑くもなく寒くもなく、今が一番過ごしやすい季節だ。師団坂ビル一階の売店で売られているソーセージマフィンは絶品で、最近お昼はいつもこれだ。

高校生の頃、授業をさぼってよく校舎の屋上に上った。ちっぽけな背徳感を抱きつつ、貯水タンクにもたれて哲学書を読むのが気持ちよかった記憶がある。杉村は昼食を終えると、ひつじ雲を見上げた。

鷹野による大リストラが実行されたことは、法律界でも知れ渡っている。残った弁護士は桐生と芽依、杉村、梅津のわずか四人だけだった。ルーム1の主力はごっそりいなくなった。事務員は残され、弁護士より事務員の方が倍以上多いという異常事態になっている。杉村は鷹野のことを考えた。彼は合理主義者で冷徹な印象がある。ここへ来てすぐにあれだけばっさり弁護士をリストラするのだから。これからどうなってしまうのだろう。そう思ったが、意外と何とかなっている。おそらく鷹野が優秀なのだろう。藤間事件の弁護も桐生や上永の上を行っていた。自分のような凡人には遠い存在だ。

「さあて、凡人は凡人で午後も頑張るか」

ルーム1に向かう。がらんとしたオフィスも、いつの間にか馴染んでいた。ベテラン事務員の氏家が黙って指さす方を見ると、桐生がしかめつらをしていた。

「杉村さん、はいこれ」

代わりに判例を調べてくれていたようだ。サンキューと応じると、事務員の中川綾女が声をかけて来た。

「杉村さんって、最近よく屋上に行かれていますよね」

「そうだけど、何?」

「あの、自分の生命財産をどう使うのかは自由であるとは思いますが、飛び降りるのは非常に迷惑ですので、他の方法になさってくださいませんか」

苦笑いで応じざるを得ない。綾女は空気を読めないので、扱いに困る。事務仕事は無難にこなすが、いつもこの調子でどこかずれている。氏家もそうだが、ルーム1の事務員は皆、どこか浮き世離れしている。

「死ぬ気はないって。高校時代が懐かしかったのさ」

杉村はすがり付くように、桐生の肩に手を置いた。

「僕と同じで桐生くんもおそらく、屋上ラブの人種だろ？　ちょっと高いところから庶民を見下す。世の中のすべてを見通しつつ、世捨て人になった僕かっこいい。早く三顧の礼で迎えに来いよ無能どもが……みたいな」

「何ですかそれは。違いますよ」

一緒にするなとばかりに、桐生が杉村の手を払いのけた時、氏家が黙って腕時計を指差した。綾女が思い出したように口を開く。

「それより杉村さん、十三時からカンファレンスだそうですよ」

「またですか」

カンファレンスと言えば会議の意味。医師が手術前に行う打ち合わせのことだ。重要案件があると、鷹野はメンバーを集めて会議を行う。こんな用語は法律の世界には縁遠いが、鷹野はあくまで自分中心。身勝手すぎる人物だ。

「何の依頼なのかな」

「釣りボートが転覆して、『ＮＯＡ』という企業グループの社長が亡くなった事件のことだそうです」

「ああ、あれかあ」

桐生が資料を整理してエレベーターに向かっていく。いつの間にか予定の十三時ぎりぎりだ。杉村も慌てて後を追った。

二十一階の会議室には、鷹野をはじめ、五人の弁護士が集まった。氏家もついてきて、全員に資料を配付した。鷹野はホワイトボードにレオナルド・ダ・ヴィンチの鏡文字のような難読な文字を書いていく。よくわからないアルファベットのような記号が書き込まれていった。

「依頼してきたのは保坂修という造船会社で働いていた男性だ。殺人容疑で警察に事情を聴かれている。保坂は退職後、釣りボート店でアルバイトをしていたが、乗客一名を乗せて釣りに行った先でボートが転覆。二人は海に投げ出された。一つしかなかった浮き輪を巡って争い、保坂は乗客を溺死させた疑いがかかっている」

杉村はうなずく。この死んだ乗客は全国にチェーン店を持つレストランの経営者、倉橋龍一郎という。有名人だったこともあり、ニュースでも大きく取り上げられた。

鷹野はホワイトボードをコツコツと叩いた。

「この事件を根本から考え直してみるんだ」

カンファレンスにはいまだに慣れない。何も自分が元医師だからといってこんな呼び方をしなくてもいいし、医療の門外漢である自分たちに押し付けないでもらいたいと思うが、文句も言えない。

「あの、『K』って何ですか」

杉村はよくわからない記述について質問した。被疑者の保坂のことのようだが、それだったらイニシャルはHだろう。英語で被疑者はSuspect（サスペクト）でSだし、クライアントでもCのはず。

「被疑者のことだ。俺はKranke（クランケ）と呼んでいる。患者のKでもいい。ドイツ語と日本語が重なっているから、覚えやすいだろ」

隣で梅津がどこがだよ、と聞こえないように小さく文句をつけた。

「さてと……この事件、どこから手を付ければいいと思う？」

机の上で手を組んで、鷹野が問いかけてきた。

「典型的なカルネアデスの方舟（はこぶね）の事例ですね」

刑法第三十七条第一項本文です、と杉村は条文をひいた。海に投げ出され、浮かんだ板につかまった者のところへもう一人がつかまろうとやって来た。先につかまっていた者は二人が同時につかまれば二人とも沈んでしまうと思い、後から来た者を突き飛ばして水死させた。この場合、水死させた者の罪はどうなるのか？　古代ギリシアの哲学者、カルネアデスの出した問題だ。

法律を学ぶ者ならまず知っている緊急避難の法理でもある。形式的には殺人でも、自分の命を守るため、やむを得ず他人の命を犠牲にした場合には罪に問われない。

「カルネアデスの方舟じゃなく、カルネアデスの舟板です」

桐生が突っ込みを入れる。そういえばそうだった。自信たっぷりに言ったのが恥ずかしい。『NOA』というところから、ノアの方舟を連想してごっちゃになっていた。しばらく会議室に沈黙が流れたが、声を発したのは芽依だった。

「ニュースやワイドショーからは、客観的状況がわかりにくいです。近くを偶然通りかかった遊覧船から何人もの客が目撃していたそうですが、まずはクライア……クランケである保坂修に話を聞いて、そこからどうするか考えていくべきかと思いますけど」

　面白味のない常識的な模範解答だった。

「桐生はどう思う？」

「死人に口なしで、被疑者は自分に有利なことしか言わないでしょう。問題は目撃者があまりにも多いことです。五十人はいます。おそらく検察は自分たちに有利な証言をする証人をピックアップしてくるでしょう。こちらは人手が圧倒的に足りないものの、目撃情報は重要です。気の遠くなるような作業ではあっても、目撃者全員からしっかりと話を聞くことが大切であると思います」

　桐生らしい現実的で堅実な意見だった。

「鷹野先生はどう思われます？」

　芽依は答えを促した。鷹野はしばらく黙って、窓の外を眺めていた。スカイツリーの上を飛行機が飛んでいく。

「おかしな習慣だ」

　意外な答えにメンバーが全員、目を瞬（しばたた）かせた。まずは被疑者に接見して話を聞く。そして目撃者を徹底的に当たってみる――当たり前のことだと杉村には思えたが、そんなにおかしな習慣だろうか。

「医療の世界でもそうだが、何で弁護士同士、互いに先生と呼び合うんだ？」

メンバーが全員、脱力するような回答だった。

「俺にはこの習慣がいまだに馴染めない。互いに偉そうな地位にあることを確認し合っているように映ってしまう。日本の礼儀ってやつは、どうも非合理だ。上の者を敬うというのはいいことに思うが、能力のない者が偉そうにするための道具に成り下がっている場合が多い。無駄は排除すべきだ」

意味不明な理屈が飛び出した。しかも事件に無関係な自分の気持ちを一方的に話しているだけ。困った独裁者だ。

「わずかではあっても作業効率を下げることはしたくない。俺がルーム1のトップになった以上、俺に合わせてもらう。以降、先生と呼び合うことを禁止する」

めんどくせえ、と隣で梅津が小さくつぶやいた。

「じゃあ何と呼べばいいですか」

芽依の言葉に鷹野は好きに呼べばいい、と答えた。

「ニューヨーク・オフィスでは、ファーストネームで呼び合っていた。上司だからといって先生はつけるな。気楽に呼んでくれればいい」

カンファレンスはよくわからない方向に進んでいた。しかしこれといってまだ事件の全貌が見えないので、とりあえずは被疑者、鷹野風に言うとクランケに接見することに決まった。

「今から接見に出向くが、ついて来る者はいるか」

「はい！　僕に行かせてください」

杉村はやる気を見せるべく、名乗り出た。鷹野はふう、と意味ありげなため息をついたが、了承してくれた。杉村は資料を用意し、鷹野先生行きましょうかと言いそうになって、いけないと言葉を換える。確か鷹野の名前は和也だったな。だったらここは外国人のようにフレンドリーに呼ぶべきだ。

「じゃあカズ、行きましょうか」

声をかけると、鷹野は片方のまゆを下げて杉村を睨んだ。

「誰がカズだ」

「え？　でも……」

「親しき仲にも礼儀ありだ。調子に乗るな！」

思い切り怒られてしまった。自分でそう呼べと言ったではないか。何なのだろうこの理不尽は……杉村はため息をつかざるを得なかった。

鷹野と共に、杉村は警察署に向かった。

ここに被疑者、保坂修が勾留されている。鷹野はジキルとハイドのように誠実の仮面をかぶって、受付の人に弁護士バッジを見せる。すぐに接見が始まった。

逮捕された保坂は、下がり気味のまゆが特徴的な、どこにでもいそうな初老の男だった。

「お久しぶりです。保坂さん」

最初に鷹野が発した言葉は、意外なものだった。

「もう十八年ですか。あの時はお世話になりました」

保坂は何度も頭を下げる。二人には面識があったようだ。会話を聞くと、保坂の息子、輝はかつて心臓の病気を患い、鷹野に助けてもらったことがあったという。

「私も大学病院時代は野球部でした。輝くんとは野球の話をよくしましたよ。彼は今も野球を続けているんですか」

「いや、それはもう……」

「辞めてしまわれたのですか？　高校時代は結構、強打者としてならしていたでしょう？　あと一歩で甲子園ってとこでしたよね」

「よくご存じですね。でもプロとかには無縁でしたし、今はやっていませんよ」

鷹野はもう少し輝のことを訊ねたいようだったが、保坂は言葉を濁した。

「僕も野球しますよ。パワプロですけど」

口をはさんだ杉村を睨んで、鷹野が切り出す。

「ところで早速、事件についてお訊きしたいんですが」

「はあ、わかりました」

保坂の話によると、事件の経緯はこうだ。倉橋は釣りが趣味で、よく釣りボートを貸し切りで利用していた。その日は釣れず、より良い釣り場を求めて危険な領域まで行ったらしい。

「わたしはやめましょうと言ったんですがね」

保坂は高い金を払っている倉橋には逆らえなかった。しかし天候の悪化もあってボートは転覆。二人は海に投げ出された。保坂は救命器具として積んでいた浮き輪につかまった。浮き輪は二名分あったが、一つは波で遠くへ流されてしまったそうだ。

「先に浮き輪をつかんだのは、保坂さんだったんですか」

杉村はメモを取りながら問いかける。保坂はそうです、とうなずいた。彼の話ではそのあとで倉橋がよこせと奪いに来た。もみ合いになるうちに倉橋は溺（おぼ）れ、海中深く沈んでいったという。本当だろうか。被疑者は自分に都合のいいように言うものだ。

「わたしがボートの責任者ですから、本当だったら積極的に、乗客の倉橋さんに浮き輪を渡すべきだったのかもしれませんね」

保坂は自分を責めていた。杉村の目から見て、嘘を言っている感じは受けない。

それから二人はもうしばらく保坂から事情を訊いた。杉村が受けた印象では、彼は真面目な人物に映った。事故を起こしたことは責められるかもしれないが、倉橋が無理を言ってボートを遠くまで出させたという事情もある。

師団坂ビルに戻る車の助手席で、鷹野は問いかけてきた。

「杉村、どう思う？　依頼者の罪状についてだ」

　ハンドルを握りつつ、杉村はすぐに答えた。

「殺人にはあたらないと思います」

　確かにいくら頼まれようが、危険な釣り場に出向いていったことは責められても仕方がない。しかしそれは別に論じられること。重要なのは浮き輪を巡る争いだ。杉村の見立てでは、保坂は嘘をついてはいない。おそらく緊急避難が認められるだろう。

「この事件、単純じゃない」

　鷹野は意外にも険しい顔だった。

「どうしてそう思うんですか」

　問いかけるが、鷹野はその理由について答えなかった。

「とりあえず、証人全員から話を聞く以外にない」

　保坂を救助したのは、近くを航行していた遊覧船。五十人余りの乗客が保坂と倉橋の争いを目撃していた。二人を救助しようとしたが波が高く、すぐにはできなかったそうだ。だがどうして鷹野は単純じゃないと思ったのだろう。杉村はよくわからないまま、首をひねった。

2

芽依と待ち合わせると、小金井市へ向かった。

駅からしばらく歩くと、目的地の一軒家に着いた。栗山という表札の横のインターフォンを鳴らした。

「こんばんは、お電話した師団坂法律事務所の佐伯と言います。こちらは弁護士の杉村です」

出てきたのは六十過ぎの夫婦だった。二人とも眼鏡をかけている。

「あの事件のことね。上がってください」

失礼します、と言って杉村は中に入る。二人は釣りボート転覆事件の際、近くを通りかかった遊覧船に乗っていた。そこから保坂と倉橋が浮き輪を巡って争うのを見たというのだ。お茶と和菓子が出された。

「早速ですが、当時の様子を聞かせていただけますか」

芽依が切り出した。夫の方が答える。

「遊覧船の中でうとうとしていたところ、誰かの大声が聞こえてはっとしました。慌てて外を見ると、釣りボートが転覆していて、近くで水しぶきが上がるのが目に飛び込んできたんです。よく見ると水しぶきのところには二人の男性がいました」

杉村はリーガルパッドにメモをした。

「大柄な若い男性と、痩せたわたしと同じくらいの歳の男性です。若い男が浮き輪を奪おうと、痩せた男を殴りつけていました。後で聞きましたが、あの若い男が倉橋社長だったんですね。故人を悪く言いたくはないですが、あれはどう考えても悪いのは倉橋さんですよ」

いきなり弁護側優位な証言が出てきた。

「奥さんが見たのも、同じような光景だったんですね」

芽依が念押しのように訊ねた。しかし彼女は大きく首を横に振った。

「わたしの目には釣りボートの店員が悪いように見えたわ。社長を引きずりおろそうとしているようにしか見えなかったもの。悪いのはあの男よ。だいたいボートを転覆させておいてよくあんなことができるわよねえ。普通だったらどうぞ使ってくださいって言って、お客を優先すると思うけど。どこかの国の船長なんて殺人罪に問われたっていうじゃない？　客より自分の命が大切なんて信じられないわ。ああそうそう、主人は近眼なんですよ。わたしはいまだに視力一・五ですからね」

「馬鹿言うな。ちゃんと見えるわ。免許証もゴールドだぞ」

「それはあなた、怖いからってあんまり乗ってないからでしょ？　映画館の駐車場で恰好つけて切り返さずに入れようとした時、バック失敗してぶつけて賠償させられたじゃない」

話が全く関係ない方向に進んでいた。杉村と芽依は何とか軌道修正して、当時の様子を詳細に訊ねていく。しかし夫の方は倉橋社長が悪い、妻の方は保坂が悪いという主張を変える気配はまるでなかった。夫婦げんかになっている。杉村らが諦めて帰ろうとしたとき、小太りの男性が外に出て行くのが見えた。

「どなたか、いらっしゃるんですか」

芽依の質問に、どこかバツが悪そうに夫が答えた。

「息子の登志夫です」

彼も乗船していたのだろうか。杉村は彼にも質問したいと申し出た。

「え？　あ、いや……息子は知りませんよ」

芽依はそうですか、と応じると、礼を言って帰ろうとした。杉村は何か引っかかるものを感じたが、芽依とともに栗山宅を後にした。

電車に乗った。遊覧船に乗っていた他の乗客とも約束していて、これからそちらに向かう。しかし杉村はどこか釈然とせず、切り出した。

「息子さんにも話、聞いた方がよかったんじゃないですか」

芽依は何故？　という顔で杉村を眺める。

「栗山さん夫婦が息子は知らないって言ってたんだし、もういいじゃないですか」

「はあ、まあそうですけどね」

「それより困ったなあ。全く二人の証言が食い違っているんだから」

次に二人が向かったのは、中野にあるマンションだった。

駅のすぐ近くに、目撃者の一人である大学生が住んでいる。オートロックで学生が住むにしては贅沢なところだなと思いつつ、杉村はエレベーターで五階まで昇ると、チャイムを鳴らした。

「あ、はあい。ちょっと待ってください」

すぐに扉が開き、小顔で金髪の青年が姿を現した。顔立ちは端整だが、桐生のようにプライドの塊というような感じではない。嫌になるほど爽やかだ。

「すみません、彼女バイトで遅れていて。もうすぐ来ると思うんですけど」

廊下を小走りに若い女の子が走って来た。

「あ、来たみたいです」

「ごめえん。集計に手間取っちゃって。店長が計算合わないって」

まだ十代のようだが、目鼻立ちがハッキリしていてすらっとしている。服装もあか抜けていてファッションモデルのようだ。

「じゃあ中、入ってよ」

この二人はデートで遊覧船に乗っていたらしい。若い美男美女のカップル。リア充か……何ともうらやましくて嫌になる。早速杉村と芽依は話を聞いた。女の子はよくしゃべる子で、保坂の味方をした。

「あれは仕方ないですよ。『NOA』の社長は異常だったと思う。釣りボートの人に、お前は溺れて死ねって怒鳴っていたんだから」

本当だろうか。仮にそれが本当なら、さすがに緊急避難が成立しそうだ。

「だからさあ、悪いのは釣りボートのオッサンだよ。そりゃお前の空耳」

青年の方は倉橋社長の味方のようだ。

「そうかなあ、あのオジサンが社長を引きずり落としたみたいに言っている人もいるけど、あれって波がザバアッってきて、飲み込まれただけだと思うんだけど」

ないない、と青年は笑っていた。

「違うって。オッサンの目、血走ってたよ。絶対生き残ってみせる。こいつを殺してでもって感じだった。だいたいさあ、こういう場合って、乗客優先じゃねえのかよ。社長が必死になっていたって当然だと思う」

さっきの栗山夫婦と同じで、この二人の意見も真っ二つだ。

ダメだな……そんな思いに支配されていく。芽依と顔を見合わすが、彼女も同じ思いのようだ。決定的な証言はない。杉村と芽依はそれ以上の情報を得ることはできずに、マンションを後にした。


杉村の自宅は、赤坂見附から電車を乗り継いで四、五十分ほどの、千葉県松戸（まつど）にある。昔からある二百坪ほどの比較的大きな家で、年老いた父と母と三人暮らしだ。両親は公務員だったがすでに引退している。

この日は意外と早く仕事が終わったので、久しぶりにネット掲示板を見た。殺人事件の無罪判決のスレッドが立っていて、動画がついている。見覚えのある青年が「無罪」と書かれた紙を誇らしげに広げていた。

弁護士のインタビューが再生される。二人はルーム2の弁護士で、七条竜太郎と波多野花織だ。波多野にはスゲエ美人、ノーチェンジ、土下座するレベルというレスがつき、七条にもイケメンというレスがチラホラついている。

七条って弁護士はイケメンじゃねえよ。雰囲気イケメン。すぐに自分のテリトリーに持ち込もうとするし、杉村って弁護士の方がマジでよかった……そう杉村は打ち込む。しかし送信する前に躊躇(ちゅうちょ)した。やばいやばい。あまり書くと自演だとばれかねない。七条の悪口だけを書いて送信した。

「つまんね」

ベッドにあおむけに寝そべる。子供の頃からゲーム好きで、ファミコンに始まり、最新のものまでだいたいのゲーム機がそろっている。特にRPGが好きで、ソフトを使ったRPGづくりコンテストに応募して入選したこともある。しかしオンラインが主流になってからやる気をなくした。時間の無駄という気がしてきたからだ。スマホゲームくらいしか今はやらない。

杉村は今年で三十四歳。元ひきこもりのニートだ。特に実家が大金持ちだったわけではないが、両親が共働きで息子ひとり養うことはでき、それに甘えていたのだ。二十代半ばになって突然、法科大学院に行きたいと言うと親は大喜びで金を出してくれた。そしてラッキーにも司法試験に合格し、ルーム1にも嘘の感動話をでっち上げて正義への思いをアピールして入りこんだ。どうして佐伯真樹夫先生は自分などを採用してくれたのだろう。奇跡だといつも思っている。今回のリストラ騒ぎでも最低点だったのに残れたわけで、自分には幸運の神様がついているのかもしれない。

　天井の木目を見つめた。『ゲゲゲの鬼太郎（きたろう）』に出てくるバックベアード様のような気色悪い木目だ。

　ルーム1の面々は人数が減ったとはいえ、やはり誰もが自分より有能だ。他業種からの転向組が多いとはいえ、誰もが正義への信念を持っている。翻って自分にはそれがない。大学の受験勉強もろくにやらず、合格できるところで妥協。大学時代は遊んでいただけで、卒業論文も一週間で適当に書いた。院に進んだのも勉強がしたかったわけでも何でもなく、就職したくなかっただけ。モラトリアムに逃避していたのだ。弁護士を目指そうと思ったのは、なんでだったっけ……。

　スマホが鳴った。ラインに芽依が送信してきた。

「杉村さん、今日の目撃者たちの証言、まとめておいたのでPDFで送りますね」

　はいはいわかりましたと返事を送信すると、ノートパソコンを開く。メールが来ていて、今日の証人たちの証言が事細かに書き込まれていた。やれやれ、相変わらず真面目なことだ。遊んで暮らせるお嬢様なのに、何が楽しくてこんな仕事をしているのだろう。

　杉村は義務的にファイルを読みつつ、今日のことを思い出していた。

　少しだけ気になることがあった。いや、正確にはボートの事件に関係することではないが、ちょっとだけどうでもいいことが気になった。それでも急に襲って来た睡魔に抗（あらが）

うことができず、まあいいやと電気を消して布団にもぐりこんだ。

3

それから数日が経過した。

保坂が逮捕されて十五日目。勾留延長期間に入っており、もうすぐ起訴されるかどうかの決定が下る。捜査検事はどういう判断を下すだろう。それはともかく刑事弁護の専門チームであるルーム1の面子にかけて、できる限り早期に保坂を釈放したいものだ。芽依や桐生は生真面目にそう考えているだろう。

「うわ、何だよ」

師団坂ビルに入る直前、ロールスロイスにひかれそうになった。都心で高級車を見るのは慣れたが、ひかれそうになったのは初めてだ。

ルーム1では中川綾女と氏家保志が、競うように高速でキーボードを叩いていた。八十年代特集で見た、ファミコンバトルをする二人の名人を思い出す。事務員としての能力は氏家がトップ。綾女の瞬発的な事務処理速度は氏家をわずかに上回るが、大相撲がある日は取り組みが気になって集中力が落ちるようで、その分ナンバーツーに甘んじている。二人の奥には桐生と梅津、芽依がいた。

「さっきロールスロイスにひかれかけましたよ」

おどけて再現するが、笑いはとれなかった。芽依が真面目な顔をして口を開く。

「三嶋裕國（みしまひろくに）っていうお偉いさんが来てるんです。ルーム3に相談があるみたいですよ。鷹野さんも出席してるんですって」

三嶋裕國は、三嶋グループのトップだ。『NOA』経営者、倉橋社長の親分的存在でもある。一方、ルーム3は企業法務や民事を中心とした部署だ。弁護士の数はここが一番多い。

「何で鷹野さんが呼ばれてるんですか」

「FCPAに強い弁護士が必要だかららしいです」

資料を見つめつつ、桐生が応じた。

「連邦海外腐敗行為防止法のことです。俺もある程度は勉強していますが、鷹野さんにはかないません。ルーム3の実力者でも及ばないくらいですから」

桐生は簡単に説明した。どうやら三嶋グループは海外の取引で米司法省に目をつけられているらしい。FCPAだなんだと言われても、正直なところ自分には手に負えない。さすが鷹野というところか。

「それよりもカルネアデス事件ですよ。何となくですけど世論は保坂さんを殺人罪にしたい感じですね」

芽依が話題を振った。いつの間にやら、カルネアデス事件という名称が定着している。

「そういう方向に持って行きたがっているように見えちまうな」

梅津も同調した。ネットを見ると、保坂を責める論調が支配的だ。あれから手分けして目撃者たちから話を聞いているが、まだ決定的な証言は得られていない。そういえば『NOA』は三嶋グループに属している。三嶋会長からしても、系列会社の問題は気になるところだろうし、その話も兼ねてやって来たのかもしれない。

「疑わしきは被告人の利益に、が原則ですよ」

正論を唱えているのは桐生だ。しかしどうだろう。マスコミもネットも保坂が悪いという論調に向いている。世論を操作することが本当に可能なのかどうかは知らないが、三嶋グループとしては、倉橋社長の死はあくまで悲劇でなければいけない。彼にも非があったとすれば、企業イメージが失墜しかねない。一時ブラックな運営でバッシングを浴びたが、『NOA』の業績はいい。金はいくらでもあるのだし、ひょっとすると世論の操作をしているのだろうか。

杉村はスカイツリーの方を見ながら腕を組んだ。

「間違いないね。これは工作だよ」

杉村は自信ありげに宣言した。根拠があるのかという視線に杉村は真剣な顔で応じた。

「金さえあれば何でもできるものさ」

「そうですかねえ」

「この理論……金(カネ)アルデスの舟板、なんてね」

氏家だけが腹話術人形のように笑っているが、思った以上に冷たい空気が支配した。

苦笑いしていると、鷹野が戻って来た。

「鷹野さん、釣りボート転覆事件をどう考えているんですか」

桐生の問いかけに鷹野は立ち止まる。

「聞きたいか」

「もちろんですよ」

桐生が応じると、鷹野は机に両手をついた。

「おそらくこの事件、保坂の罪は殺人で間違いないだろう。その方向で弁護を考えるべきだ」

意外な答えが返って来た。

「何故ですか？　今回の場合、緊急避難どころかそもそも被疑者が本当に死に至らしめたかどうかすら怪しい。波で勝手に沈んだという証言もあるくらいです。危険区域まで行って事故を起こした責任は当然あるでしょうが、はっきり言って浮き輪の奪い合いに限定すれば被疑者は無罪ですよ」

しかし鷹野は大きく首を横に振った。

「この事件は殺人だ。保坂には殺意があった」

「そんな馬鹿な」

桐生は眉根にしわを寄せた。

「こんなこと、認められません。あまりにも諦めが早すぎるのではないですか。現状、判事として判断するなら弁護側優位です。有罪だという証人は事故を起こした責任論、一般論に寄っていて、法律論に向いていない。上永先生なら……いえ、俺なら徹底抗戦します」

桐生の横顔は、ゾクッとするほど凜々しかった。言葉が消え、事務員たちのキーボード入力の音が響く。そんな中、鷹野は小さく嘘、と口にした。

「理由は保坂が嘘をついているからだ」

意味不明な答えだった。確かに保坂が話した事情は彼の主観。死んだ倉橋の反論は聞けない。死人に口なしだ。しかし保坂が嘘をついていると決め付ける根拠はあるのか。

鷹野は保坂と自分の関係を話した上で、説明し始めた。

「保坂の息子は『NOA』系列のチェーン店で働いていたらしい。しかし数年前、重労働に耐え切れずに首を吊った。接見のとき、保坂は息子が死んだことを黙っていた。おかしいと思わないか」

杉村たちは顔を見合わせた。息子の死については言い出しづらかっただけかもしれない。嘘というのは大げさに過ぎる。保坂が倉橋を恨んでいるとは限らないし、あの突発的な状況を利用して殺そうとするというのは無理ではないか。

「とにかく殺人事件として弁護する。当時の様子について引き続き詳しく調べるように」

言い残して鷹野は姿を消した。

一階のビュッフェで食事をするが、誰もが口が重かった。

「天下のルーム1の方々がほとんど勢揃いか」

杉村は顔を上げる。できそこないのホストのような青年が立っていた。

「おい桐生、お前らカルネアデス事件、引き受けたそうだな」

七条の質問に、桐生は顔を上げることもしない。邪魔くさそうにタブレットを操作していた。

「それが何か」

「お前らのボスって、やる気あんのかよ」

挑発されて、桐生はようやく顔を上げた。

「やる気ねえならウチに回せよ。俺なら三日、波多野先生だったら三十分もあれば、ランチを楽しむようにスピード審査で解決してくれるぞ」

手あたり次第喧嘩を売って来る変な奴だ。ただし自分より権力のある者には決して喧嘩を売らない。まあ、人のことは言えないが、杉村は七条に冷たい視線を送った。

「だいぶ前からお前らのボスは三嶋会長とかなり親密な関係だとか。これがどういう意味かわかるよな、桐生」

桐生は振り向きもせずに、無視していた。七条は舌打ちをする。

「金の亡者のボスザルは困ったもんだな。命じゃなく、お金を賭けたこの一打って感じで」

　七条がゴルフスイングをしつつ姿を消してから、誰もが顔を見合わせた。七条の妄言はともかく、言っていたことは嘘とは思えない。確かに『NOA』の所属する三嶋グループは以前から師団坂法律事務所と取引がある。鷹野はニューヨーク時代に三嶋から依頼を受けて著作権問題で他社と争い、民事訴訟で勝利を収めた実績もあるらしい。しかしこのタイミングでの来訪、気になるのは確かだ。

「まさか……圧力がかかっているのか」

　言い出しづらい言葉を口にしたのは桐生だった。

「保坂の弁護人さえ籠絡してしまえば、三嶋グループは安泰です。裏取引でもしてこの件、まともに弁護しないようにはかったのかもしれない」

　桐生は立ち上がった。確かに言う通りかもしれない。それに何といっても、藤間の事件であそこまで粘って真実にたどり着いた鷹野が、こんなに早く諦めるなどおかしい。保坂の息子の話はわからないでもないが、弁護士としては被疑者の味方であるべきだろう。

　杉村は何とも言えない気分だった。正直、鷹野がやって来てから、いつの間にか彼の魅力にひかれている。それはマネージング・パートナーという権力に対してということもあるが、彼が吹きこむ新しい風を受けて、この情けない自分が変われるような気がしたからだ。桐生だってそうだろう。尊敬する上永について行かず、あえてルーム1に戻って来た。おそらくその理由は鷹野の言う正義が見たかったから。それが今、音を立てて崩れようとしているような気がした。

作成したリストがすべてバツマークで埋まっていた。

杉村はルーム1のメンバーと分担し、カルネアデス事件の目撃者に徹底的に聞き込みを行っていた。もたらされた情報は相変わらず二つに分かれている。

「これなら殺人罪には問われないと思います」

芽依がつぶやくように言う。その通りだと杉村は思った。疑わしきは被告人の利益に——この大原則がある限り、怪しいという程度なら殺人に関しては否定されるはずだ。

問題なのは鷹野が何故あんなにあっさりと引き下がるのかということ。意味がわからない。上永らがルーム1を去って以来、確かに鷹野は鬼神のごとく働いている。その仕事ぶりは尊敬を超えてすごいの一言だが、だからといってこの判断には納得できない。

「腹減りましたよ」

時刻はいつの間にか午後七時だ。ルーム1の扱う刑事事件は有名なものばかりではない。軽微な犯罪や詐欺、ネット犯罪まで扱っている。誰もが多くの案件をかけ持ちしていて、ずっと働きづめだ。芽依もそうだろう。というより杉村と芽依はルーム1にあってかなり楽な仕事を与えられている部類と言っていい。

「じゃあ、久しぶりにあそこのお店、行ってみますか」

芽依が提案したのは、『法源（ほうげん）』という小さな居酒屋だった。弁護士になりたての頃、先輩に何度か連れて行ってもらった。赤坂見附から少し離れたところにあるので最近はご無沙汰だったが、どこかなつかしい。

のれんをくぐると、焼き鳥の香ばしい匂いがした。いらっしゃいという店主の声が聞こえた時、前を行く芽依の背中にぶつかった。カウンターの奥の方を見つめている。どうしたんですかという問いが途中で途切れた。

「……上永先生」

芽依の視線の先を見ると、上永が一人、お猪口で日本酒を飲んでいた。好物のトマトスライスとたこわさが横に置かれている。ルーム1を去ってから、久しぶりの再会だ。杉村は彼について行かなかった。気まずい感じもしたが、芽依と一緒に上永と並ぶように座る。

「人が減って大変だろう？　大丈夫かい」

上永は怒るそぶりなど微塵もなく、こちらを気遣ってくれた。

「大変なんてもんじゃないですよ」

思わず泣き言がこぼれた。あれから上永はフェアトン法律事務所という大手の法律事務所に移籍した。ルーム1で名の知れた上永は、喜んで迎え入れられたと聞く。その他の弁護士たちも元ルーム1というブランドが利いて、それぞれすぐに就職先は見つかったようだ。

「やり方が変わって戸惑うのは当然だよ」

「いいえ、あの人はほんとおかしいですよ。鷹野さんって何考えてるかわかんないです。もうついて行けませんよ」

日本酒をぐいっとやると、杉村は息を吐き出した。

「杉村くんの気持ちもわかる。だがルーム1はいつの間にか、どこか甘い集団になっていたかもしれない。そういう意味で、彼がやろうとしていることはわかるんだよ」

「いいえ、僕が言いたいのはそういうことじゃないです」

杉村は徳利をドンと置くと、鷹野に関する不満をぶちまけた。

遊覧船の乗客全員に徹底的に話を聞いた。自分たちの調べでは被疑者を殺人罪と決めつける証拠はない。こんなところで不満を言うなど情けないと思うが、上永の優しい声を聞くと、つい甘えてしまう。

芽依も珍しくお酒を飲んでいる。弱いのですぐに顔が赤くなった。

「人を疑うのはよくありませんけど、鷹野さんって三嶋グループに抱き込まれているかもしれないんです。企業イメージを悪化させないために、あえて手を抜いた弁護をしているとしかわたしには思えません」

言いづらいことを、芽依はズバッと口にした。酔っ払ったお嬢様は杉村以上に過激だ。

「すみません。疑わしいからって……言いすぎですね」

芽依はアルコールを薄めようと、水をたくさん飲んだ。上永はしばらく黙り込んでいたが、やがてトマトを一切れ、口の中に入れた。

トマトを食べながら、上永は優しげに笑った。

「私だって若い頃は、真樹夫先生について行くのが大変だったさ。歳を取って丸くなったが、あの人だって変わり者だった。娘さんの前で言うのはどうかと思うが、天才ってのはちょっと人を寄せ付けないところがあるもんだ」

上永は意外にも鷹野の肩を持っていた。彼は昔からいつもこうだ。ネットなどで被害者より犯罪者を大事にする人権屋とよく叩かれていたが、決してそんなことはない。彼ほど被害者救済に力を入れている弁護士はまれだ。しかし上永は不満を口にせず、自分を悪く言う人間と良く言う人間を差別しない。だから尊敬できた。

上永は酒を軽くあおると、噛みしめるように問いを発した。

「君らは鷹野先生よりも、事件について一生懸命調べているのかな」

当たり前じゃないですか、そう言おうとして、杉村は口をつぐんだ。鷹野がこの事件でどう動いているのかは知らない。

「杉村くん、君は遊覧船の乗客すべてに話を聞いたと言ったね？」

「ええ、徹底的に」

「でも話を聞くだけに終わっていないかな」

「え？　聞くだけって……」

「何か引っかかるところはなかったのかい？　徹底的という言葉に甘えていてはいけな

い。形式的に質問していては真実は見えやしない」

「そんなことはありませんよ。ちゃんと聞いています」

ほてった顔で、芽依が反論した。しかし杉村は反論できなかった。それは思い当たる節があったからだ。ある夫婦の家を訪れた時に覚えた違和感。そうだ、自分にはまだやっていないことがある。杉村はお勘定と言って立ち上がった。

「どうしたんです？　どこへ」

芽依が不思議そうに問いかける。しかし今、杉村にはその声は届かなかった。


タクシーを飛ばして向かったのは、小金井だった。

すでに夜遅く、約束もないが気になって仕方ない。芽依も渋々ついてきた。杉村は栗山夫婦の自宅前で降りると、インターフォンに指をのばす。二階の明かりはついているが、一階は消えている。しかし構わないと思ってボタンを押した。

「夜分申し訳ありません。師団坂法律事務所の者ですが」

「どうしたんです？　もうすべてお話ししましたけど」

杉村は首を横に振った。

「登志夫さんも遊覧船に乗っていたんですよね」

彼からも話を聞きたいと申し出ると、栗山夫婦は顔を見合わせた。乗船していた確証はなかったのでカマをかけたのだが、この反応……おそらく当たりだ。栗山夫婦はしばらく相談していたが、ようやく了解したようで、少し待っていてくださいと言って二階に向かった。やがて二人と一緒に、ジャージ姿の男性が下りてきた。

「お話を聞かせてもらっていいですか」

栗山登志夫はため息で応じた。ニキビ面に無精ひげ。髪はM字形に後退している。年齢は四十歳くらいだろう。

とりつくろうように栗山夫婦は口を挟んだ。

「すみません。悪く思わないでくださいね」

「ちょっと人づきあいが苦手な子なんですわ」

芽依は不思議そうな顔だったが、杉村はだいたい彼らの気持ちがわかった。この登志夫はひきこもりなのだ。人に会うことを極力避けている。遊覧船に乗ったのは両親が何とか外に連れ出そうとしたから。栗山夫婦の態度は以前、杉村に対して両親が向けていたものに似ていた。家族の恥……気持ちはよくわかる。証人として法廷に立たされることになったら、ひきこもりであることが周囲にばれかねない。だから嘘をついたのではないか。

「心配いりません。師団坂は秘密厳守です。個人情報は徹底して守りますので」

杉村は必死に説得しつつ、自分の過去を思い出していた。

自分もかつてひきこもりだった。今でこそ明るくふるまっているが、以前は人に会うのが嫌で夜にしか外出できなかった。このままじゃいけないと思いつつ、つい楽な方に逃げてしまった。弁護士を目指そうと思ったのは、一発逆転で勝ち組になる方法がそれくらいしか思いつかなかったからだ。あくまで自分のため。正義なんて何も関係ない。

この登志夫も少しのきっかけで変われるのかもしれない。しかし当時の杉村と今の登志夫は置かれた環境が全然違う。自分の過去を話しても彼の心には響くまい。そう思って口を閉ざした。

ダメかなと思っていたが、登志夫はふうんと大きく息を吐いた。

「少し待って欲しい」

登志夫は二階に上がって何かを持ってきた。

「俺、あの時一人でデッキにいたんだよ」

差し出されたのはスマホだった。登志夫はあまり人と顔を合わせたくなかったので、立ち入り禁止のデッキにいたのだという。そこからは事件の様子がよく見えたそうだ。

「これに録画してあるから」

登志夫は動画再生ボタンを押す。

最初に映し出されたのは保坂だ。一人で浮き輪につかまっている。そこに倉橋が近づいてきて強引に浮き輪を奪おうとしているのがはっきりわかった。保坂は倉橋を払いのけようとはしていない。必死に浮き輪にしがみついているだけ。倉橋は波をかぶった瞬間、体勢を崩して溺れ、海中に沈んでいった。

再生を止めた杉村は興奮状態だった。これは決定的な証拠になる。何度見ても、誰が見ても、悪いのは一方的に倉橋だろう。殺人罪になる余地はない。

「よっしゃあ！　ついに見つけたぞ」

芽依も満面の笑みだ。

「これなら鷹野さんも、ぐうの音も出ませんよ」

上永のおかげとはいえ、決定的な証拠を初めて自分で見つけた。ありがとうございます、と登志夫に何度も頭を下げつつ、杉村は興奮が覚めやらなかった。

4

保坂修の勾留延長満了期限を明日に控えたその日、鷹野は教会にいた。

祈りをささげながら思う。カルネアデスの謎はほとんど解けている。最後の仕上げは、保坂にもう一度会って話をすること。これはある意味、禁断の弁護になる。藤間の時はただ単に真実を暴くだけでよかったが、今回は少し違う。今回の方が難解だ。神頼みではないが、勝負の前にはいつもここに来る。

祈りを邪魔するように、スマホが鳴った。

「杉村です。お話があるんですが」

こんな時に何の用事だ？　鷹野はぶっきらぼうに応じるが、いつになく杉村は真剣な声だった。

「カルネアデスの謎が完全に解けました」

無能だと思っていたが、意外とやるものだ。しかし自分と同じ地点まで本当にたどり着いたのだろうか。

「証拠があります。証拠を見つけたんです」

「本当か」

「はい。絶対的な証拠です。ぜひ見てもらいたくて」

杉村は自信満々だった。本当に自力でそこまでたどり着いたのだろうか。それならば少し杉村に対する評価も改めなければいけないが、どうも疑わしい。

「ルーム1に来てください」

「わかった。すぐ行く」

通話を切ると、鷹野は改めて祈りをささげる。教会を出て車に乗り込むと、助手席に目をやった。そこには野球の硬式ボールが載っている。鷹野はそれを手にし、ぐっと握りしめた。


ルーム1に戻ると、弁護士たちが一斉に近づいてきた。

桐生に梅津、芽依、先頭にいるのは杉村だ。絶対的な証拠と彼は言っていた。何を見つけたというのだろうか。

「これです。今からこれを見てください」

杉村はＵＳＢを挿すと、パソコンで動画を再生する。映し出されたのはカルネアデス事件の様子だった。乗客の一人、栗山登志夫が立ち入り禁止のデッキで録画した映像だそうだ。

高波が倉橋の体をさらった。杉村は動画をもう一度、再生する。同じシーンを見つめながら、鷹野はしばらく黙り込んだ。

杉村や芽依はどうだと言わんばかりの顔で鷹野を見つめている。

「百パーセント勝てますよ。倉橋社長は保坂さんに沈められたんじゃなく、波にのまれて沈んだんです。これなら三十七条一項本文を使わなくても、殺人に当たる余地はありません」

裁判官になりきって桐生が断じた。後ろで事務員の氏家がうなずいている。

「杉村さんの手柄です」

桐生は珍しく杉村を褒めた。確かにこれは決定的と呼べる証拠だろう。

「いやあ、上永先生の助言があったからだよ」

確かによく見つけ出してきたものだ。意外とやる。鷹野はふっと口元を緩めた。杉村は鷹野の笑みを見て、勝利宣言のＶサインをした。芽依らと浮かれる杉村を横目に、鷹野は静かに口を開く。

「だが無駄だな。証拠にはならない」

鷹野の返答に、ルーム１全員、事務員までもが驚いた顔を見せた。誰も言葉を発することなく、ルーム1内に緊張が走った。

「なぜこれが証拠にならないんです？」

こらえきれずに口を開いたのは、杉村だ。おそらく必死でつかんだ初めての手柄。その気持ちはよくわかる。

「立ち入り禁止のデッキで撮影したからですか。そんな馬鹿な！　これは違法収集証拠じゃありませんよ。それとも見て見ぬふりをするんですか」

「殺人であることに変わりはない」

つれない態度に頭に血が上ったのか、杉村は詰め寄って来た。

「鷹野さん、本当のことを話してください」

「どういう意味だ？」

逆に問いかけると、杉村は苦しそうに質問した。

「三嶋グループに買収されているんですか」

問いに答えることなく、鷹野はじっと杉村を見つめた。

「俺は三嶋グループ系列のレストラン従業員の弁護をしたことがあります。劣悪な条件でワンオペとかさせられて、挙げ句の果てにポイ捨てされる。でも泣き寝入りするしかない。本当に酷(ひど)いものでしたよ」

桐生のセリフにそうか、と鷹野は応じた。ルーム1全員を代表するように、芽依が訊きたいことがあるんです、と一歩前に出た。

「あなたのいう正義とは何なんです？」

鷹野は天井を見上げ、噛みしめるように答えた。

「さあな……だが俺にとって、弁護は治療だ」

杉村は治療という部分をオウムのようになぞった。

「人を治療し、救えなければ正義じゃない。法律は刃物のようなものだ。使いようによっては善にも悪にもなる。俺は法律というメスを駆使し、人を治療する」

桐生が途中で遮った。

「あなたは裕福な患者を優先して治療しているのではないんですか。罪のない人間を見捨てることは正義と言えるんですか」

「だったら保坂はなぜ嘘をついた？」

「まだ言っているんですか。確かに息子さんの死は重要な事実です。ですがそれだけで犯行動機に結びつけるのは浅はかです。だいたいこれだけ決定的な証拠があるのに殺人などあり得ません」

興奮気味の杉村を無視し、鷹野は時計に目をやる。こんな抽象論をいくら続けても埒は明かないなと思った。

「俺の正義が見たければ、ついてこい」

鷹野は言い残すとエレベーターに消えた。

5

向かった先は、警察だった。

杉村は仕事を桐生らに任せ、鷹野と共に接見室へと急ぐ。芽依も一緒だ。

車の中でほとんど会話はなかった。鷹野はどうするつもりなのか。少なくとも杉村と芽依が手に入れた動画の存在を彼は知らなかったようだ。

もし鷹野がこの動画を無視し、あくまで殺人を主張するなら、ネットにアップしてやろうとひそかに思っている。しかしその前に、鷹野がこれからやろうとしていることが知りたい。彼の言う正義とは何なのだろうか。

三人で接見に臨む。すぐに保坂がやって来た。

「こんにちは、保坂さん」

すぐに杉村はパソコンを開いた。芽依が再生ボタンを押す。保坂は無表情のまま、動画を見つめた。どう見ても保坂が倉橋を沈めようとしている様子などない。画面に映っていないところで保坂が倉橋の足でも引っ張っているのか。いや、距離的にそんな感じもない。この決定的証拠を前に誰が反論できるのか。

「保坂さん、あなたは殺人犯です」

鷹野が機先を制するように言った。杉村と芽依ははっとして鷹野を見つめる。単刀直入過ぎて言葉もない。何を言っている？　誰がどう見ても、この行為から殺人だなどとは無茶苦茶だ。この動画は偽造だとでも言うのか。

「動機は輝くんの復讐です」

呆気にとられる杉村と芽依を置き去りにして、鷹野は断言した。

「調べてみました。保坂さん、あなたは本当は釣りにはあまり興味がないんでしょう？　なのに息子さんの死後、突然ボートの免許をとって自宅からも遠い釣りボート店でアルバイトを始めた。何故ですか」

肘のあたりをポリポリと保坂は掻いた。

「息子を失った悲しみを忘れたくてね」

「本当ですか」

念押しする鷹野をちらりと見ると、保坂は黙ってうなずいた。

「あそこであなたが働いていた理由はたった一つ。倉橋社長があそこの常連客だったからです。社長のブログを見れば、すぐにわかりますからね」

それから鷹野は釣りボート店で働き始めた保坂について、店の人から聞いた話をした。鷹野は杉村らが知らない間に、かなり調べていたようだ。そして調べた事実関係をもとに、動機の線で保坂を追及していった。

「あなたは明らかに倉橋社長に近づくため、釣りボート店で働き始めたんです。これを偶然であると主張するつもりですか」

弁護士ではなくまるで検察官だ。なぜここまでするのか。それにこの動画がある以上、どれだけ殺人の動機を示しても無意味だ。

「鷹野さん、じゃあ僕が手に入れたこの動画はどう説明するんですか」

我慢できずに杉村は問いかけた。鷹野は杉村の方を向くことなく、動画に視線を落とし、次に保坂の方を見つめた。

「確かにこの動画を見る限り、殺人ではない」

「だったらどういうことです？」

保坂は問いかけた。杉村にもわからない。鷹野は怪しい影のあるレントゲン写真を凝視するように、保坂をじっと見つめた。

「わざとボートを沈没させたんですよね？」

思いもよらない指摘に、杉村はつばを飲み込む。芽依は目を大きく開いて、鷹野と保坂の二人を交互に見つめていた。

「保坂さん、あなたがした殺人行為は浮き輪の奪い合いじゃない。ボートを沈没させた行為そのものです。危険水域に入ったのもわざとですよね。おそらく自分も死んでいいと思っていたんでしょう？」

思いもよらぬ方向からの指摘に、杉村は言葉を失ってしまった。芽依も同じ気持ちなのだろう。半分口を開けたまま、固まっている。しかし保坂には驚きの表情はない。下を向いて黙り込んだ。何も答えなかったが、その反応は明らかにイエスと告げている。

芽依がたまらず問いかけた。杉村も後押しするように保坂を見つめる。こんなこと、考えもしなかった。鷹野はそれ以上、念押しすることなく、保坂が自分から口を開くのを待っている。杉村も息を呑んだ。

一分近くが経過しただろうか。ようやく保坂は大きく息を吐き出した。

「何がノアの方舟だ」

漏れたのは、意味のわからないつぶやきだった。それでもその言葉には重みがある。重要な告白であることが何となく理解できた。

「許せなかった。人を奴隷扱いするあの社長が」

初めて漏れた自白だった。保坂はさらに続ける。

「輝は遺書をのこしていた。自分が死ぬことで、この会社が少しでも社員を人間らしく扱ってくれるようになってくれればいいと書き残したんだ。しかし輝の死は何の警鐘にもならず、ブラックな運営は続いた」

保坂は思いのたけをぶちまけた。杉村と芽依は吸い込まれるように彼の言葉を聞く。鷹野だけは自信をもって解いた複雑な計算式の答えを確かめるような顔だった。

「失意の中、わたしは倉橋社長がよく釣りに行くことを知ったんだよ。そしてわたしは彼に近づくためにアルバイトとして潜り込んだ。その時はまだ殺意はなく、倉橋に自殺した息子についてどう思うのか問い詰めたいだけだった。息子のことは伏せて話をすると、倉橋は船で得意げに言ったんだ。この世はますます勝ち組と負け組に分かれていく。奴隷と支配者。ノアの方舟に乗れるのはごく一部、俺たちだけだってね」

　ノアの方舟という言葉を杉村は心の中でなぞる。そのセリフが決定打となり、保坂の殺意の引き金を引いた。無理心中のつもりで危険な水域へ向かったという。彼らが乗っていたのはノアの方舟ではなく、生と死が隣り合わせのカルネアデスの方舟だった。

　すべてを吐き出した保坂は、すっきりした顔だった。しかしやがてその表情には少しだけ変化が見て取れる。上目づかいに鷹野を見つめた。

「先生……見逃してはくれないんですね」

　保坂はか細い声を出した。杉村は瞬きし、その手もあるのかと思った。動画には倉橋が波にのまれて沈む場面がはっきりと映っている。警察はこの「殺人」に気づいていない。事故として弁護することが可能ではないか。しかし鷹野はきつく保坂を睨む。それが答えだった。望みを絶たれたように保坂はうなだれた。

「情状については弁護します。しかしあなたは刑罰に問われる。償ってください。殺人犯として」

　保坂は脱力したように下を向いた。

　鷹野は真実を突きつけると、そそくさと接見室を後にした。保坂は連れて行かれる前に、鷹野が去っていった方に向かって無言で深く礼をした。パソコンをしまうと、杉村と芽依は慌てて鷹野の後を追う。さっき見た彼の眼差(まなざ)しはどこか悲しそうなものに思えた。

三嶋グループに媚びたなど下衆の勘繰りもはなはだしい。それどころかクライアントを不利にするような苦渋の決断を下したのだ。真実を曲げるくらいならいつでも死んでやる。そんな覚悟を鷹野は胸に秘めている……杉村はそう思わざるを得なかった。

「あんなこと言ってすみませんでした」

心からの謝罪だった。しかし同時に疑問が起こる。弁護士は普通、被告人ができる限り軽い罪で済むように必死になる。しかしそれが果たしてクライアントを守ることとイコールなのだろうか。どのように弁護していくことが保坂のためになるのだろう。きっと公判では保坂の真意が明らかになる。誰もが輝の無念について知ることになるはずだ。

「出てきてすぐで悪いが、これを返しておいてくれ」

手渡されたのは少し重みのある小さな箱だった。何が入っているのかはわからないが、杉村と芽依は足早に引き返し、もう一度保坂と接見する。

「何ですか、これ？」

保坂の問いに、杉村は首をひねった。

「僕も知らされてないんですよ」

杉村は保坂に了解を得て、箱を開ける。

そこには野球の硬式ボールとメモが入っていた。そのメモに目を通すと、杉村はじっとボールを見つめる。手がかすかに震えた。

「どうしたんですか」

芽依の問いかけに、杉村はメモを渡すことで応じた。芽依は読み上げる。鷹野のメモはぶっきらぼうな書き方で、乱雑だった。

それでも保坂の頬を涙が伝った。その野球ボールは息子の輝が手術後、野球を再開できるようになってから、初めて打ったホームランボールらしい。手術の成功に感謝して鷹野にくれたものだそうだ。ボールはまだ新しく見える。鷹野はそのボールを大切に保管していたようだ。

「鷹野さんにはありがとうと、ただそれだけを伝えてください」

うなだれたまま、保坂は連れていかれた。杉村と芽依はしばらくその場に立ち尽くす。

「これでよかったんですよね」

芽依の問いかけに、杉村は首をひねった。

「どうなのかな、わからないよ」

鷹野はくせのある人物だ。彼の言うことがすべて正しいとは思わない。鷹野は弁護を治療だと言った。鷹野が今回、あえて保坂の殺意を暴いたことは結果的に正解だったかもしれない。その答えはあのボール、そして保坂の涙に示されているように思う。

弁護士を目指そうと思ったのは、勝ち組になりたかったからだ。それは間違いない。だがその動機の中に少しだけ混じっていたものがある。それは弱い立場の者のために働きたいという思いだ。自分は元ひきこもりのニートだ。そんなダメな自分だからこそわかる苦しみがあるんじゃないか、そう思った。そんな初心を今回の事件は思い出させてくれた気がする。

「ま、少しだけだけど」

つぶやくと、芽依が小首をかしげた。

「どうかしました？」

「ん？　別に」

杉村は微笑む。ホームランボールを思い出しつつ、どこか爽やかな気分だった。

第三話　マアトの天秤

1

　長引いた公判に勝利し、桐生雪彦は師団坂ビルに戻った。

　心地よい疲れと共に、エレベーターに乗る。我ながら粘り強く闘えたと思う。見慣れた都心の風景が、祝福してくれているように映った。

　高校を卒業し、長野から東京に出て来て十二年。すっかりこの街にも慣れた。ルーム1の窓から見る夜のスカイツリーもいつの間にか日常の風景と化している。裁判官を辞め、弁護士になってからもすでに二年半だ。こうしてクライアントと直に接し、その苦しみを共有し、解決に導いていくことに喜びを感じている。

「さすが桐生くん」

　杉村が出迎えた。この事件、元々は杉村が引き受けたものだ。手に負えないからと言うので代わってやったのだ。

「おつかれ。これ、プレミアム抹茶スペシャル。僕のおごり」

　杉村は銀座で買った高級抹茶ロールケーキに紅茶で桐生をもてなした。

「こんな気配りより、仕事をきっちりやってもらいたいんですが」

　綾女が杉村にダメ出しをしている。向かい側で氏家もうんうんとうなずいていた。その時、シニア・パートナールームの扉が開いた。鷹野が資料を片手に弁護士たちに呼びかける。

「依頼があった。カンファレンス・ルームに集合だ」

桐生は立ち上がり、仕方なくエレベーターに向かう。

「またカンファレンスですか。なんだろう」

杉村や芽依と移動した。勝手に会議室の呼び名を変えないで欲しいと思ったが、黙ってエレベーターに乗る。

カンファレンス・ルームに着くと、鷹野がクライアントの資料をポーカーのカードでも配るようにポイポイと桐生たちに渡した。

資料によると、クライアントは大手広告代理店の社長、城之内勲。息子の匠海という青年にストーカー殺人の容疑がかかっている。すでに起訴されていて、公判が迫っているという。

「事件を起こしたのは息子の方だが、父親が依頼してきた」

師団坂法律事務所では依頼のあった刑事事件をルーム1、ルーム2が担当する。弁護士の指定がある場合は別だが、どちらが担当するかは話し合いで決まる。

「どうする？　受けるか否か……多数決で決めるつもりだ」

鷹野はメンバー全員を見渡した。

桐生は資料を見つめる。取り調べの途中で城之内匠海は自白しているが、決定的な物的証拠はないようだ。この自白さえ崩せば、無罪に持ち込むことも可能かもしれない。

「あまり気が進まない」

　発言したのは梅津だった。基本的に頼まれれば受けるのが普通なので、誰もが梅津の意見を意外に思ったようだ。鷹野はどうしてかと理由を訊ねる。

「刑事仲間に聞いたことがある。この城之内匠海という小僧はどうしようもない悪ガキだ。これまでも問題を起こしてきたが、父親と顧問弁護士が揉み消してきたらしい」

「なるほど……桐生はどう思う？」

　鷹野に問われ、桐生はワンテンポ遅れて口を開く。

「一つわからないことがあります」

「何だ？」

「この城之内一家というのは資産家なんですよね？　そして梅津さんの話では顧問弁護士がついていたと。でもだったら何故、今頃になって師団坂に依頼してきたんですか？　事件直後ならいざ知らず、すでに七か月が経過しています」

「その顧問弁護士が急病になって入院したらしい」

　桐生はそうですかとうなずく。それならよくわかる。

「それでどうする？　この依頼を」

　改めて問われ、桐生はゆっくり顔を上げた。

「梅津さんのおっしゃる通り、被告人やその父親は、どうしようもない人間かもしれません。しかし、だからこそ受けるべきではないでしょうか。たとえ悪人でも公平弁護できなければ法の精神に反します」

「なるほど」

鷹野はうなずくと、梅津の方に視線をやった。彼は両腕を組んで不服そうだったが、仕方ないという顔に見えた。

「受けるべきだと思うものは挙手」

真っ先に桐生が手を挙げ、遅れて芽依と杉村、最後に梅津も手を挙げた。

「よしわかった。受けることに決定だ。主任弁護人は桐生、お前に任せる。梅津さんも協力してやってもらいたい」

「わかりました」

「以上、解散」

宣言すると、鷹野は足早にカンファレンス・ルームを後にする。やれやれ、相変わらず勝手な人だ。鷹野の姿が消えてから、芽依が杉村と話を始めた。

「顧問弁護士は、鈴木長英(すずきちょうえい)という人物らしいですね」

「知ってます。元フェアトン法律事務所所属の切れ者弁護士ですよね。やり手で、独立した後は訴訟問題に悩む企業や政治家などから、引く手あまただったって聞きました」

桐生の手は止まった。鈴木長英……知っている。梅津が訝(いぶか)しげにこちらを見つめた。

桐生は動揺を悟られないよう足早にカンファレンス・ルームを後にした。

仕事を終え、自宅アパートに戻った。

住んでいるアパートは、事務所から歩いて帰れる距離にある。壁が薄く隣のテレビの音が聞こえそうな古いアパートだ。長野なら安いアパートくらいいくらでもあるが、東京ではそうはいかない。給料をもらうようになってからも、できるだけ安いアパートを選んだ。これでも田舎にいたときを思うと、贅沢な暮らしだ。

着替えると、すぐにベッドに横たわった。

しかし寝付けない。鈴木長英という名前を聞き、昔のことを思い出したせいだ。

桐生は母子家庭で育った。母はとても優しかった。女手一つで一生懸命働き、自分を育ててくれたのだ。必ず恩返しがしたい。その一心で頑張って来た。母に無理はさせられない。桐生はアルバイトをしながら必死で勉強した。予備校など通えなかったが、それでも奨学金をもらって東大に入ることができた。努力が勝利した……その時は思ったものだ。

しかし大学に入ってから、安心したように母は死んだ。

父親は当たり前のように葬儀に顔を見せなかった。財務省の役人で春川倍夫という人物だ。東大出のエリートで、今や財務省でもかなりの地位に就いている。仕事で地方に来た時、旅館で仲居をしていた母と強引に関係をもったらしい。父親について知りたかった桐生はその旅館の関係者に頼み込み、どうしても教えて欲しいと必死で頼んだ結果、母はわずかな慰謝料と共に口を封じられたらしいことがわかった。自分は事実上、犯罪の結果、この世に生を受けたのだ。

母は元々争いごとを好まず、恥というものを人一倍感じる女性だった。春川はそこに付け込んだのだ。母は人知れず桐生を産んだ。母にとってそのことは一生を左右することなのに、春川からすれば、桐生の存在は気まぐれな情欲の発露の結果でしかない。

こんな酷い目にあわされながら文句も言わずに……。母の死後、桐生は春川宅を訪ねた。こいつは本当なら犯罪者だ。母の一生をめちゃくちゃにした。それなのに反省の欠片もなかった。

「堕ろさなかったのか」

実の子に向けた第一声がそれだった。春川は堕胎に十分な金は出したし解決済みだと主張した。

「俺は金が欲しいんじゃない。ただ謝って欲しいだけだ」

「すでに話はついている」

「母の墓の前で謝って欲しい。それだけでいい」

「さっさと消えろ！」

犬の子でも追い払うような態度に我慢しきれず、桐生は春川を殴りつけた。

一発、二発……死んでもいいと思って思い切り殴った。しかしすぐ、周りの者に取り押さえられた。

「慰謝料を含め、すべて法律的に決着はついています」

見下すように冷たく言った弁護士、それが鈴木長英だった。

あの時の春川の顔が忘れられない。春川は桐生をがん細胞のようにしか見ていない。切除し、二度と自分の体を蝕むなとばかりに憎しみを向けていた。

「お前にこの血の一部をやったんだ。お前が東大に入れたのもそのおかげだろう。並の家庭で息子をエリートに育てるのにいくらかかると思ってる？　その血が慰謝料だ。養育費にしても、ずいぶん過剰に払ってやったものだ。感謝こそされても、罵倒される覚えなどない。むしろありがたいと思え」

「ふざけんな！」

叫びもむなしく、桐生は強引に追い出された。

鈴木は嫌な笑みを浮かべていた。それ以降、春川や鈴木には二度と会っていない。自分と春川の関係を週刊誌にでも打ち明け、彼を出世ルートから蹴落とそうかと思った。しかしそんなことをしても虚しいだけだ。法律家を目指したのは、こんな世の中を変えてやりたいと思ったからだ。いつか鈴木を打ち倒し、春川に土下座させて母に詫びさせたいという思いだった。自分の根本にあるのは攻撃の衝動。復讐心と呼んでいいものだ。

東大でも優秀な成績を収め、司法試験にも合格。司法修習でも褒められ、検事や裁判官になるよう言われた。しかし褒められるたびに複雑な思いになっていく。これは努力ではなく春川のＤＮＡのおかげなのではないのか、と。

桐生は結局、指導員だった裁判官の勧めで判事の道へ進む。典型的エリートコースに乗った。しかしそれが逆に居心地が悪く、師団坂法律事務所に自分の存在意義を見つけようとした。

　春川は今度、また一つ出世の階段を上ったという。財務省の中でもトップに躍り出るのは時間の問題だろう。そんな春川の懐刀だった鈴木と自分の関係を誰が知るだろうか。城之内からすれば鈴木が倒れたから、師団坂という刑事弁護の最大手に依頼してきたに過ぎないのだ。

2

　翌日、桐生は梅津の運転で世田谷に向かっていた。

引き受けたストーカー殺人の被告人・城之内匠海の父、勲宅へと移動する。鈴木長英の代わりに自分が弁護人になるなど皮肉なものだが、仕事は仕事だ。カンファレンスで偉そうに言った手前、どんな悪人でも公平に弁護しなければいけない。

「でかい屋敷だな」

　梅津がつぶやいた。世田谷にある城之内宅は千坪あまり。四方を白い壁が取り囲み、中央に天守閣のように大きな三階建ての豪邸が建っている。この辺りの地価を考えると、どれくらいの資産価値があるのか。値下がりしたとはいえ、おそらく十億ではきくまい。しかもこれはごく一部。別荘や証券など資産は計り知れない。防犯カメラや指紋照合システムなど、セキュリティにかなり金をかけている。こんなことに力を注ぐなら、息子の教育をもっとしっかりやればいいのにと桐生は思った。

出迎えてくれたのは髪が長く、綺麗な若い女性だった。

「城之内匠海さんの弁護の依頼、お受けすることになりました。師団坂法律事務所の桐生雪彦といいます。こちらは弁護士の梅津です」

自己紹介をしてから名刺を渡した。

「こちらへ。主人が待っています」

二人は中に通された。主人と言っていたが、女性はまだ二十代前半にしか見えない。梅津の話によると、城之内は離婚を三回も繰り返しているらしい。広く長い廊下を抜けて、大きな扉の部屋へと案内される。梅津は社会見学に来た小学生のように、すげえなと言いながら、天井のシャンデリアをじろじろ見つめていた。

洋間には顔が浅黒いがっちりした体形の男性が座っていた。年齢は五十前後。クライアントの城之内勲だ。桐生ははじめましてと挨拶をするが、城之内はトリュフをつまんで口の中に放り込んだ。梅津と桐生を交互に見つめる。

「ルーム1に鷹野という凄腕の弁護士がいると聞いたが、来ないのか」

桐生はすみません、と頭を下げた。

「鷹野はなにぶん、忙しい身でして」

「忙しい？　そんなことが理由になるか！　現状、簡単に勝てる裁判じゃない。鈴木先生ならいつも何とかしてくれた」

桐生はじっと城之内を見つめた。

「まさか鈴木先生が倒れるとは思いもしなかった」

城之内の話によると、鈴木は脳溢血だったらしい。昏睡状態から奇跡的に生還したものの、とても弁護活動などできる状態にないという。

「代わりに最高のところに依頼した。いやそのつもりだった。それなのにやって来たのが若造と爺さんとは。匠海の無罪を証明してくれなければ、私は終わりだ」

城之内は頭を抱えた。桐生は少しムッとしたが、代わりに梅津が前に一歩出た。

「なあ社長さん、聞いてくれ」

呼びかけられて、城之内は顔を上げた。

「確かにオレはただのおいぼれだが、こっちの若造は相当なもんだ。鷹野よりも潜在能力は上かもしれん。まずい状況からの逆転劇なんぞ、朝飯前だ」

梅津は親指で桐生を指さす。自分を落として桐生を持ち上げる言い方に、城之内の顔色が変化したように見える。桐生は苦笑いを浮かべた後、すぐに表情を引き締めると、事件について詳細に訊ねた。

「刑事の前で何度も話したんだが……」

事件はこういうものだった。被害者となったのは村田真梨という二十一歳の女子大生で、城之内匠海と交際していた。しかしやがて二人は別れる。それでも匠海は真梨に未練があったようで執拗に彼女に連絡を取った。真梨はアパートやアドレスを変えるなどしたが、それが匠海を怒らせる結果となった。そして事件が起きた。村田真梨は引っ越し先のアパートで暴行を受け、死亡したのだ。

「警察の調書など見ましたが、アパート住人の話では、蒼白となって走り去る匠海さんが目撃されているそうですね。匠海さんも犯行を認めています。被告人が罪を認めている以上、無罪弁護は無理でしょう。後はどういった経緯で暴行を加えたのか、殺意はあったのかについて、争っていく以外に道はないと思われます。おそらく量刑としましては懲役……」

桐生の言葉を、テーブルを叩く音がかき消した。

「ダメだ。絶対に」

城之内は眉間にしわを寄せ、興奮していた。

「ダメというのはどういう意味でしょうか」

「無罪以外、認められないという意味だ」

厳しい眼差しが桐生に向けられた。何だそれは……桐生は呆れた。どれほど有能な弁護士であっても、すべての被告人を無罪にすることなどできるはずがない。現場で被告人が目撃されており、動機もある上に犯行を認めている。それでも無罪に持って行けというのは、あまりにも虫のいい話ではないか。欲しいおもちゃを買ってもらえずに駄々をこねている子供と言うべきか。いや……。

「社長さん、あんたねえ」

　苦笑いを浮かべつつ、文句をつけようとした梅津を、桐生が手で制した。さすがに城之内もこんな無理が通るとは考えてはいまい。裏に何かあるはずだ。

「何か無実だという根拠があるんですね」

　桐生の問いに、城之内は両手で顔を押さえたまま答えなかった。

「教えてください、城之内さん。無実の根拠を」

「無実の根拠などない」

　そんなはずはないだろう。桐生が同じ問いを繰り返そうとしたとき、城之内はようやく、両手の間から顔を出した。

「だが無罪にできる根拠はある」

「それは何ですか」

「鈴木先生が倒れる前、必ず無罪にできると言っていた。私は長い付き合いだからよくわかっている。あの人は現実主義者だ。気休めなど決して言わない。逆に先生はこの事件、匠海を無罪にする自信があるとはっきり宣言した。これが根拠だ」

　意外な答えに、桐生と梅津は言葉を失くした。根拠とはそういうことか。

「くそ……鈴木先生さえいてくれたら」

　頭を抱える城之内を見つめながら、桐生は複雑な思いだった。この男は息子が無実だと信じているわけではない。無罪にできるという鈴木の言葉だけを信じているのだ。こ

れだけ信頼されている以上、鈴木は人間としてはともかく、公判で勝てる弁護士として
は一流だったことは間違いない。

「わかりました。こちらもその線で動いてみます」

力強く言った桐生を城之内はすがるように見つめた。梅津は大丈夫かよという顔だ。

感情で動いていることを桐生は自覚しつつ、任せてくださいと言い切った。

帰りの車の中でハンドルを握りつつ、梅津は不満げだった。
「あんなに見得（みえ）を切って、本当に大丈夫か」
桐生はええ、と生返事をする。
「本当かよ。あんなもん、どう考えても社長の駄々コネじゃねえか」
「そうかもしれません」
相槌（あいづち）を打った。これも空っぽの返事だ。さっきから桐生の頭脳は高速で回転を始めて
いた。集中すると、周りが見えなくなる。最高裁にいた頃、上司の最高裁調査官が頭の
良さとは要するに集中力だと言っていた。そうかもしれないと思う。一見、突飛な発想
も突然どこからか降ってくるものではなく、深い思慮の末に生み出されるもの。そして
それを支えるのは高度な集中力にあると思える。
今、桐生が考えているのは、城之内の語った事実が信頼に値するかどうかだ。刑事訴
訟法には第三百二十条などに伝聞証拠排除の原則の規定がある。人づての証言は反対尋

問などが行えず、信頼できないから基本的に証拠にならないというものだ。しかし逆に言えばその信頼性が担保されれば、採用可能になる。そういう意味で城之内の口を通じて聞いた鈴木の自信が本物なのかどうか、桐生は判定していた。

――まず間違いない。

おそらく鈴木は無罪にできる方法に気づいている。突破する道があるのだ。無罪にできるという鈴木の自信、城之内匠海が置かれた不利な状況、ここから導き出される答えは……。

「しかし昨日も言ったが、城之内匠海って奴は相当なワルだ。刑事仲間に聞いた。あいつは以前、強姦致死事件を仲間と起こしたんだが、父親が金を積んでもみ消したらしい」

高めた集中を邪魔するように、梅津が話しかけてきた。

「今回の事件も、どう見ても黒だな。状況を見てもあいつ以外に犯人はいないし、性格など急に変わるもんじゃない。ただしよくわからないのは最初の頃、黙秘してたってとこだ。俺もよく知らないが、児島(こじま)って刑事が吐かせたらしい」

その時、邪魔にしか思えなかった梅津の話が、すっと頭の中に入って来た。桐生は一つの可能性に気づく。そしてその推理は何度かの検証を経て、桐生の中でより確度の高いものへと進化していく。そうだ……この線しかない。鈴木長英と城之内勲という二人の悪人をある意味信頼した上に成り立つロジックだが、まず間違いないように思える。

「梅津さん、頼みがあるんですが」

信号で止められたときに話しかけると、梅津はこちらを見た。

「頼み？　改まってなんだ」

「今から協力してください。徹底的に児島という刑事を洗います。俺の推理が正しいなら、鈴木長英の狙いはおそらく……」

訝しげな顔で梅津は桐生を見つめていたが、やがて大きくうなずいた。


梅津と別れた桐生は一人、東京拘置所に向かった。

城之内匠海と接見に臨むべく受付を済ませてしばらく待つと、接見室に入った。連れられてやってきた城之内匠海は二十五歳にしては少しくたびれた顔つきだった。顎が細く、睨むような眼差しでこちらを見た。

「桐生という師団坂法律事務所の者です」

「ふうん、あっそ」

弁護人就任の経緯を簡単に話すが、全く関心なく受け流された。信頼されていないようだ。しかしこちらの推理が正しいなら、こいつも追いつめられて苦しいはずだ。きっと助けを求めている。

「気持ちはよくわかるよ」

桐生は口調を変えると、少し無理をして笑った。

「どうでもいい口上には関心なんてないよな。核心部分から話そうか」

　砕けた調子で微笑む桐生を見て、匠海はしばらく口を閉ざしていた。しかしやがて両腕を頭の後ろで組んだ。

「で、なに？」

「鈴木弁護士に言われていたんだろ？　あえて罪を認めるようにと」

　匠海は答えることなく、横目で辺りの様子をうかがっていた。

「大丈夫だ。ここには俺と君の二人だけだ。話は他にばれない。そういう規則になっている」

「……本当かよ」

　匠海はつぶやくように言った。

「心配するな。俺は金が欲しいだけだから」

　桐生は人差し指と親指で円を作ってみせた。心にもないことだが仕方ない。こういうタイプに口を割らすには、自分も同じレベルまで落ちていくことが一番有効だ。

「俺は元、裁判官だった。任官時から最高裁にいた」

　自慢に聞こえるので嫌だが、利用できる事実はできる限り利用すべきだ。

「エリート中のエリートってやつかよ」

「選んだ理由は安定収入だ。不況だったからな。しかし途中で割に合わないと思って弁護士に転向した。金が欲しいからだ。君が知っているかどうかは知らないが、ルーム1

は鷹野という弁護士によって改革された。合理化が徹底され、今は勝つための専門集団となっている。勝てば君のお父さんから多額の報酬がもらえる。だが負ければ俺はリストラされるかもしれない。こんな場所で嘘など言うはずがないだろう。だから君も本当のことを言って欲しい」

匠海は耳の穴をほじった。ふっと耳垢を飛ばすと息を吐き出した。

「鈴木の爺さんと同じようなことを言う。損得だけで割り切って話せるのはいい。だが能力に関してはまだ信頼できねえなあ。もしあんたが同じように有能なら答えられるはずだ。何故俺が今まで、親父にさえ口を閉ざしていたかわかるか」

桐生はうなずく。ハッタリではなく自信がある。

「おそらく鈴木長英から口止めされていたんだろう。いくら親でも本当の情報を漏らすと、その後の戦術に影響するかもしれないから。いったん罪を認めておいて公判で否認する。それが勝てる唯一の道だって」

「当たりだ」

匠海は桐生を指さした。笑みが漏れる。ようやく信頼されたようだ。

「ああ、そうだよ。口止めされていた」

「やはりそうか……」

桐生は自分の推理が当たっていることを確信した。普通にやっては無罪にすることは不可能。せいぜいが傷害致死だろう。ここから無罪に持って行くために、鈴木は禁断の戦術を使ったのだ。それはわざと違法捜査を誘発し、強引に自白させられたように見せかけるというものだ。この事件、証拠は決して万全ではない。警察側としてはどうしても自白が欲しいところ。もう少しで落とすことができると思えば、強引な手段をとるかもしれない。自白が強引な取り調べによってとられたものであった場合、その違法性が決定打となって無罪判決になることがある。

「神山範義って刑事がいる」

　初めて聞く名前だった。

「こいつは俺を取り調べた児島って刑事の部下だ。鈴木先生はこの神山の証言ですべてを覆せるって言っていた」

　違法取り調べの目撃者というわけか。いつの間にか、匠海は饒舌になっていた。得意げに今までしてきた悪事の数々について話した。

「鈴木先生は事細かにすべて教えてくれたよ。どういう演技をすれば一番有効か。セリフも一言一句叩きこまれた。ここで行った接見は、ほとんどすべて演技指導だった」

　匠海の顔にいやらしい笑みが漏れた。そこまで徹底していたのかと桐生は内心、冷や汗が出る思いだった。鈴木長英は佐伯真樹夫や鷹野とは違った意味で才能に恵まれていたのだろう。改めて思うが、この世界には魑魅魍魎どもがうごめいている。

「本当はあの日、どういうことがあったか話してやるよ」

　匠海はにやにやしながら言った。

「いや、時間だし、予定もある。今日はもういい」

「そうか、じゃあまたな」

「ああ、長い付き合いになるといいな」

桐生は立ち上がると、接見終了のブザーを押す。刑務官がやって来て、匠海を連れて行った。

東京拘置所を出た桐生は小菅駅に向かった。

推理は当たっていた。それなのに何故だろう。気分は晴れない。いや、理由はわかっている。自分はこれからどうすべきかという問題に直面したからだ。

本当はまだ接見時間は十分にあった。これからの予定も、いつもに比べれば立て込んではいない。それでも気分が悪く途中で席を立ったのは、後ろめたさなのかもしれない。本当のことなど聞かなくてもわかっている。あの城之内匠海は悪だ。あいつは殺人を犯しているのに反省のかけらもない。それでも弁護するのか……。

桐生は振り返る。東京拘置所の建物を黙って見つめていた。

3

その晩、桐生は少し前のことを振り返っていた。

裁判官を拝命してから三年目、札幌地裁にいた頃のことだ。担当した傷害致死事件の被害者はまだ中学生の少女だった。彼女の母親は意見陳述で無念を訴えた。絶対に犯人が許せないと。

「被告人には強く死刑を望みます。償うというなら、死んで償って欲しい！」

彼女の訴えは傍聴人の心に響くものだった。そしてそれは裁判員にとっても同じ。検察側の懲役十年の求刑に対し、評議において裁判員たちはそれ以上の刑罰を求めた。桐生はその評議の中、裁判員たちに同意するようなことを言った。

「評議では検察の求刑を超える刑罰を科すことも可能です」

心のどこかに、遺族の女性に同情し、こんな被告人はもっと厳罰に処すべきという思いがあったのかもしれない。結局、裁判長が途中から評議をリードし、懲役十年で結論が出たが、評決は僅差（きんさ）。もう少しで検察側の求刑を超える判決が出るところだった。

評議の後、桐生は曾根崎元（そねざきはじめ）という裁判長に呼び出された。

「どういうつもりだ？」

「え……」

曾根崎裁判長は普段ほとんど喜怒哀楽を表に出さない人だった。初めて見せる激怒と言っていい表情に、桐生は面食らった。何を怒っているのかわからない。狐につままれた顔で応じると、大声が室内に響いた。

「とぼけるな！　評議のことだ」

曾根崎は壁を思い切り叩いた。

「桐生くん、君のことは最高裁の知り合いからよく聞いている。とても優秀だってね。私などのような凡百の裁判官とは違って、いずれは最高裁判事にもなりうると。こうしてともに仕事をしていてもなるほどと思う。だがさっきの態度は何だ？」

曾根崎は評議において、桐生が裁判員を誘導し、厳罰に持って行こうとしたと責めた。

「法律家たるもの、公正・公平でなければいけない。特に裁判官はそうだ。たとえ個人的には死刑制度に反対でも法に照らせば死刑の場合、死刑判決を出さなければいけない。同じように被告人がどんなに悪人だと思えても、法に照らせば無罪の場合、無罪にしなければいけない。こんな簡単なことができないというなら、判事など辞めるべきだ」

桐生は反論することなく、曾根崎の言葉を聞いていた。

「極端な場合でなくとも、判断は公平でなければいけない。君は厳罰の方向に偏っているようだ」

曾根崎に指摘され、桐生は黙り込んだ。そうかもしれない。自分はあの被害者遺族の女性に同情していた。彼女に死んだ母の影を見ていた。逆に被告人には春川の影。被告人を厳罰に処したいと思ったのは、私情を挟んだ代償行為だったのかもしれない。

「申し訳ありませんでした」

心から桐生は謝った。曾根崎はわかればいいとでも言いたげに、桐生を追い払った。人間である以上、感情があることは当然だ。それでもそれに流されることなく、公正さを追求していくことこそ法律家としての最低限の資質かもしれない。

しかしその反省がむなしいことを、桐生はその日のうちに知ることになる。

資料室で曾根崎が陪席判事と話しているのを聞いたのだ。

「部長、ギリギリでしたね」

「ああ、何とか求刑内でしのいだが、桐生のせいで危なかった。もし検察の求刑を超える判決を出したら、どうなっていたか……。なんだあいつ」

曾根崎の言葉に、陪席判事は何度も相槌を打った。

「常識がないんですよ。ああいう苦労知らずは。社会経験もないくせに、自分こそ正義だと思い込んでいるんです」

「正義に甘い幻想を抱いているんだろ。まるで夢見る少女だ」

二人の会話に謝罪の言葉は引っ込んだ。

検察の求刑以上の刑罰を科してはいけない法律はない。結局偉そうなことを言っていたが、曾根崎は思い切った求刑をして、最高裁事務総局から目をつけられることを恐れただけだ。正義などここにはない。弱者を法の力で守ることなど二の次だ。なんだこいつら……怒りがわいてきて手が震えた。春川に向かっていった時と、よく似ていた。今思うとよく耐えたものだと思う。しかしその時、自分の中で何かが変わった。この世界でこのまま仕事を続けていても、決して自分の求めるものにはたどり着けない。そう思った。

いつの間にか、朝日が差し込んできていた。

夢うつつのまま、眠ってしまったようだ。札幌地裁にいた頃を思い出した理由はよくわかる。引き受けた城之内匠海の事件が気になるからだ。自分はこれから、どうやって弁護していけばいいのだろう。被告人が殺人を犯していると承知の上で無罪弁護することが、正義と言えるのか。

昨日、東京拘置所を訪ねた時、匠海が真実を語ろうとしたのを遮った。聞いてしまえば、罪悪感が募るという思いからそうしたのだ。あの時、札幌地裁で曾根崎裁判長に向けた怒り……今、自分は彼と同じことをしているのではないのか。正義など二の次にして……いや、その判断はもう少し先でいい。まだ自分はすべてを知ってはいない。

「よう、行くかい」

師団坂ビル地下、弁護士用駐車場で梅津と合流した。

彼の車で千駄ヶ谷(せんだがや)に向かう。これから会う約束になっているのは、神山範義という刑事だ。匠海を取り調べた児島という刑事の部下にあたる。

やがて千駄ヶ谷に着いた。

待ち合わせ場所に指定したホテルロビーでは、暴力団構成員のように目つきの悪い男性が煙草をふかしていた。

「はじめまして。師団坂法律事務所の桐生といいます」

神山は煙草をふかしたまま、席に着いた。桐生と梅津は城之内匠海の事件について話す。神山はわかったことをくどくど説明するなとでも言いたげな顔だった。

「単刀直入に言います。神山さん、当時の取り調べはどんな感じだったんでしょうか」

何度か神山はうなずいた。

「酷いものだったよ」

この様子、神山は鈴木からも事情を聴かれている感じだ。

「胸ぐらをつかんで壁に押し当てたり、言葉による恫喝（どうかつ）をしたり、果ては利益誘導まで……ありとあらゆる方法で吐かせようとしていた」

暴行の痕跡（こんせき）が残らないよう、その辺りはうまく加減していたのだという。この証言が本当なら、自白は違法取り調べによって無効だ。それどころか一気に無罪に持って行けるだろう。それくらい意味のある証言だ。神山は児島に同情するようにもう一服、煙草を手にした。

「児島さんは焦っていたんだ」

「理由でもあったんですか」

「ああ、過去の因縁があったのさ」

横で梅津が目で合図した。もしかすると以前、匠海が関わったという強姦致死事件のことではなかろうか。そう指摘すると、神山はよく知ってるなとばかりに頬を緩ませた。

「あの事件も児島さんが取り調べていたんだ。城之内匠海が関わっていたことはまず間違いない。しかし自白は取れなかった。吐きそうにはなっていたんだが、鈴木弁護士がやって来てから匠海の態度が変わった。匠海を見たはずの目撃者が急に言うことを変えた。結局、逮捕から二十三日はむなしく過ぎた。不起訴処分になって自由の身ってわけだ」

「そのことがあって、どうしても自白させたかったたってわけですか」

間違いないな、と神山は煙を吐き出した。

それから神山は、児島の人となりについて、詳しく話した。

「児島さんは元来、真面目な人なんだよ。昭和のオヤジって感じでさ。この時代、ただの意地であそこまでなかなかやらない。おかしな言い方だが、真面目すぎたってことだ」

話を聞き終わり、桐生は複雑な思いだった。神山の言葉に嘘は感じられなかった。彼が公判で証言してくれるなら、無罪にまで持ち込むことは可能だ。自白が不正にとられたものなら、すべては覆っていく。児島が強引な取り調べで、匠海を自白させたのは事実なのだろう。しかし……。

「それで神山さん、あんたは証言してくれるのか」

梅津の問いに、神山は大きく煙を吐き出した。彼にしてみればある意味、仲間を売ることになる。答えづらそうだったが、何度かうなずいた。

「まあな、約束だしよ」

それから しばらく話し、神山とは別れた。

桐生は神山の最後の言葉が気になっていた。約束だしよ……とはどういう意味だ。いや、本当はわかっている。おそらく鈴木だ。彼が神山とすでに話をつけていたのだ。ひょっとして金銭の受け渡しもあったかもしれない。そうでなければ、こうも簡単に仲間を売るまい。だがこんなことは推測だと、桐生は首を横に振った。

師団坂法律事務所に戻った桐生は、シニア・パートナールームに向かった。鷹野に神山のことを報告する。鷹野は高速でキーボードを叩きながら、なるほどとだけ小さく応じた。

「そういうわけで、神山刑事は証言してくれるそうです。後は事実関係を整理し、しっかり証人テストを行った上で、無罪に向けて動いて行きたいと思います」

「そうか、ご苦労さん」

顔を上げることなく、鷹野は応じた。あまり関心なげな態度に、桐生は少し意外な思いがした。なかなか立ち去らない桐生を見て、鷹野はゆっくり顔を上げる。

「どうした？　まだ何か用事か」

鷹野の眼差しは、ぶっきらぼうのように見えて、こちらの心理をすべて見通しているようにも感じられた。桐生は一度視線を外すと、軽く息を吐いた。

「これでいいと思いますか」

わかっているだろうという思いを込め、桐生は鷹野をじっと見つめる。鷹野は作業の手を止めると、机の上でその手を組んだ。

「お前はどう思っているんだ？　主任弁護人は桐生、お前だ」

逆に問いかけられた。桐生は口を真一文字に閉ざす。わからないというのが、正直なところだ。確かに神山の証言は強力な武器になりうる。しかし一方で桐生には城之内匠海は被害者を殺しているようにしか思えなかった。おそらく無罪になって野に放たれれば、また悪事をくり返す。わかっているのに、野放しにしていいのか。

鷹野はカルネアデス事件の時、あえてクライアントである保坂の殺人を暴いた。こんなことをする弁護士などいるだろうか。それでもその常識外れの手法に、桐生は共感を覚えた。ただあの場合、鷹野は社会正義という意味ではなく、クライアントであった保坂のためにそうしたのだ。

「迷っているのか」

鷹野は一瞬ではあったが、鋭い眼光で桐生を見つめた。

どうするかは自分で決めろというのだ。言われてみればその通りだ。裁判官の意見に流される裁判員では意味がない。

「まさか、俺に迷いはありませんよ」

失礼します、と頭を下げ、桐生は鷹野に背を向けた。

午後九時。桐生は師団坂ビルに車を走らせていた。

時が流れ、公判は直前に迫っている。あれから城之内匠海の事件をもう一度調べた。彼の昔の友人も訪ね、彼の生い立ちからすべてを洗った。

エレベーターに向かうと、ホスト風の髪形をした弁護士に気づいた。見つからないように歩くが、大声が聞こえた。

「何シカトして通り過ぎようとしてんだ！　桐生」

七条に見つかり、桐生はため息をつく。仕方なく足を止めた。やれやれ。また無駄な時間を使ってしまうのか。

「苦戦してるみたいじゃねえか。お前、この事件、勝てんだろうな」

「一生懸命やっている」

「おいおい、自信なげだな。仮にもお前は俺と能力も容姿も同格と言われた男だ。西の七条、東の桐生って」

そんなことを言われた覚えはない。こいつが勝手に言っているだけだ。

「お前が負けると張り合いってもんがなくなるだろ？　ただでさえルーム1とルーム2は戦力の釣り合いが取れてねえのに。せめてお前が戦力上げて釣り合いマシにしろよ」

七条は傾いた天秤のような恰好をした。

「ちなみに俺は九月二十五日生まれのてんびん座だ。波多野先生は六月四日でミステリアスなふたご座。桐生、お前の誕生日は？」

全くどうでもいい問いだが、答えないと解放してくれそうにない。

「七月十三日だ」

正直に答えると、七条はプッと噴き出した。

「かに座かよ……雑魚が。やっぱ俺の勝ちだな」

七条は何故か勝利宣言をすると、満足げに去って行った。いつもながらわけのわからない奴だが、あまり時間をとられなかったのでよしとしよう。

エレベーターで十九階に戻ると、綾女や氏家ら事務員の姿はすでになかった。判例を探すのを手伝って欲しかったが、定時になると二人は容赦なく帰る。桐生は事務仕事と向き合った。

「桐生さん、お疲れ様」

コーヒーを淹れてきてくれたのは芽依だった。梅津の机にある本格粗挽き炭焼きコーヒーを勝手に使っている。明日も朝から仕事だ。帰ったらすぐに眠りたいのにカフェインか。気が利くようでいてそうでない女の子だ。

「今から帰るんですか」

嫌々コーヒーを飲みつつ、桐生はええ、と答えた。芽依はいつものように仮眠室に泊まっていくらしい。女性は身支度もあるし、普通は家へ帰るだろう。

「ここの仮眠室ってビジネスホテルなみじゃないですか。明日も来なきゃいけないのに、なんか帰るの面倒くさくて」

「そうですね。でも俺は家賃払ってますのでアパートに戻ります」

「いつも真面目ですよね、桐生さんって。何か遊んでいるとこ想像できない。朝起きて寝るまで仕事って感じ。モテそうなのに彼女とかいないんですか」

「変人なんで、寄り付かないんですよ」

「本当かなあ。最高裁局付ってすごいエリートだし、女の子が群がってくると思うんだけど」

　苦笑いだけを返して、桐生は飲み終えた紙コップをごみ箱に捨てた。

「桐生さんって、鷹野さんに少し似てる気がする」

　背中越しに芽依の声が聞こえた。桐生は足を止めて振り返る。

「顔とか性格は全然違うけど、何となく」

　芽依はカルネアデス事件について話し、鷹野は本当は優しい人なのかもとつぶやいた。そうですかね、と桐生は苦笑いで応じる。確かに鷹野は不思議な人だと思う。上永のように尊敬することはできないが、よくわからない魅力がある。

「実は実家の近くにある教会で鷹野さんを見かけたんです」

　教会に鷹野が？　彼は事件現場に行っても手を合わせることがない。神など信じない合理主義者のはずだ。

「事件の調査じゃないんですか」

「違いますよ。まるで敬虔なクリスチャンみたいにひざまずいていたんですから」

　鷹野が祈っている姿など想像できないが、今はそんなことはどうでもいい。

「桐生さん、これでいいんですか」

芽依はこちらをじっと見つめていた。心配そうな顔だ。

「何のことですか」

「城之内匠海さんの公判のことです。桐生さんは彼を無罪弁護していくつもりなんですよね？　本当にそれでいいんですか」

言いたいことはよくわかった。匠海が殺人犯だとわかっているのに無罪弁護していいのかと言うのだ。桐生はしばらく沈黙したが、やがて口を開いた。

「児島刑事の悪を見逃すこともできません。どちらも悪だが、裁判官としての自分の天秤は、児島刑事の違法取り調べを糾弾する方に傾いています。仮にこれを許せば司法の根幹が崩れるでしょうから」

七条が天秤についてどうこう言っていたので、思わず使ってしまった。

「天秤？　マアトの天秤ですね」

「ええ、そうです」

それは死者が生前の罪の審判を受けるというエジプト神話に登場する。死者の心臓と、「マアトの羽根」と呼ばれるダチョウの羽根を天秤に載せると、悪行を犯したときには天秤の釣り合いが取れず、怪物に心臓を食べられるというものだ。天秤に載せるマアトの羽根は真実の羽根とも呼ばれ、弁護士記章にも天秤が刻まれている。自分は元裁判官だ。この釣り合いを見る目は誰にも負けていないという自負がある。

「不公平な裁きをしたら、その裁判官こそ怪物に食べられるべきだ」

札幌地裁の曾根崎のことが頭に浮かんでいた。あんな裁判官などろくなもんじゃない。

「ストイックだなあ」

芽依は微笑んだ。

「誰でも間違いはあるし、感情もあるんですから」

「俺は有罪だと確信すれば、父親にでも死刑判決を下しますよ」

嚙み締めるように言う桐生に驚いたようで、芽依はしばらく口を閉ざした。

「じゃあ、お疲れ様」

おかしな間にじれて、桐生は席を立った。


正直なところ、いまだに心は揺れていた。

翌日、早く仕事を終わらせた桐生はハンドルを握っていた。最後に会っておきたい人がいる。かなり非常識な訪問に思えたが、桐生が足を延ばしたのは、山梨県だった。そこには事件の被害者、村田真梨の実家がある。近くには田園風景が広がる一軒家。農家が多いようで、トラクターのある家が目につく。チャイムを鳴らすが返事はない。留守のようだが軽トラはあった。近くに出かけたのだろうと思って駐車場で待つこと十分余り。五十過ぎで白いひげを生やした男が、姿を現した。

「突然で申し訳ありません。村田宗義さん、ですね」

名刺を取り出すと、はじめましてと挨拶をする。城之内匠海の主任弁護人ですと包み隠すことなく自己紹介した。

村田はさすがに驚いていたが、名刺をポケットにしまった。

「名前は聞いているよ。君が桐生弁護士か。えらい若いんだなあ」

桐生は頭を下げた。この村田とはもうすぐ法廷で会うことになる。彼は被害者意見陳述で、娘の無念を訴えることになっている。

「それで、わたしに何の用だ？」

加害者の弁護士といったら、敵みたいなものだ。怒り出すことも考慮に入れていたが、村田は思いのほか、落ち着いた表情だ。

「娘さんについて、お訊きしたいんです」

「真梨にも落ち度があった……そう言いたいのか」

初めて村田の言葉にトゲを感じた。桐生は静かに大きく首を横に振った。

「そのつもりは全くありません」

「ほう……」

「俺はただ……知りたいんです」

無言のまま、村田はしばらく桐生の顔を見つめていた。こんなこと、突っぱねられて当然だろう。しかし村田は、軽く手招きした。

「こっちに来るといい」

通されたのは、居間だった。村田はアルバムを取り出し、桐生に見せた。真梨が子供の頃の写真だ。父と娘が並んで、望遠鏡をのぞいている様子が写っていた。

「真梨は星が好きでね。よく見に行っていた。お金をためて、いつかオーストラリアへ行きたいって言っていたよ。向こうでは星がよく見えるんだと」

彼女は大学卒業後、いずれは農業をしたいと言っていたらしい。

「地元でずっと暮らしたいってな……」

アルバムには東京でアルバイトをする姿もあった。ニュースで使われていた居酒屋でのバイト写真だ。城之内匠海は彼女と交際していたということだが、それは本当だったのかも怪しいところだ。美人の彼女に無理矢理迫っていただけではないのだろうか。

浮かんだのは、母のことだった。春川と匠海は同じだ。絶対に許せるはずはない。

そんな思いでじっとアルバムを見つめ、ふっと顔を上げると、村田と目があった。彼はどういうわけかすっと視線を外した。

「あんたらのように頭のいい弁護士さんは法律の理論を駆使して人権だ何だと言うが、学のないわたしには、どうして悪人の肩をもつのかわからん」

そう考えるのは、至極当たり前のことのように思う。人権は大切だし、気持ちがわからないわけではないが、こういう素朴な感情に向き合うことも、とても大切であるように思えた。

「あいつを殺してやりたいよ。この身に代えても」

村田の瞳には、ギラリと燃えるものがあった。それは少し前に、鏡の中で見たような炎だ。桐生が春川に向けたものと同じもの。いやきっとそれよりも強い炎だ。

「君はあいつの無罪を主張する気なんだろう」

「……はい」

桐生はうなずくと、村田の目をしっかりと見据えた。

「ただ本心では俺も有罪だと思っています」

桐生の言葉に、村田は目を大きく開いた。

「正気かね」

「そのつもりです」

二人の間に、長い沈黙が流れた。今のは完全に失言だ。公判を間近に控えた弁護士が、被害者遺族に会いに来るというだけでも異常だろう。それどころか、有罪であると承知の上での無罪弁護。殴られても仕方ない。そう思ったが、村田は背を向けた。

「帰ってくれるか」

「……お邪魔しました」

桐生は深く頭を下げて、車に乗りこんだ。

村田の瞳には悲しみの色の他に、どこか共感が含まれているように思えた。さっき桐生は母のことを思いつつ、アルバムを見つめた。もしかすると、その気持ちを彼は感じ取ったのだろうか。いや、そんなことはこっちの勝手な想像だ。

法廷では検察官席の横の席に座り、敵同士として向かい合うことになる。こんなことをしてよかったのかとも思うが、後悔はない。桐生は村田宅を後にした。

4

朝早く、鷹野は師団坂教会を訪れていた。

本当は夜の闇にまぎれて来たかったが、どうしても手が離せない仕事があったのだ。

今日は城之内匠海のストーカー殺人事件の公判日。桐生に任せてあるが、あいつはどういう弁護をするつもりだろうか。

色々動いていることは知っている。ただでさえ桐生にはルーム1の中で最も多い、圧倒的な仕事量を任せている。それに加えて今回の試練。過酷だろう。それでもあいつには法律家としての芯(しん)がある。それは天性のものというより、後天的につかんだ強い意志のようなものに思える。

鷹野は教会を出ると、東京地裁へ向かった。

弁護士会館の前で芽依とばったり会った。

「桐生さん、大丈夫でしょうか」

芽依の問いに、鷹野はふっと口元を緩めた。

「あいつはあまりにも真面目な弁護士だ。正義というものをとことん考えている。違法な取り調べが許されないことは誰よりもわかっているだろう。裁判官だったら違法に取られた自白を認めるわけにはいかない。文句なく無罪判決を出すだろう。だがそんな自明の理とは別の次元で悩んでいる。それはあいつの才能だ」

「悩むことが才能……ですか」

「ああ、あいつがどういう弁護をするか見せてもらおう」

鷹野は芽依と法廷に向かった。

桐生のファンと思しき、若い女性の姿がちらほら見受けられる。それほど注目を集めた事件ではないから、傍聴席はすんなり確保でき、芽依と共に桐生の弁護の様子をうかがうことにした。

やがて裁判官や裁判員が姿を現し、公判が始まった。桐生はどうする気だろう。被告人に対し、あいつは憎悪を燃やしている。そんな状況でどう戦うのか。

罪状認否において、城之内匠海は否認した。証拠調べにおいても、客観的な証拠はこれといってない。この辺りまでは予想通り。問題は証人として呼ばれた児島刑事に対する追及だ。

休憩に入り、鷹野は一度トイレに立った。廊下を歩いていると向こうから一人の痩せた男が足早に歩いて来るのが見えた。鷹野はその見覚えのある顔に思わず歩みを止める。

「ああ、鷹野先生、あなたも来ていたんですか」

手足が長い四十歳くらいの男だ。能面のような無表情で、秋霜烈日のバッジが襟元に光っている。

「わざわざ人の公判に足を運ぶとは、合理主義のあなたらしくないですね。それだけあの桐生先生に期待しているというわけですか」

　痩せた男の名前は一ノ瀬眞人。東京地検公判部所属の検事だ。鷹野は冷たい目で何事もなかったかのように通り過ぎようとした。ただ言い返さないというのも少し癪に障って立ち止まる。

「そういうわけじゃない。試験官としてやって来ただけだ」

「試験官？　何ですかそれは？」

「あいつには言ってないが、この公判は、クビをかけた試験だ」

「本当ですか？　あんな逸材をクビにしていたら、誰もいなくなるでしょうに」

　まるでこちらの心の内を見透かしているような物言いだった。一ノ瀬の言う通り、本当はそんな気持ちなど全然ない。

「知っているだろう？　俺は上永恒夫さえ切り捨てた」

「そういえば、そうでしたねえ」

　にこりと微笑むと、また会いましょうと言い残し、一ノ瀬は何事もなかったように足早に食堂の方へ向かった。

　鷹野は彼が消えた後も、しばらく立ち止まって、じっと一ノ瀬が去った方を見つめていた。

休憩が終了した後、午後の証拠調べが開始された。

横に座る芽依が小声で話しかけてきた。

「桐生さんは公判直前まで、徹底した事実確認を行っていたんです。被害者遺族にまで話を聞きに行って、最後の最後まで……」

芽依は訝っていた。しかし鷹野には何となくわかった。桐生の考えはひょっとすると……考えすぎかもしれないが、あいつなら……。

児島への検察側の主尋問が終わり、弁護側の反対尋問が始まった。桐生はいつものようにほとんど表情を変えることなく、児島に尋問していく。

「児島さん、被告人に対する取り調べは、あなたが中心となって行っていた。間違いありませんよね」

「ええ、その通りです」

鷹野はじっと二人のやり取りを見つめた。

「あなたは以前、被告人を別の事件で取り調べたことがありますか」

桐生の問いに、児島はひな壇を向いたまま答えた。

「ええ、あります。強姦致死事件でした」

「そのとき、被告人の態度はどうでしたか」

「最初は今にも自白しそうでした。ですが途中から完全黙秘に転じ、結局、不起訴処分になりました」

「あなたはどう思いましたか」

「どうって……そりゃ悔しいですよ。こっちは有罪だと思って逮捕、取り調べているんですから。でもそれはその事件に限ったことじゃありません」

　桐生は何度かうなずいた。

「その強姦致死事件の被害者とあなたに関係はありますか」

「赤の他人です」

「ではあなたの娘さんとその事件の被害者に関係はありませんか」

　質問に児島は一瞬、桐生の方を向いた。

「そういうことは、あるかもしれません」

「あなたの娘さんが事故にあわれた際、その方は身を挺してあなたの娘さんを救ってくれた。だからあなたは強姦致死事件のときから、その方を死に至らしめた被告人に対し、特別な感情を抱いていたのではありませんか」

　間があいた。芽依が驚いたように小声で話しかけてくる。

「そうだったんだ。知りませんでした。さすが……そこまで調べていたんだ」

　鷹野は黙ったまま、桐生の尋問を聞いた。それは確かに違法取り調べを責めたてるものであったが、それでもその中には児島に対する同情のようなものが感じられた。理と情……それはよく対義語のように使われる。しかし鷹野からするとその二つは決して相容れないものではない。むしろ根っこは同じ。桐生は児島の性格を正確に把握し、うまくこの二つを使って児島を責めていると思えた。

「あなたは被告人のことをどう思っていますか」

かなり長い間があって、児島は証言台に両手をついた。

「……あんな奴、赦しちゃいけない」

感情のこもったその証言が、勝負の決着を告げていた。

それから桐生は、当時の取り調べについて、詳しく訊ねていく。彼が問うまでもなく、児島は率先して自分がした違法行為を語った。その後、公判は弁護側有利で展開されていった。

終戦ムードの中、やがて被害者の父、村田宗義による意見陳述が始まった。

「わたしの娘、真梨は子供の頃から農作業を手伝ってくれる優しい子でした。いずれは田舎に帰って農業をやりたいとずっと言ってくれていました。そんな真梨は今、この世にいません。被告人によって無慈悲に二十一年の短い命を絶たれたのです。アルバイトで金をため、オーストラリアで星を見たいと言っていたのに……」

意見陳述に傍聴人たちは聞き入った。村田は感情をたぎらせて無念を訴えた。しかし状況は弁護側有利で動かない。ここまでの流れを見た村田は、すでにこの裁判が決していることを感じ取っていたのだろう。かなわぬことと知りつつ、必死で訴えていた。

「もし城之内匠海が無罪になるなら、それも結構でしょう。わたしは彼を絶対に赦さない。自由の身になるなら、こちらも考えがある。絶対に赦すものか！」

それは予定にない陳述。まるで脅迫だった。さすがにこの陳述はまずいと裁判長も思ったのだろう。注意してやめるよう訴えていたが、村田はやめない。傍聴人がざわめく中、彼の興奮はピークに達した。

「ふざけるな！　この人殺しが！」

激昂し、被告人のもとに駆け寄ろうとする村田を刑務官が止めた。桐生は目をそらすことなくその様子をじっと見つめている。

やがて村田は退廷し、再び公判が開始された。桐生は何事もなかったかのように、冷静に尋問を続けていく。

「もういいだろ、帰るぞ」

芽依の肩を叩く。

「さすがですよね、桐生さん。でもきっと断腸の思いなんだろうな。これで城之内匠海は野に放たれるんだから」

桐生のファンの女性たちは、法廷ドラマでも見るように、桐生の弁舌に聞きいっている。鷹野は芽依の言葉にうなずくこともない。

しかし心の中で語りかけた。

――問題はここからだ。そうだろ？　桐生。

法廷を去りながらも、耳には巧みな弁舌を駆使する若き弁護士の声が残って離れなかった。

5

それから二日後、桐生は霞が関にある居酒屋『法源』にいた。

決して繁盛している店ではないが、ここは上永が常連となっている店だ。梅津は都合が合わなかったが、杉村と芽依に上永もそろって、勝利の乾杯をした。

城之内匠海には今日、無罪判決が出た。匠海は被告人質問で、無念をアピール。刑事から受けた脅迫と暴力から、どうしようもなかったと訴えた。彼の演技力は、まるでどこかの劇団にでも所属しているかのように完璧なものだった。

しかし桐生の脳裏には、そんなけがらわしい映像は残されていない。残っているのは、公判で無念を訴えた村田真梨の父親の姿だ。

彼の陳述後、城之内匠海は極めて冷静だった。怒りなど見せない。それどころか村田真梨の父親にとても深く哀悼の念を表していた。

一事不再理という原則がある。これは無罪判決が出た後、二度と同じ事件でその被告人を罪に問えないという原則だ。万が一この先、城之内匠海にとって不利な証拠が見つかり、彼が犯行を認めても、二度と裁判にかけられることはない。この事件は完全に決着したのだ。村田真梨の父親には申し訳ないことをしてしまった。

「さすがだよなあ、桐生くん」

杉村は感心しきりだ。桐生はそんなことないです、と冷静に応じる。謙遜(けんそん)などではない。これでよかったのかという思いがいまだにある。いいようのない苦みが口中に残っている感じだ。おそらく村田の態度には同情というレベルを突き抜け、やりすぎの印象を持った人が多かったろう。

　しかし桐生には彼の感情爆発はむしろ抑制的に思えた。もし自分があそこに立っていたなら、被告人側の弁護士も本当は有罪だと言っていたんだ——そうわめきたてたに違いない。しかし村田はそうしなかった。そのことがずっと自分の中に重く残っている。

「何か浮かない顔だな。どうかしたのか」

　さすがに上永には見抜かれていたか。そう思った時、スマホに連絡があった。

「はい、桐生ですが」

「城之内だ。息子を救ってくれてありがとう。今、鷹野先生が来ている。君もぜひ来てくれ。お礼がしたいんだ」

　わかりましたと応じると、桐生は席を立つ。上永たちに中座することを詫びると、城之内宅に向かった。

　応接室に通されると、城之内と鷹野が談笑していた。彼らは企業法務について相談をしていた。城之内はぜひ顧問弁護士になって欲しいと持ちかけていた。鷹野もまんざらではないという顔だ。

　二人はやがて桐生に気づいた。

「いやあ、本当に大したものだ」

酒を勧められたが、車ですのでと言って辞退する。しばらく上機嫌な城之内の相手をしてから、まだ仕事が残っているのでと言って暇を告げた。

「よう、桐生先生」

呼び止めたのは、匠海だった。無罪判決の記念として父親の秘蔵のワインをあけて、顔が赤くなっている。

「マジですげえよ。あんたに言われてなかったら、意見陳述でオッサンに脅されたとき、やれるもんならやってみろって怒鳴ってたかもしれねえ。それだったらさすがにヤバかったな。俺、結構、煽り耐性ねえから」

匠海はけらけらと笑っていた。そこには反省の色など何もない。

「俺は親父の引退後、会社を継ぐ。鷹野って人より俺はあんたに顧問を頼みたいね」

「よろしく頼むよ」

「鈴木の爺さんが倒れて、ヤベえって思ってたんだ。けどうまかったろ、俺の演技……女をだます時と同じさ」

匠海は桐生にからみつき、アルコールくさい息を吐き出した。

「まあ、真梨の馬鹿には通じなくて、ぶっ殺してやったけどな」

何かに刺し貫かれたような感覚だった。それは初めて聞く、はっきりとした自白。こいつが殺人犯であることはよくわかっていた。それでも改めて聞かされて、心の中に言いようのない傷があることに気づく。自分はこの自白から逃げた。見て見ぬふりをしてきた。しかしもう逃げられない。一生背負わなければいけない。

衝撃が貫いたのはおそらく、数秒ほどだったろう。表情には表していない。匠海はワインをラッパ飲みした。桐生はこぶしを握り締める。

それから匠海は、これまでしてきた悪事について武勇伝のように語った。

「女ってのは、所詮道具だからな。ガキの頃は手あたり次第だったが、もう顔や体がいいのには飽きた。今は高学歴の鼻持ちならねえ女とやりてえ。そういう意味で桐生先生、あんたにはかなわないだろうな。その顔とたっしゃな口だ。いくらでも騙せるわな」

こんな下衆が許されていいのか。城之内親子、鈴木、春川……こいつらに比べれば、カルネアデス事件で殺人罪に問われた保坂の罪など軽いものだろう。

「そんでよ、その女は妊娠させてやった。ちょっと脅してやったらダンマリだよ。こういうギリギリのトコで遊ぶのがおもしれえんだ」

目の前が白くなった。こいつに生きている価値などあるのか。頭に浮かんでいたのは、母のことだった。俺はこいつらを絶対に……我慢できず殴りつける寸前で手が止まった。視線を感じたのだ。鷹野がこちらを見つめていた。

「また、呼んでください」

血がにじむほど強く下唇を噛みしめて、桐生は城之内宅を後にした。匠海は酔っぱらっていてこちらが殴ろうとしたことに気づいていない。

「じゃあな、桐生先生」

上機嫌で送り出してくれた。桐生は車に戻ると、ハンドルに頭を思い切りぶつけ、意味のない言葉を大声で叫んだ。


それから一か月以上の時が流れた。

桐生は氏家から連絡を受けて師団坂ビルに戻った。十九階に上ると、氏家は無言でシニア・パートナールームを指さす。鷹野の用事か。何だろうと思って入ると、部屋では鷹野がキーボードを叩いていた。

「戻りました。何の用ですか」

「城之内匠海が警察に事情聴取を受けている」

桐生はまたですか、と応じた。

「早速お前に依頼が来た」

「どうしたんですか。あいつ、今度は何を？」

「新しい事件じゃない。以前引き起こした強姦致死の件だ。その時は不起訴処分になったが、新たに証拠が見つかったらしい」

父親がもみ消したはずだったが、新証拠が見つかり、警察に逮捕されたのだという。一事不再理の原則は、一つの事件についてしか適用されない。つまりストーカー殺人では匠海を二度と罪に問えないが、強姦致死罪に問うことは可能なのだ。鷹野はじっと桐生を見据える。

「桐生、お前が城之内の情報、警察にリークしたのか」

桐生は答えることなく、鷹野の言葉を待った。

「ストーカー殺人事件で無罪判決が出て間もない今、誰かがリークしたと考えるのが自然だ……そしてそんなことができるのは、情報を握っている限られた人間だけだ」

相変わらず、桐生は口をつぐんでいた。

「お前は裁判直前まで過剰と思えるほど、梅津とともに匠海の過去を調べていた。元刑事である梅津、あるいは証人の児島や神山のつてを頼って、その情報をつかんでリークしたんじゃないのか？」

桐生は心の中で、その通りだと答えた。自分が必死になって調べていたのは、ストーカー事件のことではない。過去に起こした強姦致死事件に関してだ。あいつは桐生が味方だと信じきって、得意げに昔の事件についても話した。それに基づいて調査し、ついに口止めされていた悪い仲間から裏切りの証言を得たのだ。これは背信行為にも思える。しかし社会正義に対しての背信ではない。迷いに迷った末の、自分ならではの決断だった。

「桐生雪彦は能力を買われ、ニューヨーク・オフィスに転勤」

外国に飛ばされるのかと思ったが、鷹野の口元には笑みがあった。

「……とでも先方には伝えておくか」

　鷹野はもっと激しく桐生を追及するかと思ったが、意外とその手はぬるく、帰って良しと言って背を向けた。しかし桐生がドアノブに手をかけた時、背後から声が聞こえた。

「桐生、お前は被告人が自分の父親でも死刑判決を下すんだな」

　それは芽依の前で言った言葉だ。

　桐生はためらいなく、ええと言ってうなずく。

「実際には法の定めがあって裁くことはできませんが、仮定の話ならそうです」

　そうだ。春川倍夫……あんなごみは死刑で当然。血のつながった父親だろうが、喜んで死刑判決を下してやる。

「じゃあ自分の母親ならどうだ？」

　その瞬間、桐生は言葉に詰まった。即答することなく、しばらく二人は見つめ合う。

　春川倍夫が自分の父だと知っている人間などほとんどいまい。さすがの鷹野もここまで調べてはいないだろう。それなのに鷹野の鋭い視線は、こちらのすべてを見抜いているように映る。

「公平に裁く自信があるのか」

　桐生は口を閉ざしたままだ。父親への判決にはためらいがなかったのに、母親に関しては違う。自分の完璧を誇るマアトの天秤はグラグラと揺れている。

　桐生は動揺を誤魔化（ごまか）すように口元を緩めた。

「愚問ですよ」

イエスともノーとも言わず、退出した。ルーム1を出ると、足早に地下の駐車場に向かった。芽依がちょうど車から出てきたところだ。

「どこへ行くんですか」

呼びかけてきたが、桐生は聞こえないふりをして車に乗った。


夜の街をあてもなく走り回り、首都高を高速で飛ばした。

それからどれくらいの時間が流れたのだろう。よくわからない。向かったのは、村田真梨の父親のところだった。

午後十一時。まだ明かりはついている。

夜空は澄み切っていて、星が瞬いている。そういえば死んだ村田真梨は星が好きだったという。しかし二度と、彼女はこの星々を見ることはできない。

城之内匠海は今度こそ刑務所行きだ。強姦致死罪……ルーム2が担当になると思うが、おそらく誰が弁護しても、科される刑は、今回のストーカー殺人事件で有罪となった場合とそれほど変わらないだろう。しかし実際は人を二人も殺めているのだ。死刑になったっておかしくはない。ただどのような刑が下ったところで村田宗義の無念が晴れることはないだろう。もう彼の娘は帰らないのだから。

桐生はチャイムを鳴らそうとした。

しかし途中で手を止める。どんな慰めも彼には届かない。被害者の無念をあざ笑うように法理論を使って無罪判決を勝ち取った。そしてせめてもの償いのように、匠海が漏らした強姦致死の情報をリークした。これが正義であったのだろうか。

桐生は満天の星の下、すみませんと深く頭を下げた。

第四話　悪魔の代弁者

1

八王子署にやって来るのは、何年ぶりだろう。

こちらから接見時間を指定しておきながら、危うく遅れるところだった。梅津清十郎は車から降りる。ロックボタンを二度押ししてしまい、慌てて押し直すがまたミス。苦笑いしてから早足で接見室に向かった。

楠田隼人という男が警察に事情を聴かれている。二か月前から失踪していた女性がいて、彼女を殺害したのではないかという容疑だ。芽依から連絡があった。少しでも早く赴いた方がいいというので、近くにいた梅津が接見に当たることになった。

警察車両が出ていく。署内に入ると、あわただしかった。どうやら失踪中の女性の遺体の場所がわかったらしい。ということはすでに楠田は自白したのか。

「梅津です」

こちらへと言われ接見室に入った。

やがて一人の男がやって来た。丸刈り頭を金髪に染めた三十過ぎの男だ。目元に大小二つのホクロがあるのが特徴的だった。楠田隼人は会釈をすることもなく、ぶっきらぼうに腰かけた。楠田は六年前にも傷害致死で逮捕されて服役していた。正当防衛を主張していたが認められることなく、実刑判決が下った。

「被疑者ノートです。警察の取り調べに問題があれば教えてください」

日弁連が推奨している用紙を見せた。すべての漢字に仮名が振られているのが奇妙に感じるが、型通りの説明をすると、梅津は事件について訊ねていく。

「自白したようですが、あなたが殺したことに間違いありませんか」

楠田は黙ってうなずく。遅れてああと吐き出した。

「殺害したのはいつですか」

「十六日の晩だ。あの女の自宅前で殴りつけたら、駐車場の縁石に頭をぶつけて動かなくなったんだ。ヤバいと思って遺体は車に詰めて県境の山奥に捨てた。場所は取り調べで詳しく教えたし、すぐに見つかるだろうよ」

被害者は山内愛理沙という二十六歳の女性だった。楠田が刑務所を出てから半年も経っていない。出所したばかりなのにどうして殺したのだろう。それから梅津は細かく訊ねるが、楠田の言うことに特に矛盾は見られない。

「撲殺ということですが、最初から殺すつもりだったんですか」

「いや、殺すつもりはなかった」

梅津は楠田の証言をメモした。殺意はない……か。相手の自宅まで押しかけた上に遺体を遺棄している。ナイフなどで刺したわけではないから殺人にはならないかもしれないが、再犯である以上、厳罰は不可避だ。

「それで楠田さん、どうして殺害したんです？」

重要になるのは動機だ。せめて少しでも情状酌量の余地はないかと思って梅津は問いかける。楠田は大きくため息をつくと、上目づかいに梅津を見た。

「……許せなかったんで」

楠田は下唇を噛みしめていた。

「何が許せなかったんですかな」

「ブログだよ」

漏れたのは、意外な言葉だった。

「どういう意味ですか」

「あの女、得意げにあんなこと書きやがって」

舌打ちが聞こえた。楠田は山内愛理沙のブログを見てみろと言った。梅津はスマホで楠田の言うブログを検索。あっさりと見つかった。内容は二十代半ばの女性がスイーツの店を巡って、独断と偏見でその店を評価するものだ。歯に衣着せぬ物言いでスイーツの店を一刀両断する辛口コメントが多い。

——今週できた近所のお店、期待外れもいいとこ。超イラつく~(゜口゜;)。雑誌でミルフィーユがおいしくて流行ってるって書いてあったの。でもどこがいいのかわかんない。総合評価は二十点ってとこね。店員の対応も最悪。ちょっとかっこいい男に色目使ってさ。ああいう清純ぶった女こそビッチなんだよね。うん、間違いない。

更新は二か月前の十六日で止まっている。しかしその最新の記述に梅津は目を見張った。スイーツに関する辛口評価はどうでもいいが、問題は裁判員に関する記述だ。

——今日は六年前のことを書くね。実はわたし、裁判員だったのだ！

この後、愛理沙は六年前に自分が参加した裁判員裁判の評議の様子を得意げにさらしている。どうやら楠田が過去に犯した事件について話し合われている。評議に参加していないとわからない様子がリアルに描かれていた。評議のポイントは、楠田に正当防衛が認められるかどうかだ。

——素手の相手をガラス片で刺殺しているわけだし、普通ならそんなの認められるわけないじゃん。でも何か頭ん中がお花畑状態のお婆ちゃんがいてさ、ハンカチで汗ふきながらヒステリックに正当防衛だって主張するわけ。

「人は見かけで判断しちゃいけません！」

たぶんあれって自分の正義を信じて疑わないタイプの人だよね。ノイジーマイノリティっていうの？　でもああいう場では声が大きい方が有利だし、馬鹿な裁判員たちも引きずられて、もうちょっとで無罪判決下しちゃうとこだったの。被告人は何人もの男に襲われて仕方なく刺したって言ってるんだけど、それって明らかに嘘丸出し。別の証人が喧嘩相手は被害者だけって言ってるし、やんなっちゃうよね。

ポイントになったのは、被告人がガラス片についた指紋をふき取ったって行為なんだけど、それってどう見ても、自分のやったことを悪だって認識してるよね。正当防衛なら堂々としてればいいわけだから。わたしはもちろん、正当防衛なんて認められるはずないって主張。他のみんなも賛同してくれて、結局、評議は裁判官も含め七対二で有罪！　わたしの意見が評議に影響して有罪になったわけ。やったああ！　正義は勝つ（*^^*）なんてね。馬鹿みたいな評議に付き合わされたけど、あの時だけはちょっとだけスカッとしたなあ。楠田とかいう被告人、キモくて見るからに悪人だったから、つい熱弁しちゃった。眼鏡を中指で上げる仕草の似合うイケメン被告人だったら、わたしの主張もちーっとばかしは違ったかもねえ……ううん、いかんいかん。


上目づかいに眺めると、楠田はふんと鼻を鳴らした。

「このクソ女のせいで、俺は有罪にされ、長い間ムショに入れられた。あれは正当防衛だったのに」

楠田はため息をつく。出所してから自分の事件を調べていたら、このブログが出てきたらしい。一方、梅津はしばらくうつむいたまま、口を閉ざしていた。裁判員は自分が裁判員として評議に参加したこと、公判で明らかになった内容については、退任後に語っても問題はない。しかし評議内容に関しては守秘義務があって、墓まで持って行かないといけない。これは完全に守秘義務違反だ。しかもこの内容、楠田が怒るのも無理はない。何故いまさら六年前の事を書くのかやや不自然だが、思いつきで適当に書いたのだろう。

梅津が顔を上げると、楠田は頭を抱えていた。

「まあ、イラついても殺すことはない……そう言われれば返す言葉はない。信じてくれねえかもだけど、マジで殺意はなかった。謝れば許してやろうと思ってた。それなのにこの女、開き直って逆切れしやがるから……」

出所した被告人が自分を有罪にした裁判員を許せず、恨みを晴らしたということか。

——こりゃ、相当ヤバいんじゃねえのか。

六年前の事件は人が死んでいるとはいえ、単純な構図のものだ。しかし今回の事件は違う。司法の根幹を揺るがすような大事件なのではないだろうか。梅津はもう少し話を聞くと、八王子署を後にする。重い荷物を背負い込んだ感じだった。

師団坂ビルに戻った時、状況は少し変わっていた。

楠田の証言通り、県境の山奥から遺体が発見されて身元の確認が取れたのだ。遺体は山内愛理沙で間違いなかった。ルーム１に戻ると、杉村や芽依が事件の話をしていた。鷹野が戻り、これからカンファレンスが開かれるらしい。

「遺体が発見されてから、山内愛理沙さんのブログ、一気に有名になったみたいですよ。ただし削除されて見られなくなっていますけれど」

芽依がエレベーター内で言った。

「無罪はないですし、主任弁護人になったら嫌だなあ」

杉村が心配していたが、杞憂ですよと芽依が応じる。

「これだけ社会的影響の大きい事件ですから、鷹野さんが自分で担当するんじゃないですか」

あの人には常識は通じないと思いますけど、と桐生は留保した。

カンファレンス・ルームに入ると、鷹野がすでに腰かけていた。いつの間にか氏家が茶運び人形のように無表情で全員に資料を配った。

「早速説明してくれ」

鷹野が資料をポンと弾いた。八王子署で楠田に接見した梅津は立ち上がり、ホワイトボードの楠田の写真を親指で示した。

「逮捕された楠田隼人は三十一歳。出所して間もない男です。被害者は山内愛理沙という二十六歳の女性。二か月ほど前に撲殺され、山中に遺棄されていました」

梅津が説明する途中、杉村が口をはさんだ。

「山内愛理沙は守秘義務違反を犯しました。ブログの内容もあまり褒められたものではありません。彼女の死についてネットには自業自得だとか、正義の鉄槌などという不謹慎なことも書かれています」

鷹野はしばらく資料を読むと、顎に手を当てた。

「裁判員殺し……か」

「警察は山内愛理沙失踪時から、楠田に目をつけていたらしいですな。山内愛理沙の自宅はスナックを経営しているんですが、楠田は十六日の晩、スナックの前で目撃されています。以上が事件のあらましです」

さすがの鷹野もこんな事件には接したことはあるまい。真剣な顔だった。主任弁護人は鷹野以外に考えられないが、場合によってはルーム2と弁護団を形成するかもしれない。

「過去の事件についての資料はあるのか」

氏家が添付されている小さな用紙を指さす。さすがに抜け目ない。鷹野は資料に目を通した後、長い間、山内愛理沙が書いたブログを読んでいた。資料以上にこのブログを読めば、その様子はよりリアルに伝わる。

「なるほど……よくわかった」

鷹野はようやく顔を上げる。無罪の主張は無理だが、どうやって弁護していくのか。誰もが緊張する中、鷹野はリーガルパッドを取り出した。定規を当てて何かを書いている。差し出された一枚のリーガルパッドは何故か端が折り曲げられていた。

「これ、何なんですか」

芽依が問いかけると、鷹野は邪魔くさそうに答えた。

「アミダクジだ」

「はあ？」

一瞬、医学用語かと思ったが、本当にただのあみだくじだった。

「主任弁護人は適当に決めておけ」

ルーム1の全員がぽかんと口を開けた。鷹野は資料を整理して立ち上がると、足早に出口へ向かった。変人ではあっても、こんな重大事件の主任弁護人をあみだくじで決めろなどと言い出すとは思いもしない。残ったメンバーはしばらく呆気にとられていた。

やれやれという感じで、桐生が息を吐き出した。

「まあ、結局は全員で当たるんでしょうし……よくわからないのは楠田が裁判員の個人情報をどう入手したかですよ」

「住所など裁判員の情報は絶対に漏れないはずです。これが漏れたら制度の根幹が揺らぐほどの大問題になるわけで、どうやって楠田さんはあのブログから山内愛理沙さんの自宅について知り得たんでしょうかねえ」

芽依の疑問に得意げに答えたのは、杉村だった。

「楠田さんが職人だったたってことですよ」

「はあ？　職人って何だ？」

梅津は片方の眉毛を下げた。

「ネットにはわずかな情報から個人の家を特定する職人がいますからね。今回ならこのブログに書かれた自宅周辺のスイーツ店に注目です。ストリートビューなんかも活用しつつ、僕なら一時間もあれば特定してピンポンダッシュかませますよ」

そんなものなのか。ジジイにはついて行けない。梅津が関心を寄せるのは、殺された山内愛理沙という女性だ。ブログを見たが、どうしてあんな軽率なことをしたのだろう。裁判員には守秘義務がある。裁判員として評議に加わる確率は一生のうちで百二十分の一と言われているわけで、誰かに語りたくなる気持ちはわかるが、あまりにも無責任だ。

「DD論に持ち込むしかないですね」

杉村のセリフに、梅津はなんだそりゃ？　と訊ねる。

「デューディリジェンスってやつか」

鷹野が合理性を説明するときによく使う言葉だ。桐生に何度か説明してもらったが、いまいち理解できていない。

「デューディリジェンスじゃなく、どっちもどっち論ですよ」

杉村は説明する。楠田が殺したことは悪かった。でも殺された山内愛理沙にも悪いところがあった。山内愛理沙が守秘義務違反をしていたことは事実。どっちも悪い……に持ち込む論法のことらしい。しょうもない理屈だなと梅津は思った。

「ところでこれなんですけど」

芽依があみだくじを全員に示した。

主任弁護人をあみだくじでとは……しかし鷹野は冗談は言わないだろう。梅津たちは仕方なく適当に選ぶと、折り曲げられた紙を伸ばした。

主任弁護人決定！　Congratulations!

乱雑な赤い文字が顔をのぞかせた。

「ふう、僕じゃなかった」

杉村が安堵の息を漏らした。芽依も自分の名前の先をたどっている。セーフ、と手を水平に伸ばした。桐生は目で追っているが、自分でもないという顔だ。

「結局オレ……かよ」

梅津は自分を指さして、ううんとうなった。

「じゃあ、お願いします」

芽依と梅津を残し、杉村たちは出て行った。

「鷹野さん、どういうつもりですかね」

芽依が言った。まともに考えても意味はないように思える。

「どうせあれだろ？　無罪はないし、わかりやすい事件だから誰が弁護しても一緒。やる気ねえって逃げやがったんだ」

梅津が毒づいていると、連絡が入った。来客だ。

二人は応接室で、一人の女性と向き合った。年齢は芽依と同じくらいだろうか。おとなしそうな痩せた女性だった。少し下がり気味の眉からさみしげな印象を受ける。彼女は楠田悠美。被告人、楠田隼人の妹だ。町田市内で仕事をしているらしい。両親はともに他界していて、二人には親しい親戚はいない。梅津と芽依は楠田に同情的な人物はいないのかと訊ねた。

「それが……」

悠美はそう言ってから、うつむきながら答えた。

「兄は紹介先の製紙工場で働き始めていました。勤務ぶりは悪くなかったと思います。でも出所したばかりでこんなことになって、工場の人は怒っているようです。保護司の方も呆れているようで。でも昔は違ったんです。友達も多くて、勤め先でも評判は悪くなかった。でもあんな事件があってから、友達は蜘蛛の子を散らすようにいなくなってしまったんです」

「そうですか、まあ、仕方ないでしょうな」

楠田の人間関係が乏しい以上、情状証人を立てて情状酌量を願う道は困難だ。

「ところで訊きたいんですが、六年前の事件ってのはどんな感じだったんですかな」

「それは……男たちに因縁をつけられたんです。兄は何も悪いことしていないのに」

楠田は公判で、上田翼という青年を刺し殺したと認めたものの、正当防衛だと主張した。その内容は山内愛理沙のブログに書かれたことと大差はない。

六年前の事件はこういうものだった。

楠田は八王子の外れにある二十四時間営業の巨大スーパー近くで、上田翼という暴走族上がりの男に因縁をつけられた。身の危険を感じた楠田は、近くの廃屋に落ちていたガラスの破片で応戦し、刺し殺してしまった。楠田は相手が多数だったと主張。しかし正当防衛は認められず、傷害致死罪になって服役した。ブログによると、楠田はガラス片の指紋をふき取るなど工作をしていて、救急車を呼んだのも通行人だ。そういった要素が裁判員に悪印象を与えたようだ。

「前の事件、お兄さんは無罪だったと思うかい？」

「もちろんです！」

今までにない大きな声に、芽依は目を瞬かせた。悠美は後悔したように口元に手を当てて、すみませんと大声を出したことを謝した。

「兄は本当はとても優しいんです。こんなことになるなんて」

悠美は目がしらにハンカチを当てた。彼女は美人というほどではないが、守ってやりたいタイプというか、男好きするような感じを受ける。こんな兄貴がいては、さぞや苦労しただろうなと梅津は思った。

やがて悠美は師団坂ビルを後にした。

「どうします？　梅津さん」

情状証人は望み薄だ。しかしまだ、方法は残されている。この事件の特殊性をつき、少しでも減刑を願うという方法が。

「嫌な方法だが、相手の失点を突くしかねえだろ。ネチネチと」

「やっぱり、ＤＤ論ですよね」

意見は一致した。殺害された山内愛理沙にも責められるべき理由はあった――この方向くらいしか弁護は不可能だろう。メディアで流されている山内愛理沙の写真は、いずれも高校時代のものばかりだ。髪を赤く染め、カラーコンタクトに長い付けまつげ、タトゥー……舌にまでピアスをしている。中年男性とホテルで撮った写メも流出していて、ネットにはこんなバカ女に裁かれたらたまらないという意見が満ち溢れている。とはいえ梅津はどこか嫌な気分だった。

仕事を終えると、いつの間にか夜のとばりが下りていた。

南千住の駅で降りると、梅津は駅前のスーパーで惣菜を手に取る。駅をぐるりと迂回。跨線橋を渡る。ビジネスホテル街を横目に自宅に向かった。何のために働いているのだろう。ふとそう思うことがある。普通の企業マンや公務員ならすでに引退している。現に同世代の知人は旅行やフィットネス、自分の趣味に時間を費やしている。長年連れ添った妻は脳溢血で死んだ。心にぽっかり穴が開いたような感覚はまだ消えない。

――オレがこんな重要事件の主任弁護人とはな……。

この事件、楠田の犯行に間違いはない。弁護していくには、殺された山内愛理沙にも非があったという展開に持ち込むのが唯一の防御方法なのだろう。そしてあのブログの存在がある以上、それは可能だ。

「よう、清十郎さんか、元気かい」

近くでアパート経営をする男性が声をかけて来た。民生委員をしていて、一人暮らしの老人を見回っている。心配して声をかけてくれたのだろう。

「今日はどうした？　仕事か」

「ああ、終活にはまだ早いわ」

またなと言って別れる。

誰もいるはずのない我が家にただいまと挨拶をした。当たり前だが返事などない。妻を亡くしてからもう五年が経つ。一人暮らしにも慣れ、スーパーで夕食を買ってきて食べる日々が定着している。梅津は風呂に入ると、買って来た豆腐やがんもどき、野菜炒めを皿に小分けした。

――亜矢子はこれが好きだったな。

がんもどきを箸でつまんだ。梅津には亜矢子という一人娘がいた。しかし高校時代に家出して、そのまま行方知れずだ。今、どこでどうしているのだろう。いい人に巡り合うか、自分に合った職業を見つけるかして幸せでいてくれればいいのだが、そこまでは望まない。ただ生きていて欲しい。そして死ぬ前に一度だけでも会いたいと願うだけだ。殺された山内愛理沙は二十六歳。家出した亜矢子とは似ていないが同じ若い娘というだけで、ついつい気になってしまう。

梅津は家出した娘のことを思い出しつつ、がんもどきを口に運んだ。

2

山内愛理沙の遺体が見つかってから、十日ほどが過ぎた。

楠田は全面自供している。午後八時。梅津は芽依の運転で、殺害された山内愛理沙の自宅に向かっていた。ナビに登録したのは八王子市にある『ＲＵＭＩ』という愛理沙の母、流美子が経営するスナックだった。

「あれ？　開いてませんね」

芽依の指摘に、梅津は首の後ろを掻いた。

「かもしれねえな。でもまあ、いいや」

事情を聴くのには関係ないとばかりに、店に入る。鍵はかかっておらず、営業中なのかどうかわからない。客は一人もおらず、店員の姿も見えない。カーテンが閉まっていて、店内は真っ暗だ。留守か……そう思った時に、カウンターの方で何かが動いた。芽依がビクッと大げさに反応する。長い髪の女性がウィスキーをあおっていた。

「なに？　ひょっとして客？」

「こんにちは。山内流美子さんですな」

梅津が語りかけると、彼女はわざとらしいため息をついた。舌打ちが聞こえ、女性はグラスのウィスキーを一気に飲んだ。

「また週刊誌の取材？　もううんざり」

「いいえ、わたしたちは弁護士です」

芽依が事情を説明する。山内流美子は殺害された山内愛理沙の母親だ。ブログの件が知れ渡って以降、嫌がらせがあったらしい。週刊誌の取材もあったが、少ない報酬をもらえただけで、飲んだくれた流美子について酷く書かれたらしい。

「何がこの母にしてこの娘ありよ」

流美子はまたグラスにウィスキーを注いだ。流美子は事件の数日前から総合病院に短期入院していて、十六日の晩に帰って来たという。楠田の車が出ていくところを目撃していたそうで、もう少し早く帰っていれば……という無念の気持ちを訴えた。

「あの子はね、本当は優しい子なのよ」

流美子が言うには、愛理沙は小さい頃からとても真面目で、思いやりのある少女だったらしい。しかし中学生の頃、彼女の父親が若い女性と駆け落ちして出ていってしまった。それ以来不良の道に走ってしまったのだという。

「でもあの子は帰って来てくれたのよ。わたしが腎臓の病気になってから心を入れかえてくれた。ちゃんと介護の仕事を見つけて働きに行っていたし、わたしのことを気遣ってくれた。小さい頃の愛理沙に戻ってたんだから」

愛理沙の過去について話しているうちに、感情が高ぶってきているのがよくわかる。流美子は愛理沙のことをいい子だったと涙ながらに語った。

通された愛理沙の部屋にはカレンダーがあって、愛理沙の予定が書き込まれている。愛理沙の趣味はブログに書かれていたように菓子店巡りらしく、スイーツの店や喫茶店の名前が書かれていた。十六日に予定はないが、前日の十五日に八王子の『シャルル』という店に行く予定が入っている。

「愛理沙さんが親しくしていた相手について、誰かご存じありませんか」

「ああ、馬場とかいう人でしょ」

愛理沙は馬場耀太という男性とカレンダーに書かれたスイーツの店で、何度か待ち合わせしていたらしい。

「あの子はきっと、その男に騙されていたのよ」

「騙された？　どういう意味ですか」

流美子はウィスキーを軽くあおった。

「この馬場って人、奥さんや子供もいるみたいなのよ。それなのに……」

馬場は妻子があることを愛理沙に隠していたらしい。不倫か……だが事件とは関係ない話だ。

「でも何故、愛理沙さんはブログにあんなことを書いたんでしょうか」

「知らないわよ」

流美子は露骨に嫌な顔をした。

「愛理沙さんはお母さんに、裁判員の評議内容について話しましたか」

「知らないって言ってるでしょ！」

流美子は急に怒り出した。芽依がなだめようとするが、かえって火に油を注ぐような形になった。

「出てって！　もう出てってよ」

取り付く島もなく、梅津たちは追い出された。

「すみません、何か怒らせちゃって」

車に戻ると、芽依は首を傾げながら反省していた。

ハンドルを握りつつ、梅津は洟をすすった。

「まあ、ドンマイだな。母親からすればブログについて聞かれるだけで、娘の悪口に聞こえるんだろう。お前さんはそういうつもりじゃなかったんだろうが、親からすれば娘はまだ生きてるからな」

「生きている？」

「ああ、たぶんあの母親、娘の死が受け入れきれてないんだよ。親なら当然のことだがな。だから怒られて追い出されたって、あんまり責めない方がいい」

はいと素直にうなずくと、芽依は黙って梅津を見つめた。

「ところで梅津さんって、どうして警察を辞めたんですか」

不意打ちを食らって、梅津は苦笑せざるを得なかった。芽依はお嬢様らしいと言ったら聞こえがいいが、少しばかり人の事情にずけずけと入り込んでくるくせがある。父親の佐伯真樹夫も困ったものだと時折嘆いていた。もっとも悪意はないので、それほど不快ではない。

「ちょっとな……冤罪事件を起こしちまったんだよ」

「冤罪？　そうなんですか」

ああと言って梅津はうつむいた。

「当時、俺は捜査三課にいた。窃盗犯とかを扱うところだ。ある日、空き巣を逮捕したんだが、証拠不十分で結局、不起訴処分になったんだ」

その空き巣は総合商社の役員。実家が裕福で遊んで暮らせる身分だった。彼は自分の身に起きた誤認逮捕と酷い取り調べをブログに書き、梅津を実名で批判した。ひどい刑事がいる。こんなことが許されていいのかと。

マスコミがこれに飛びつき、このニュースはネットで全国に広がっていた。梅津個人も当時いた警察もバッシングにさらされることになった。

「居心地が悪くなってな。オレは辞職したんだ」

それからはしばらく警備員をやっていた。

「空き巣で逮捕した人は本当に冤罪だったんですか」

「いや、犯人で間違いなかったんだ。あとでまた空き巣で捕まって実刑判決食らってたよ」

「そうでしたか」

ただ正直、そんなことは気にしていない。苦い過去という程度のものだ。

「でもすごいですよね。へこたれずに司法試験に挑むんですから」

「まあ、オレの場合、頭が悪いから何度も落ちて嫁さんに迷惑をかけっぱなしだったがな」

梅津は話しながら当時のことを思い出し、少しばかり苦みを感じていた。

「それよか関係者だ。馬場って奴のこともわかったしな」

「ええ、それは……」

梅津は馬場耀太に連絡をとった。残業中のようだが、会ってくれるという。二人は馬場の銀行へと向かった。

銀行の駐車場で待っていると、やがて若い男が笑顔でこちらに向かって来た。白い歯と短く刈りそろえられた頭髪がスポーツマンのようで、とても爽(さわ)やかだ。梅津と芽依はとりあえず名刺を渡して挨拶をする。

「師団坂法律事務所の弁護士さんですか」

馬場は意外と明るかった。梅津は自分の代わりに芽依を紹介し、あの佐伯真樹夫の令嬢だと言うと、馬場は大げさに驚いていた。

「それはともかく、お訊きしたいのは山内愛理沙さんのことです」

愛理沙の名前が出た瞬間、馬場は露骨に嫌な顔を見せた。

「馬場さんは彼女と交際されていたんですよね」

問いかけたのは芽依だった。天然なのはこういう時に便利だ。馬場は声のトーンを絞った。

「それなんですが、誤解なんです」

「誤解というと？」

「彼女と何度か会ったことは認めます。でも性的な関係は一切なかったんですよ」

馬場はため息をついた。

「だったらどういう関係だったんですか」

梅津が睨みつけるように訊ねた。

「それは、何というか」

馬場は視線を外すと、首を横に振る。

かなり苦しげだった。少し間があって、馬場は思い出したように続けた。

「いや最初、確かに少しはこちらにも気はありましたよ。男なんて単純ですから。でもこりゃまずいなって思い直しました。わたしには家庭がありますし、妻子の泣く顔を見たくないですから、交際は断ったんです。断じて一度たりとも深い関係にはなっていません」

馬場は断言した。

「それからも彼女は何度もやって来たのでそのたびに追い返したんですけど、しつこく付きまとって、自宅にまで押しかけて来て……警察に相談しようと思っていたくらいなんです。楠田はブログから彼女の自宅を探し出して殺したストーカーみたいなものでしょう。でも楠田より彼女の方がストーカーだったと思いますよ」

芽依は冷めた目で馬場を見つめている。死人に口なしだ。性的関係がないと言い張れば、決定的証拠がない以上、追及はできない。しかし芽依だけでなく、梅津が見ても馬場には後ろ暗いところがあるように思えた。

「では山内さんが一方的に付きまとって来た。一方、あなたにはほとんど気がなかった。そういうことを証言してくださいますか」

梅津の問いに、馬場はしばらく顎に手を当てた。

「それは……ちょっと」

馬場は渋っていた。しかし芽依がご迷惑はおかけしませんとしつこく説得すると、ため息交じりに馬場はわかりましたと答える。

「そうですか。また連絡します」

ブログの件はともかく、この不倫に関してはおそらく馬場に非があるのだろう。それが正直な感想だった。


翌日、梅津は師団坂ビル一階の喫茶店にいた。

ルーム1メンバーの話題の中心は、当然のようにこの裁判員殺人事件に向いている。杉村を加え、どうすべきかが話し合われた。

「マスコミも騒いでるし、早く何とかしないといけません」

芽依はそう言っているが、これといった提案はなさそうだ。頼みの桐生もどこかへ出かけたまま。ブログの記述を見つめながら、梅津は思った。山内愛理沙はどうしてこんなことを書いたのだろう。すでに評議から六年も経っているというのに。梅津はそのことを口にした。

「逆に時間が経っているからじゃないですか？　もう時効だって」

芽依の回答に説得力はなかった。梅津は反論する。

「守秘義務は一生続く。軽率に過ぎるだろう」

「でもこの子なら、やりかねないですよ」

杉村も芽依に同調した。梅津は偏見はやめるべきだと反論しようとするが、その前に客が入って来た。ホストのような青年弁護士だ。桐生かと思ったら七条だった。こちらに気づくと近づいて来る。にやにやしているので言いたいことは想像できる。

「あんたら……裁判員が殺された事件、どうなってんだよ」

「しっかり弁護活動、やってるけど」

芽依がため息交じりに応じた。

「マジか？　その割にはボスが不在で、桐生もいない。これはまた、豪華メンバーだなあ」

外国人のように両手を広げ、七条は親指で自分を指さした。

「この事件は俺らルーム2に任せるべきだ。臨時の合同会議でも開いてな。特A級って呼んでもよさそうな重大事件なのに主任弁護人は誰だあ？」

七条は梅津の方をちらちら見ながら、薄笑いを浮かべていた。しかし怒る気にはならない。主任弁護人はあみだくじで決まった。分不相応であると自分でも思う。

「事件の調査は進んでいますよ」

気づくと背後に青年弁護士が立っていた。

「桐生くん、どこ行ってたんだよ」

杉村は遅いよとばかりに問いかける。

「調べてきました。その結果、少しばかり気になることが……」

桐生は説明しようとしてやめた。冷たい目で七条を見つめている。

「はいはい。俺は邪魔者ですか。けど桐生、お前らがミスったら、合同会議で本格的にルーム編成について追及されるだろうぜ。わかってんのかよ。この特A級の事件、師団坂が引き受けた以上、ミスは許されない。お前らのボスはこのところ何を調べてるんだか……あちこち出歩いているようだし」

梅津は場所を変えようと提案した。

「まてよ、特A級っていうより、S級って呼んだ方がいいか」

七条は顎に手を当てて考えこんだ。全くどうでもよさそうな部分にひっかかっているようだ。

「S級っていってもピンからキリまであるんだよなあ。ここはひとつ、クエストクラスの設定をうまく活用してだな……」

七条を置き去りにして、梅津たちはカンファレンス・ルームに移動する。途中で連絡があって、鷹野もすぐに戻るらしい。

梅津が席についてから桐生らとこれまで調べた情報のやり取りをする。しばらくしてカンファレンス・ルームに鷹野がやって来た。弛緩していた空気が、一瞬で引き締まる。

桐生はホワイトボードに何かを書き込んだ。

「評議内容に関して、六年前当時、裁判官として評議に参加していた弁護士に訊いてきました。山内愛理沙さんがブログで書いていたのと、大筋で間違いないようです。彼女が評議をリードして、楠田さんを有罪に導いたようですね」

桐生は評議内容に関して、オフレコで訊きだしたそうだ。

「ただ少しだけブログの内容と実際の評議内容は違う点があります。正当防衛が問題になったというのはその通りで、山内愛理沙さんが評議の中心だったのも事実。ただブログでは評議のポイントが被告人がガラス片から指紋をふき取ったという行為になっていますが、実際の評議では違ったようです」

「どう違ったんだ？」

鷹野が問いを発した。

「実際の評議で問題になったのは、目撃証人の発言でした。知っての通り、楠田さんは多数の男たちに絡まれたと主張しています。彼の主張を信じ、当時の弁護士は目撃証人を探し出しました。その目撃証人は当時大学生でしたが、確かに楠田さんや上田翼さん以外に人影を見たと証言しました。ただし検察側の反対尋問で、その証人は自分が見たのは女性だったと認めたんです」

楠田は絡まれた相手が男ばかりと言っていたから、彼の発言は信頼されなくなったらしい。

「つまり評議のポイントがずれているんです。もっとも山内愛理沙さんは確かにガラス片についての主張もしていますので、ブログ内容が完全に間違っているというわけではないですがね。評決もブログに書かれた通り、七対二で有罪でしたし……」

桐生の細かい説明が続いた。鷹野は鋭い視線を桐生に送っている。梅津は思った。そんな確認をして何の意味があるのか。ブログに嘘を書く意味などない。他の裁判員や判事が見ればすぐに嘘だとわかってしまうのだから。

同じ思いだったようで、杉村が異を唱えた。

「でも桐生くん、だからといって何が変わるって言うんだよ。僕たちがしなきゃいけないのは楠田隼人の弁護だろ？　山内愛理沙のブログ内容なんてどうでもいいって」

桐生はその問いを予想していたように、首を横に振った。

「山内愛理沙さんは悪魔の代弁者だった……かもしれないということですよ」

「なにそれ？　どういう意味？」

口を半分開けたまま、杉村が訊ねた。

「本心と違うことを述べる者のことだ」

横から口をはさんだのは鷹野だった。桐生はうなずく。

「悪魔の代弁者……元はカトリックの用語で、議論のためにあえて思っているのとは違う意見を述べる役割のことを指します」

「ふうん、でもそれと評議内容が、何の関係があるんですか」

芽依の問いに答える代わりに、桐生がホワイトボードに書いたのは、馬場耀太の名前だった。山内愛理沙と不倫関係にあったとされた銀行員の男だ。そして彼の横にはもう一人の名前が書かれる。上田翼（享年二十二）とある。桐生は馬場耀太と上田翼を二本の線でつなぐ。

「六年前、楠田さんに殺害された上田さんは暴走族上がりでしたが、根っからの不良というわけではありません。中学時代までは成績も優秀で、有名な進学校に通っていました。驚くことにその中学で、上田さんと馬場さんは同級生でした。調べたところ二人は仲が良く、よくつるんで遊んでいたということです。これは偶然でしょうか」

芽依が横でわかったと大きな声を上げた。

「こういうことですか？　上田さんと親友だった馬場さんは、親友を殺した楠田さんが許せなかった。自分が評議に加わることはできない。でもどうしても有罪にしてやりたい。だから裁判員の一人、山内愛理沙さんに評議をリードし、有罪にするように働きかけた……」

桐生はゆっくりとうなずいた。

「山内愛理沙さんと男女の関係がなかったという馬場さんの言い分は本当かもしれません。ただしそれは彼に後ろ暗いところがないことを意味しない。馬場さんと山内愛理沙さんとの関係は、いわば共犯者としての関係だったかもしれないということです」

梅津はじっとホワイトボードを見つめた。ようやく桐生の言いたいことが理解できた。つまりは六年前の裁判員裁判で、山内愛理沙は馬場に頼まれ、楠田を有罪に導いたということだ。愛理沙の恋愛感情を利用すれば、いいなりにすることなどたやすいだろう。

「もっとも可能性がある……今はその程度ですがね」

桐生は慎重だったが、あり得ることだと梅津には思えた。

「馬場と山内愛理沙の関係についてもう少し探り、評議への関与があったことを証明しなければいけません」

桐生は鷹野の顔を横目で見つめていた。この推理はどうだと問いかけているようだ。しかし鷹野は何も言わず、そそくさとカンファレンス・ルームを出て行った。

3

数日後、梅津は新小岩にある喫茶店にいた。

すでに楠田は起訴され、被疑者から被告人に変わった。裁判員殺人事件は連日のようにマスコミをにぎわせている。一方、弁護活動はうまく言っているとはいいがたい。重大刑事事件の主任弁護人という大役を負わされ、馬場について調べているがガードが堅い。


「この人に見覚えありませんか」

喫茶店の店主は、ううんと首をひねった。

「いやあ、覚えていないですねえ」

「こちらの女の人はどうですか」

芽依が提示しているのは、馬場と愛理沙の写真だ。しかし店主は首を横に振った。しつこく訊くが、ダメのようだ。梅津と芽依は桐生の推理に基づき、馬場と愛理沙の関係を追っていた。愛理沙のカレンダーに記されていた店を片っ端から車で回るが、うまくいかない。数か月前にやって来たカップルのことなど、覚えている店員はいないだろう。収穫はなく、次の店に移動する。

「ううん、またダメでしたね」

「まあ、地道にやるさ」

話している途中でスマホが振動した。桐生からだ。

「梅津だ。何かわかったのか」

「馬場さんの自宅近くで聞き込みました。馬場さんと山内愛理沙さんが言い争うのを近所の人が見ていたそうです。その人によると、どうも二人は六年前の事件について揉めていたようです。詳しくはその人も聞いていなかったようですが」

「そうか、こっちも調べてみる」

梅津は芽依に桐生からの電話内容について話した。芽依はやっぱりそうですかと何度もうなずいていた。

「二人が昔の事件でつながっていた……この線は間違いないな」

「ただ二人がどうやって知り合ったのか……これがわかりません。たとえ山内愛理沙さんの口が軽く、裁判員だということを公言していたとしても、馬場さんとどこで知り合ったんでしょう」

そうだなとため息交じりに梅津は応じる。仮に愛理沙が悪魔の代弁者だったとすれば、事情も変わって来るだろう。しかし梅津の中には何かやりきれなさがあった。

「一番気になるのはこの店です」

芽依は『シャルル』という喫茶店の住所をナビに入力した。

愛理沙のカレンダーによると、事件の直前、十五日に行く予定になっていた。時間は午後七時だ。

「まあ、行ってみるさ」

やがて車は八王子市内に入った。目的の喫茶店『シャルル』は、上田翼が殺された大手スーパーの目と鼻の先だ。駐車場に車を停める。

「ここみたいですね」

梅津は早速、その店に入った。木の匂いのする落ち着いた店で、雰囲気を出すためなのかうす暗く、ランプが置かれている。テーブルが五つほどの小さな店なので、ひょっとすれば店の人が覚えているかもしれない。梅津は店員に事情を話し、二か月前の十五日の午後七時頃に二人がここへ来なかったかと訊ねる。

「この人ですが、知りませんか」

愛理沙の写真を見せる。髪を後ろで束ねた店員は目を近づけると、ああと言った。

「覚えてますよ。ノートパソコンの電池が切れてしまったので、電源がないのか訊かれましたから間違いないです。そこのテーブルで充電してましたよ。若い男の人と一緒でした」

梅津は芽依と顔を見合わせた。

「相手はこの人でしたか？」

馬場の写真を見せるが、店員は首を横に振った。

「ううん、どうだったかなあ」

はっきりしない反応だった。とはいえ若い男と一緒だったということは、それは馬場と考えるのが妥当だろう。芽依は二人がどんな感じだったのかと問いかけた。

「話していた内容とか覚えていませんか」

「ううん、そこまではちょっと覚えていませんねえ」

「他に何か気づいたことはありませんか」

　店員はしばらく考え込んだ。

「さあねえ。笑い声は皆無でしたし、恋人って感じじゃなかったですね。あるいは別れ話でもしてたのかな」

　二人は恋愛関係ではなかったのかもしれない。梅津と芽依はしつこく話を聞いたが、それ以上の情報は得られなかった。


　芽依と一度師団坂ビルに戻ってから、梅津は一人でメトロに乗った。

　馬場と愛理沙の関係ははっきりしない。だが、二人が六年前の事件を通じ、つながっていた可能性はある。しかしそれだけでは悪魔の代弁者であるということにはならない。

　それにおかしいこともある。仮にそういう取引があったとしても、何故最近になって二人は会っているのかという点だ。ブログにあんなことを書いたことと関係あるのだろうか。

　梅津が向かったのは、介護福祉施設だった。

　三鷹（みたか）にある比較的新しい施設。ここで生前、山内愛理沙は働いていた。

　――あの子はね、本当は優しい子なのよ。

　浮かんだのは山内愛理沙の母親、流美子のセリフだ。雑誌などでは愛理沙が不良だった過去が書きたてられている。しかし一方で現在の彼女についてはほとんど表に出ていない。二十歳で裁判員になって以降、二十六歳までの愛理沙が見えてこないのだ。自分のように還暦を過ぎた人間からすれば六年はあっという間だが、彼女にとってこの六年は長かったのではなかろうか。

施設内は綺麗（きれい）で、老人が日向（ひなた）ぼっこしているのが見えた。

「こんにちは」

職員の女性に声をかけた。

「入所させて欲しいって頼みに来たわけじゃないんですわ。お訊きしたいのは、山内愛理沙さんのことでして」

冗談交じりに話しかけたが、彼女は訝しげに梅津を眺めた。

「雑誌か何かの人？」

事件以来、週刊誌の取材が何度かやって来たらしい。

「いや、こういう者でして」

師団坂法律事務所の名刺を差し出す。弁護士だと名乗ると、女性は驚いた顔になった。

「へえ、そうなのね。弁護士さんには見えなかったわ」

「山内さんの仕事ぶりはどうでしたか」

問いかけると、女性は何度かうなずいた。

「それがね、とっても真面目だったのよ。ウチに来てからもう七年経つけど、ほとんど休んだことがないの。風邪で倒れたときだって、大丈夫ですって言って頑張っていたわ。

わたしが体調の悪い人にうつすといけないと言って、自宅に強制送還したんだけどね」

梅津はリーガルパッドにメモをした。

「確かに最初はちょっと……って思ったわ。赤い髪と、ピアス痕が記憶に残ってる。いかにも不良上がりで、他に就職先がないから一番求人の多い介護職に来ましたって感じだったから。わたしもすぐに辞めるんだろうなって思ってたの。でも本当によく頑張っていたわね。入所者の方の評判もよかったのよ。スイーツが大好きでね。どこのお店のモンブランが最高かって、みんなで盛り上がっていたわ。でもこういうこと、週刊誌の人は興味をもたないのよね。どうせ愛理沙ちゃんを悪く書きたいんでしょ」

母親の証言を裏づける内容だった。

「お仕事を頑張っていたんですね」

「ええ、お母さんに迷惑をかけた分、取り返したいって言ってたわ」

心にじんと響く言葉だった。親のひいき目かと思っていたが、彼女が言うように愛理沙は母親が病気になってから、変わったということか。

「裁判員をやったときのことを話していましたか」

「いいえ、そんなことは一度も聞いたことないわ。さっきも言ったけど、愛理沙ちゃんはほとんど仕事を休まなかった。でも数日、まとめて休んだことがあったの。心配したけど今になるとそれってちょうど、裁判の時期だったのよ」

裁判員になったことさえ言わなかったのか。例えばブログなど「公の場で」「現任中に」言うことは禁止されているが、親しい人や仕事の都合で上司に話したりすることは構わない。それなのに彼女は黙っていたなんて生真面目さが伝わって来る。

「何か困っていたとか、そういうのはないですか」

職員の女性は口元に手を当てて、しばらく考えていた。

「それは、あったかもしれないわ」

女性は思い出したようにうなずく。

「お母さんが入退院を繰り返していたらしいのよ。だから入院費用にお金がいるって感じだったわ。大変よねえ」

あんなにいい子だったのに、と女性が涙ぐみ始めたので、梅津はしばらく彼女の話につきあい、礼を言って介護福祉施設を後にした。


メトロに乗り込んでから、梅津は介護福祉施設で聞いたことを思い出していた。職員の女性からは、これといって評議と直接かかわることは聞けなかったが、行ってよかった。梅津の印象に残ったのは、愛理沙の真面目な働きぶりだ。

——お母さんに迷惑をかけた分、取り返したい。

人を通じた言葉ではあるが、梅津の心に染みた。浮かんでくる亜矢子の面影を振り払いつつ、梅津は推理を組み立てた。やはり愛理沙は本当は真面目な女性だった。こう考えるのが筋のように思う。そんな彼女が何故、あんなブログを書いたのか。いつもは辛口でスイーツについて気ままに書いているのに、この日だけはねちっこく裁判員について長々と書いている。何故？　しかも今になって？　本当に彼女は悪魔の代弁者だったのか。仮にそうなら、そこにどういう事情があったのだろう。

顔を上げると、中吊り広告のエロ見出しが目に入った。別に見るつもりはなかったのだが、ラインをしている女子高生たちがこちらを見ている。エロジジイがいるとでも書き込んでいるのだろうか。目をそらした時に、一人の乗客に気づいた。

眉間にしわを寄せながら、背の高い男が一人、立っている。ヘッドフォンをしつつ、英語で書かれた文書を読んでいた。一瞬、他人の空似かと思ったが、間違いない。鷹野和也がそこにいた。よく見ると、英語の文書は外国の判例集だった。目を引くのは大事そうに抱えた花束だ。その花束が鷹野とはあまりにも不釣り合いに思えた。

梅津は声をかけようかとも思ったが、単純な好奇心が邪魔をした。どこへ行くつもりなのだろうか。鷹野は途中でＪＲに乗り換えた。梅津は別車両から鷹野の様子をうかがう。こうして尾行していると、刑事の頃の血が騒ぐ。電車は師団坂教会のある赤羽へと向かっていた。

梅津は鷹野がどこへ行こうとしているのか知りたかった。鷹野はこれまで接したどの弁護士ともタイプが違う。有能ではあるがそれだけではない。独特のさみしさというか、危うさが感じられるのだ。刑事時代に時々見た、頑張れば頑張るほど不幸になっていくタイプの人間に近い。少し前に、ルーム１で話題になっていたことがある。それは芽依が教会で鷹野を目撃したというものだ。どうして鷹野は師団坂にある教会へ向かったのか。本当は敬虔なクリスチャンだとか、女性牧師に気があるなど、杉村や芽依は勝手な想像をしているが、いまだに誰にもその謎は解けていない。

鷹野が降りたのは予想通りJR赤羽駅だった。そこから徒歩で、小高い丘の方へと向かう。梅津は距離をとりつつ、気づかれないように跡をつけた。

何やってんだオレは……そう思わないわけではないが、やめられない。鷹野が向かった教会の先には墓地があった。梅津は教会の建物から、鷹野の様子をうかがった。鷹野は持参した白い花を手向けると、目を閉じた。じっと長い間、手を合わせている。事件現場でも手を合わせない鷹野が、静かに祈っている。その真剣さに異様な感じがした。

やがて鷹野は立ち上がると、墓に何かをつぶやいた。

――また来るよ。

口の動きからして、そう言った気がする。梅津は鷹野が通り過ぎるのをやり過ごした。鷹野の姿が消えてから、彼が花を手向けた墓に足を運ぶ。そこには「KUMIKO・AMAMIYA」という文字がある。いったい誰なのだろう。どこかで聞いたことのある名前だが、墓標によると今から十五年ほど前、まだ三十そこそこで亡くなったようだ。

赤羽駅に戻るとちょうど電車が来ていて、鷹野が乗り込むところだった。梅津は距離を置きながら跡をつける。鷹野はメトロに乗り換えて、事務所に戻るだけのようだ。しかし鷹野は電車に乗るのをやめ、不意に反転した。尾行に気づかれていた様子はないが、不自然に思われるといけないのでこちらから気づいたふりをして声をかけた。

「よう……帰るとこかい」

鷹野はヘッドフォンを外した。遅れてええと答える。梅津は山内愛理沙と馬場の関係を調べているところだと伝える。報告を終えた時、ちょうど次の電車が来た。

「鷹野さん、あんたは何をしていたんだ？」

「楠田が殺人を犯した六年前の事件、その目撃証人に用があったのでね」

「証人？　当時学生だったって奴か」

鷹野はうなずいた。いまさら彼に何の用があるのだろう。

赤坂見附で降りた時、鷹野は口を開いた。

「六年前の事件で殺された上田翼と馬場の関係に目をつけたところは正しい。だが肝心なところで思い違いをしている」

「思い違い？」

師団坂ビルに向かって歩きつつ、鷹野は口元に笑みを浮かべた。

「さっきその証人に訊いたんですよ。事件後、目撃証人の大学生と山内愛理沙は会っている。しかも彼女の方から会いに行ったようです」

愛理沙が会いに行った？　意外な事実だ。

「梅津さん、主任弁護人として他に何か気づいたことは？」

鷹野の問いに、梅津は顔を上げた。浮かんだのは、十五日に愛理沙が八王子の『シャルル』で会っていた若い男のことだ。そのことを話す。鷹野は瞬きすることなく、梅津の話を聞いていた。

「だがオレが一番気になるのは、山内愛理沙の性格だ」

梅津は介護福祉施設で聞いた愛理沙の人柄について話した。誠実な仕事ぶりや裁判員になったことさえ言わなかったことを伝えると、鷹野はなるほど、と納得した顔だった。

「やはりこの事件のポイントは、悪魔の代弁者のようだ」

梅津はよく意味がわからなかった。自分が伝えたのは、外見とは裏腹の愛理沙の真面目な性格だ。それなのに悪魔の代弁者とはどういうことだ？

急に鷹野の歩みが加速した。

師団坂ビルに入ると、地下の駐車場に向かった。ちょうど赤い軽自動車が入って来るところだった。鷹野は愛車のシボレーに向かって行く。

「どこ行くんですか？　鷹野さん」

「興味があったら、どうぞ」

返事をする間もなく鷹野の車は発進していた。梅津は赤い車の窓を叩く。

「芽依ちゃん、追ってくれるか」

「え？　あ、はい」

芽依の車に乗り込み、鷹野のシボレーの後を慌てて追った。

「鷹野さん、どこ行くつもりなんですかね」

梅津はさあな、と応じた。鷹野にはすべてが見えているというのだろうか。よくわからないまま、追いかけた。

「八王子に行くみたいだな」

鷹野が向かったのは、山内愛理沙の実家であるスナック『ＲＵＭＩ』だった。梅津はこれまでの経緯を芽依に説明する。山内愛理沙の母親に会ってどうする気だろう。

「鷹野さんって、本当にわからない人ですよね」

芽依の言葉に梅津は黙ってうなずく。その通りだ。しかしこの唯我独尊な男のそうでない一面を見てしまった。

「なあ芽依ちゃん、アマミヤクミコって知ってるか」

「アマミヤクミコ？」

梅津は芽依に鷹野を尾行したことを打ち明けた。女性の墓の前にいたと告げると、芽依もさすがに驚いていた。

「ううん、どこかで聞いたような気がするんですけど」

芽依は思い出そうとしているが、ダメなようだ。

車はやがて狭い路地へと入っていく。すでに鷹野は到着し、車の前で梅津たちを待っていた。

アマミヤクミコのことは気になるが、とりあえず今は横に置いておくしかない。

スナックに入ると、山内流美子は真っ暗な店内で、またウィスキーをあおっていた。

「そんなに飲んだら、体に悪い」

梅津が心配して声をかけると、流美子は眉間にしわを寄せた。

「また来たのね、帰ってって言ったでしょ」

流美子は大げさに払いのける仕草をした。

「少しだけお話があります」

丁寧な口調で鷹野は話しかける。しかし流美子は飲んでいたグラスを投げつけて叫んだ。

「帰れって何度言わすの」

ガチャンというグラスが割れる音がした。

「鷹野さん！」

芽依が大きな声を出す。グラスは壁に当たり、破片が跳弾のように鷹野の頬をかすめた。

「おい、結構こいつは深いぞ」

駆け寄る梅津と芽依を鷹野は制止した。血を滲ませつつ、鷹野は怒るそぶりもなかった。しっかりと流美子の顔を見つめる。

「あなたのお嬢さんを弁護したいと思ってやってきました」

とても優しげな顔だった。

「愛理沙を弁護？」

「ええ、弁護士が弁護するのは被告人だけじゃありません」

真剣な瞳を見て流美子は背を向けた。

「止血しなさいよ」

おしぼりを放り投げた。鷹野はキャッチして患部に当てる。流美子はさすがに悪いと思ったようで、自宅の方へ案内してくれた。

「本当はね、いい子だったのよ」

流美子が何かを鷹野に差し出した。

「これは？」

「中学時代の作文よ。あの子は文章を書くことが好きだったの。先生にもほめられていたのよ」

鷹野は彼女の作文に目をやった。芽依ものぞき込んで一緒に見ている。

「本当に立派な娘さんだったんですね」

鷹野の真摯な物言いは、母親の感情を揺り動かすに十分だった。

「そうよ、あの子はとってもいい子なのよ」

彼女は泣き崩れた。ようやく心から娘に同情してくれる人に出会えたという感じだ。

梅津は今までのことを整理していた。山内愛理沙が真面目であったという事実、六年前の目撃証人に愛理沙が会いに行っていたこと、喫茶店で愛理沙が会っていたという青年、そして愛理沙の書いたブログ……そのとき、梅津の中を電流のようなものが貫いた。

——そうか、そうするとこの事件の真相は……。

すべてが一本の糸につながっていく感覚だった。

スナックを後にして、鷹野はそそくさとシボレーに向かった。

芽依が待ってくださいと声をかける。

「鷹野さん、これからどうするんですか」

「ん？　もうだいたい終わった」

芽依はさっぱりわからないという感じで後をついて行く。

「一人で納得しないでくださいよ」

芽依を無視して、鷹野は車に乗り込もうとした。しかしその前に振り返る。

「梅津さん、一つ頼まれて欲しいんだが……」

梅津は腕を組んだまま、微笑む。今はまだ証拠はないが、この事件の真相にたどり着く道ははっきり見えた。

「わかった。任せな」

芽依だけは意味がわからないようで、ふくれっ面だった。

4

天気予報は昼過ぎから雨だった。

それでもまだ、真っ黒い雲から雨粒は落ちてきてはいない。鷹野から頼みごとを受けた梅津は芽依と共に八王子にいた。六年前に上田翼という青年が楠田に殺された大手スーパー近くの現場だ。すでに用事は済んでいる。後は最後の仕上げだ。

「行くか？　芽依ちゃん」

「ええ……意外でした」

二人が車に乗って向かった先は、八王子署だった。接見の予定まであと五分。駐車場には鷹野のシボレーが停まっている。三人は合流すると、楠田に接見する。梅津と芽依は何度か会ったが、鷹野は初めての接見になる。楠田は今も金髪の丸刈り頭だが、少しだけ髪が伸びている。

「師団坂法律事務所の鷹野です」

鷹野は名刺を見せる。楠田は顎で返事をした。

「何だよ……大人数だな。俺を弁護する手立てができたのか」

鷹野はうなずく。その顔には笑みがあった。

「ポイントは、悪魔の代弁者でした」

楠田は意味がわからない様子で、顔をしかめた。鷹野が悪魔の代弁者の意味について説明すると、少し安心したように口元を緩めた。

「なるほどな……馬場とかいう奴にそそのかされて、あの女は俺を有罪に追い込んだってわけか？　知らなかった。まあ、自業自得だな」

「本気でそう思っていますか」

口元に笑みがあったが、鷹野の目は笑ってはいない。

「どういう意味だよ」

鷹野は緩んでいた口元を引き締め、鋭い眼差しを楠田に送った。

「楠田さん、悪魔の代弁者とは、あなたのことですよ」

虚を衝かれたようで、楠田は目を瞬かせた。

「この事件、あなたがブログから裁判員の山内愛理沙の住所を突き止めたと考えています。しかし逆でした。彼女の方からあなたに会うために、声をかけたんです。殺され殺された場所も山内愛理沙さんの自宅前じゃない。『シャルル』の駐車場だった」

楠田は口を真一文字に結んだ。

「被害者が殺されたのは十六日じゃなく、十五日です。あなたは十六日、彼女になりすましてブログを書き、山内愛理沙さん宅にわざと赴いた。遺体の発見を遅らせれば、殺されたのが十六日か十五日かまで正確にはわからない。そう思って遺棄したんでしょう？」

「そんなことをする意味がどこにある？」

「動機を隠すためです」

楠田は動機という部分をなぞった。

「楠田さん、あなたは自分を有罪にした山内愛理沙さんが憎かったんじゃない。動機は六年前の事件の真相だ。その真相をあなたは暴かれたくなかったんです。あれは傷害致死じゃない。山内さんは評議の後、納得できずに調べ、それに気づいた。そしてその真実を暴こうとした。しかしあなたはそれだけは認めることができなかった」

「故意の殺人だったって言うのか」

鷹野は首を横に振った。

「殺人ではありません。傷害致死でもない。そもそも六年前の事件の犯人はあなたじゃないんですから」

「な……」

「真犯人はあなたの妹、悠美さんです」

楠田の開いた口から、すぐに言葉は漏れなかった。鷹野が代わりに口を開く。

「六年前の事件の真相はこうでした。あなたと妹さんはある日の夜、八王子の外れにあるスーパーに車で立ち寄った。しかしあなたが買い物をしている際に妹さんはさらわれ、二人の青年から暴行を受けていたんです。犯人の一人は上田翼。悠美さんは必死で抵抗した。近くにあったガラスの破片で、上田を刺した……あなたは妹さんの代わりにその罪を引き受けたんです」

鷹野はどこか悲しげな目で楠田を見つめた。

「ガラス片の指紋をふき取ったのは、自分につながる証拠を消すためじゃない。妹さんの指紋をふき取るためでしょう？　評議の後、それに気づいた山内愛理沙さんは証人の大学生、そしてあなたの妹さんを襲ったもう一人の犯人に事情を聴きに行った。それが馬場耀太です。馬場はあなたが妹さんの罪を引き受けたことは知っていたはずですが、その件に関しては固く口をつぐんでいました。そのことを話せば、自分の罪も明らかになってしまうからです」

押し黙った楠田を見つめつつ、梅津は腕を組んだ。山内愛理沙は不誠実な女性ではない。むしろ真面目な女性で、守秘義務違反などするはずがない。実際は自分がかかわった判決に責任を感じて事件を洗っていた——そう考えるとすべてが覆っていった。

「気づいたのは、ブログを読んだ時でした」

鷹野は穏やかな声で説明を続ける。

「それまでの山内さんのブログはスイーツのことばかり。それなのに十六日の記述だけは裁判員のこと。どう見ても不自然ですよね」

鷹野は最初のカンファレンスで、すでにこのことに気づいていたようだ。

「ひょっとして十六日の記述だけ、誰かが代わりに書いたんじゃないか？　この時はまだその程度の疑問です。ですが山内愛理沙さんの実像を知り、疑惑は深まりました。彼女がこんなことを書くとは思えない。もし代わりに書くなら誰か？　候補はあなたくらいしかいなかった。とはいえあなたがこんなことをする理由がわかりません。むしろあなたを怪しませる内容ですからね。ただもしあなたが書いたのだとしたら……と考えたのです。あなたが何を隠そうとしているのか。あなたが守りたいものは何なのかとね。妹さんの存在は当然、浮かんでいました。確信したのは、実際の評議の様子について聞いた時です」

「評議の様子？」

「ええ、ブログの内容には少し実際の評議と違うところがあります。でもそれはこの部分だけあえて少し変えていたんです。何故なら女性を見たという証言から、悠美さんの存在に気づかれるかもしれないと考えたからです」

楠田の口は開いたが、言葉は漏れることがなかった。

「評議内容が少しくらい違っていても一般人には知りえない以上、他人が代わりに書いたなど誰も疑うまい。仮に当時の評議を知るものが見ても、この程度の違いはちょっとした記憶違いで抜けられる。それなら悠美さんに少しでも疑いがいかないようにした方がいいとあなたは考えた。その過剰反応が墓穴を掘りましたね」

楠田は射すくめられたように鷹野を見つめていた。鷹野の推理はまるでメスで楠田の心を切り分けていくように精密で鋭いものだ。おそらくこの楠田の反応からして、間違いないのだろう。

「証拠は……証拠はあるのか」

腰が引け気味の問いに、鷹野はゆっくりうなずいた。

「十五日の午後七時頃、あなたと山内さんは八王子の喫茶店『シャルル』にいた。そこで評議の内容について聞かされたんです。梅津、佐伯両弁護士が先ほど店員に写真を渡して確認しました。あそこで見た青年はあなたで間違いないということです」

梅津と芽依は黙ってうなずく。目撃情報は確認が取れている事実だ。目元にある大小二つのホクロで思い出したらしい。

「あなたはブログを見て彼女が許せなかったと言っていましたが、それは嘘だ。会ってすべてを知った後で工作したんです。動機に気づかせないために。六年前、悠美さんが上田を殺したという真相だけは誰にも知られるわけにはいかない、と」

楠田はしばらくしてから、小さく笑った。

「それが証拠……か？」

つぶやくように言ってから、楠田は吠えた。

「それがどうした！　もし俺がそういう工作を行ったのが事実だとしても、何が変わる？　俺が上田を殺したことに変わりはない。悠美が殺したってことになるとでも言いたいのか？　なるわけねえだろうが！」

楠田はふざけんなとわめき散らした。鷹野は無言で彼を見つめている。芽依はおろおろしていた。

「もうやめておけ」

静かに声を発したのは梅津だった。これだけ事実は明白なのにまだ抵抗する気か。梅津は冷たい目で楠田を見つめる。

「文句あんのか、爺さん」

「いい加減にしやがれ！」

梅津は立ち上がると、遮蔽板に両手をついた。楠田と梅津は遮蔽板をはさんで向き合った。梅津は鬼の形相で楠田を睨みつけた。

「わかってんのか。お前は妹さんに六年間も負担をかけて来たんだ。さっき現場で悠美さんに会った。彼女も全部認めている」

「……悠美が？」

ハッタリではなかった。さっきまで梅津と芽依は六年前の事件現場で悠美と会っていた。楠田は口を閉ざす。すでに抵抗する気力は消えていた。

「楠田、お前が誤算だったのは山内愛理沙さんの性格についての思い違いだ。彼女は見た目とは違って、決して軽い女性じゃない。むしろくそまじめというべきレベルで、守秘義務違反を犯す女性ではなかった」

楠田は口を半開きにしたまま、声を忘れていた。梅津はさらに言葉を叩きこむ。

「お前は妹を守るつもりだろう？　それはお前の正義。けどな、その裏側でお前は命を奪うだけでなく汚してるんだよ。山内愛理沙さんの名誉を。そして踏みにじっているんだ。彼女の母親の思いを。お前は上田や馬場が妹さんにしようとしたのと同じことをやるつもりか」

楠田はしばらく動かず固まっていた。指先だけが小さく震えている。だがやがて、操り人形の糸が切れたようにその場に崩れた。

それから楠田はすべてを話した。八王子の喫茶店『シャルル』で山内愛理沙と会った時、愛理沙は楠田に向かってあなたは無実ですと告げたらしい。愛理沙は評議では有罪を主張したものの、妙に従順な楠田の態度に何となくひっかかりを感じていたという。判決後も愛理沙はずっとこのことで思い悩んでいた。楠田が誰かをかばっているのではないかと思い、不良時代のつてを頼って事件を調査、調べた内容をノートパソコンで示した。それはすべて事実で愛理沙は真相に完全に気づいていた。

「駐車場で俺はどうかこのことは黙っていて欲しいと彼女に頼んだ。自分が妹の代わりに罪を償ったのだからいいだろってね。でも彼女はきかない。悠美に会いに行って自首させる。ダメなら警察に行くとかたくなだった。頭が真っ白になった俺は思わず殴りつけて死なせてしまったんだ。なりすまし計画を考えたのは、その後だった」

楠田は愛理沙が持っていたノートパソコンを利用して、ブログを書き、自分が愛理沙を殺した動機を偽装した。住所は所持していた免許証からわかった。楠田は愛理沙に悪いことをしたという思いはあったようだ。それをずっと心の中で殺していた。自分はともかく、妹だけは守らなければいけない。その思いですべてを正当化してきたのだ。しかし今、その正義はもろくも崩れ去った。

「すみませんでした」

小さな謝罪が初めて漏れた。楠田の頰を涙がつたった。どのような理由があろうと、彼が愛理沙を殺した事実は変わらない。今、その罪を初めて自覚できたところなのかもしれない。

三人は警察を出た。芽依は伸びをしてから、梅津に話しかける。

「さすがは主任弁護人ですね」

残念ながら、先に真相にたどり着いたのは鷹野だ。最後まで口を出さないつもりだったが、思わず怒鳴ってしまった。年甲斐もなく恥ずかしい限りだ。

鷹野も口元を緩めていた。

「楠田の抵抗は俺の予想以上だった。最終的にすべてを認めさせたのは梅津さん、あんたの取り調べ……いや弁護士として真実を見抜く目だった」

よせよ、と梅津は鼻で笑った。

「わかってる……オレは無能な冤罪刑事だ」

「それは嘘だな」

鷹野は意味ありげに微笑んだ。だが冤罪刑事であるという自覚に嘘はない。警察を辞めるきっかけになった冤罪騒ぎ。自分は結局、間違ってはいなかった。だがそれでも今から二十年以上前、自分は冤罪事件を引き起こしているのだ。

その事件は一人娘、亜矢子が起こしたものだった。亜矢子は山内愛理沙と同じように思春期から不良の道に入った。何度も喧嘩し、家出したことも一度ではない。しかしある日、彼女の部屋にあったカバンから梅津は違法なドラッグを見つけた。そのことを追及し、一緒に警察に自首しようと言うと、亜矢子は知らないと言い張った。梅津は頬を叩いて無理やり引っ張っていこうとしたが、亜矢子は抵抗した。車に乗るスキをついて逃走。二度と戻ることはなかった。

——信じてくれないの？　お父さん！

最後の言葉が今も頭に焼き付いている。

亜矢子が姿を消してから、梅津は調べた。亜矢子の交友関係を徹底的に。その結果、亜矢子が不良だったことは事実だったが、ドラッグについては完全に白であることがわかった。亜矢子はむしろ、ドラッグを拒もうとして仲間と揉めていた。そしてある日、仲間がこっそり、亜矢子のカバンにドラッグを入れたのだ。警察に逮捕させるために。自分はその罠にまんまとはまった。娘のことを信じることができず、こんな結果になってしまった。誰が何と言おうが、冤罪刑事だ。

娘の亜矢子は不器用だが真面目な子だった。山内愛理沙もその真面目さゆえに悲劇を招いた。難しいものだ。真面目な人間ほどまっすぐに正義を求めて反発にあうことがある。梅津は山内流美子のことに思いをはせる。真相が明らかになったところで、娘が帰ってくるわけではない。しかし彼女の誠実さが世間に理解してもらえるなら、流美子にとって少しは救いにはなるだろう。

いつの間にか、雨が降り出していた。

芽依は手をかざすと、車に向かう鷹野に訊ねた。

「アマミヤクミコさんって、誰なんですか」

ぶしつけな芽依の問いに、車のドアにのばした鷹野の手は止まった。どうしてこの子は……。無邪気にもほどがある。冷や汗が一気にふき出た。

鷹野は目を見開き、かすかではあるが手が震えている。珍しく動揺しているのか、険しい顔だった。梅津は芽依をかばうように、尾行したことについて白状した。さすがの鷹野も直接的な証人を前にしては言い逃れできそうにない。そう思ったのか観念したように、大きく息を吐き出した。

「元弁護士……だ」

梅津ははっとした。その名前、聞いたことがあると思っていたがやっと思い出した。十五年前、雨宮久美子(あまみやくみこ)という女性弁護士が何者かに殺された。確かその犯人はいまだに捕まっていない。

「この事件、捜査線上に一人の男が浮かんでいた。公にこそなっていないが、逮捕まで秒読み段階だったんだ」

そうだったのか。自分は捜査に関わっていないので知らなかった。

「ただその男には早い段階から弁護士がついた。結局、起訴どころか逮捕にさえ至っていない。その当時、冤罪事件が相次いでいたこともあって、捜査本部は及び腰になっていたんだ。捜査本部にいた刑事たちは、今もその男が殺人犯で間違いないと思っている」

それほど怪しい人物がいたのか。

鷹野は車に乗りこむ前に雨雲を見上げた。

「その男の名前は鷹野和也という」

芽依は口元に手を当てた。梅津も何も言えずに彼の背を見送るだけだ。鷹野はシボレーに姿を消す。扉が閉ざされて車は発進する。芽依と梅津は何も言わず、しばらく立ち尽くしている。

さっきより雨が少し、強くなった。

第五話　アメミットの牙

1

疲れ切った体に鞭打つように、電車は満席だった。

まだ通勤時間帯なので当然だが、連日の睡眠不足。その影響もあって、床にへたり込んでしまいたいほど体は疲れている。後ろから押され、芽依は扉の窓ガラスにへばりついた。

これから接見がある。ひとつの注目事件が公判を迎えようとしていた。

芽依は足早に東京拘置所に向かうと手続きを済ませ、接見に臨んだ。

姿を現した被告人はリスのように小さな目の中年男性だった。被告人に疲れた顔を見せてはいけないと、芽依は無理をして微笑む。

「はじめまして、宮地さん」

自己紹介に反応はない。この被告人・宮地幹雄と会うのはこれが初めてになる。彼は町田市内で自動車部品工場を経営する中小企業の社長だった。鷹野がルーム1に来る以前に引き受けた事件で、主任弁護人は上永だった。

「こちらの都合で接見がかなり開いてしまいましたが、これから公判に向けて全力で弁護し、必ずいい結果を出しますので」

話しかけるが、宮地は一言も口を開こうとしない。

「こういう事情がある以上、誰も過度に宮地さんを責めたりなどしません。いつもは被告人に厳しいネットも宮地さんの味方です」

相変わらず、宮地はだんまりのままだ。道端に落ちた虫の死骸(しがい)でも見つめるように生気のない顔をしていた。

こういう事情とは言葉に出すのもはばかられる内容だった。

四年前、宮地の娘である灯里(あかり)は殺された。部活の帰りに乱暴されそうになり、抵抗したためだそうだ。当時、殺害した松田晴登(まつだはると)少年は十五歳で、少年院送致の処分になった。宮地はマスコミの取材に対し、派手に怒りを見せることはなかったが、「死刑にしてくれ」と一言だけ漏らした。そのたった一言がテレビで何度も放送された。

そしてその三年後、悲劇は起きた。少年院を出た松田は勤め先の工場で、宮地に鉄の棒で殴り殺された。宮地は取り調べでも罪を認め全面自供した。今から一年前に起きたこの事件、マスコミはセンセーショナルに連日報道し、娘の復讐(ふくしゅう)をした宮地に注目が集まった。復讐殺人というのはよくありそうだが、実際のところは極めて少ない。多くの同情が寄せられているが、やりきれない事件だ。

「確かにわたしは経験の少ない若輩者ですが、新しくやって来た鷹野は上永に負けない実力の持ち主ですので、心配しないでください」

その時、初めて宮地は重い口を開いた。

「弁護などいらんよ」

宮地の視線は芽依に向いているようで、そうではない。どこか遠いところに向けられていた。帰ってくれと言わんばかりのセリフに、芽依は口を閉ざす。

「さっさと死刑にして欲しい」

そのセリフは、以前彼がマスコミの前で発したのとほぼ同じものだ。ただし死刑にして欲しい対象は違う。以前は松田晴登だったが、今は自分自身だ。

これまで経験が少ないとはいえ刑事事件に接してきて、色々な被告人に出会った。必死で冤罪を晴らすよう訴えてくる者、減刑を願う者、心を開かない者、自暴自棄になる者……色々いた。おそらく宮地はいずれのタイプでもない。こんな時、父ならどう声をかけるのだろう。芽依はすがりたい思いだったが、どうしようもない。

「宮地さん、わたしにできることはありませんか」

「……ないね」

それから何度か話しかけるが、宮地は遠くを見つめて死刑にしてくれと繰り返すだけだ。会話になっているのかどうか怪しい内容だった。


午後八時半。満員電車から解放されると、大きく息をつく。

赤坂見附駅を出てから遠くのスカイツリーを見上げた。クリスマスを控え、東京はいつも以上に華やいだ雰囲気だ。師団坂ビルもハロウィンを過ぎると、すっかりクリスマスモードになっている。

「芽依ちゃん、お疲れ」

　小太りの女性弁護士が声をかけて来た。派手な赤いスーツの彼女はルーム４所属で二児の母だ。研修生（スタジエール）だった時から知り合いで、彼女はいつも明るく頑張っている。ルーム４は女性弁護士だけで構成され、性犯罪被害や婚外子問題など、民事刑事問わず、主として女性ならではの問題に対応している。芽依も最初の頃はルーム４に配属された。

「わたし、これから合同会議に出ます」

「そうなんだ。鷹野先生いないのね」

「昨日からニューヨーク・オフィスに行ってます」

　師団坂法律事務所東京オフィスは全部で五つのルームに分かれている。基本的にそれぞれのルームは独立しているが、定期的、臨時的に合同会議が招集される。各ルームの代表が出席し、意見交換し、人事異動や訴訟案件を割り振り、師団坂法律事務所東京オフィス全体としての方針を決めていく。だらだら話し合うのではなくあらかじめテーマを決め、まとまるとサッと終わるのが特徴だ。今回の場合、定期会議なのであっさり終わるだろう。もっとも緊急提案が出されて会議が紛糾することもあるが、弁護士同士なのでたいていはあっさり論理的に決着がつく。

「子供がね、手がかからなくなったのはいいんだけど、役職背負わされちゃって。もうすぐクリスマスだけど、あなたは彼氏とかとどこか行く予定ないの？」

　芽依は口元を緩めた。

「そういう人がいたら、予定も組めるんですけど」

「今は仕事が恋人ってやつ？　わかるけど歳取るのはあっという間だからね」

「波多野先生が結婚したら考えます」

ルーム2所属の人気女性弁護士だ。彼女はフフッと笑うと、少しだけ真面目な顔になった。

「ルーム1も佐伯先生や上永先生が抜けて色々大変だけど、相変わらず、すごいわよねえ。大きな事件をいくつも解決してるし。コストパフォーマンスって意味だと以前より格段に良くなっているじゃない？」

「鷹野さんのおかげです。わたしは足を引っ張るだけで」

「芽依ちゃん、気をつけた方がいいと思うわ。ここは一癖も二癖もある法律家たちが集まって来るし、何考えているのかわからないから。鈴木長英みたいな弁護士が平気で入り込んでいて、師団坂を乗っ取ろうとたくらんでいるかもしれないわよ。そしてそのために何といってもネームバリューのあるルーム1を手中にしたいって思うはず。鷹野先生はいつ寝首かかれるかわかったもんじゃないと思う」

「まさか……」

苦笑いしたが、あり得ない話ではない。芽依も最初にいたルーム4とルーム1以外はどんな感じなのか噂以外にほとんど知らない。七条などが大げさに言っているのはともかく、戦力はやはりルーム2やルーム3の方が大きく上回っているだろう。鷹野や桐生がいくら頑張ろうと、弁護士数が少なすぎるのだ。

エレベーターでいつものように十九階まで上がった。

クリスマスとはいえ、とてもうきうきした気分にはならない。べったりと染みついたものがある。それは今回の弁護だけではない。鷹野の告白以来、芽依は事あるごとに鷹野のことを考えていた。警察に疑われたといっても、まさか本当に雨宮久美子を殺したというわけではあるまい。鷹野と彼女の間に何があったのだろう。

シニア・パートナールームは当たり前だが静かだ。今、鷹野はこの部屋を勝手に使っているが、彼は師団坂法律事務所のトップではない。ルーム1のマネージング・パートナーという位置づけ。少しでも失敗があれば、糾弾されかねない立場だ。鷹野はどんな気持ちでここルーム1にやって来て、何をしようとしているのだろう。いつか知りたいと思うが、今はまだそんな時期ではないのかもしれない。

「あ、もうこんな時間」

慌てて芽依はエレベーターに向かう。十四階の合同会議室に入った。記者会見でもできるような大きな部屋で、楕円（だえん）形の机を前に四人の人物が腰かけている。一応時間は守ったが、最後だったようだ。

「さてと、始めますかな」

切り出したのは、ルーム2のトップ、古賀逸郎（いつろう）だった。

定期会議はいつものように収支報告など形式的なやり取りで進んだ。時間的にも順調に進行しもう帰れると思った時、ルーム3の代表が話し始めた。

「最後にルーム2の古賀先生から提案があります」

「提案って何ですか」

条件反射的に食いついてしまったのは芽依だった。ルーム3の代表は白い眉毛を軽く掻くと古賀の提案を読み上げた。

「一年前に発生した宮地幹雄による復讐殺人について。当時この事件の弁護を主で手がけていたルーム1のパートナー、上永恒夫氏が師団坂法律事務所を辞職した。現在ルーム1にはこの事件をよく知る者はいない。一方、ルーム2では当時ルーム1にいた瓶子弁護士がよく把握している。現在、ルーム1は鷹野マネージング・パートナー不在。十全な弁護を期待することは困難で、この案件はルーム2が引き受けることとしたい」

芽依は無言で古賀の方を向いた。刑事事件を引き受けたいという申し出。芽依はさっき接見に赴き、宮地の態度をつぶさに見た。すべてを諦め切っている顔に見えた。誰が弁護しても変わらないだろうに、古賀はどうする気だろう。

その時、一人の視線に気づいた。

ルーム4の代表が古賀に向けたものだった。この提案に何があるのだろう。よくわからないが、深慮遠謀が隠されているのだろうか。正直なところ、世間の注目とは裏腹に厄介な案件にしか思えない。それを引き受けてくれるのはありがたいのだが……。

「じゃあ佐伯先生、ウチが引き受けるということでいいかなあ」

「え？　あ……ちょっと待ってください」

芽依はニューヨークの鷹野に連絡しようとスマホを取り出そうとするが、周りからの冷たい視線が気になって引っこめた。まあ、七条の話では古賀は人格者であるというし、純粋にこちらの疲労を考えてくれたのかもしれない。任せてもいいだろう。ただやはり任せきりというのはどうも気になった。

「あの、わたしも協力するという恰好でどうでしょうか」

古賀はふくよかな顎(あご)のあたりに手を当てた。にっこりと微笑む。

「鷹野先生不在で大変なんじゃないか。まあ、大丈夫そうだったらいいけど」

「はい。それじゃあよろしくお願いします」

了解が得られたということで、合同会議は解散となった。

2

合同会議の晩、芽依はよく寝付けなかった。

これだけ疲れているのにどうしたのだろう。鷹野のことが気になるからだろうか。確かにそれもあるが、それだけではない。おそらく宮地幹雄の案件を、ルーム2に任せてしまったことだ。当時から上永と共に事件を手がけていた瓶子の方が適任だとは思うが、やはり気になる。それは古賀の考えがいまいちわからないというのもあるが、一番の理由は別にある。

——わたしはあの人の苦しみから逃げようとした。

死刑にしてくれと言っていた宮地幹雄の苦しみのことだ。彼の望みは死ぬこと。鷹野はクランケを治療するというが、これは患者が安楽死を求めてきたという事例。代わってもらえると言われて正直ほっとした。だがそれは逃げだ。自分も手伝うと言い出さなければさらに心の負担は増していただろう。

ふっと意識が飛び、いつの間にか朝日が差し込んできた。

もう朝の七時過ぎだ。芽依は屋上に上がって体操をすると、一階のレストランで朝からサラダバイキングを食べた。スクランブルエッグがホカホカで美味しい。昨日はろくに食べていなかったからついたくさん食べた。

「おはようございます」

ルーム1に戻ると、桐生がいつものように一番乗りしてきた。遅れて事務員の氏家、梅津という還暦越えコンビが来て、綾女や他の事務員も続く。杉村が重役出勤のように最後にボサボサの髪で現れた。全員がそろったところで、芽依は昨日の合同会議の報告をする。

「鷹野さん不在の状況で申し訳ありませんが、こういうことになりました。しばらくルーム2と行ったり来たりします」

「大丈夫ですよ。直近では宮地さんの案件以外に大きな公判の予定はありませんし、他は俺が何とかしますので」

　桐生は笑顔で答えた。

「まあ、頑張ってくるといいさ」

　梅津はあくび交じりに応じた。

「でも他の案件も目白押しなんで、どうせだったら他にも色々任せたらよかったじゃないですか。僕も楽になるし」

　問題なさそうだ。芽依は少し安心して微笑んだ。気のせいだろうか。ルーム1のメンバーは鷹野が来て以来、全員一回りたくましくなったように思う。

「じゃあ、わたし、ルーム2に行ってきます。昼前には戻りますので」

　芽依はエレベーターに向かう。

「お土産頼みます。できれば甘いもので」

　綾女の声に氏家も無言でうなずいている。はあい、と応えて芽依はエレベーターに乗ると、十七階のボタンを押す。毎日何度も使うエレベーターだが、めったに押さない番号で、少し新鮮だった。

　ルーム2のオフィスはルーム1と同じ大きさだ。ただしがらんとして書庫のようなルーム1とは違って、シェルと呼ばれる衝立（ついたて）で区切られていて、狭く感じられる。もっとも鷹野が来る以前は、ルーム1の方が人口密度が高く狭く感じたわけで、少しだけ懐かしい。

「失礼します」

ルーム2には早くも多くの弁護士や事務員がひしめいており、クライアントとの相談も時間前から始まっていた。手前に座って準備書面を作成している眼鏡の弁護士が、さっと立ち上がりコンメンタールをペラペラとめくった。刑事事件や民事事件だけでなく、ルーム2では企業法務にも対応している。ひっきりなしに電話が鳴り、事務員は対応に追われている。参ったな、みんな仕事に集中していて、すごく声がかけづらい。

「ああ、芽依ちゃんか」

奥の方で、誰かが手を振った。見覚えのある禿頭(とくとう)は、瓶子智行(ともゆき)弁護士だ。一年前まではルーム1にいて、上永と行動することが多かった。いわゆる人権派だが、もともとは公認会計士で東証一部上場企業にいたそうだ。ルーム1からルーム2に異動という降格のようだが、実際にはそんなことはない。ルーム2の古賀がぜひにと言って引き抜いたのだ。

「早速来たんだね」

「はい、よろしくお願いします」

「いや、主任弁護人って俺じゃないんだわ」

「え、そうなんですか」

芽依は目をぱちくりさせて辺りをうかがう。しばらくして大量の資料を抱えた青年弁護士と一緒に、髪をお団子にしたモデルのような女性弁護士がやって来た。前を歩く七条竜太郎は芽依に気づくなり、ああっ！　と大声を出した。

「ついに産業スパイが紛れ込みやがったか」

バタバタと資料が落ち、七条は拾い上げている。

「宮地さんの案件、主任弁護人は波多野先生なんだわ」

瓶子が頭を掻きながら説明した。

七条は芽依を指さした。

「えっ、なんすか。波多野先生、一緒に関係者に話を聞きに行くって言ってたのはこいつなんですか」

「言ってなくてごめんね、七条くん」

波多野は手を合わせて謝った。合同会議で決まったからと簡単に説明する。

「よろしく、佐伯先生」

手が差し伸べられ、芽依はそのきめ細かな白い手を握った。

「あ、はい。よろしくお願いします」

「そりゃないよ、波多野先生」

七条はどこかの有名泥棒のようなセリフを吐いた。

「じゃあ、早速、現場に向かおっか」

波多野は足早にエレベーターに向かった。地下駐車場で車に乗りこむ。助手席でシートベルトをするが、ミッションカーに乗るのは初めてだ。

「何かオートマは、ブレーキが信頼できないのよね」

　師団坂ビルを出た車は高速道路でもないのに、ぐんぐん加速していった。何度も車線変更をして、赤信号ギリギリでも突っ込んでいく。乱暴な運転だなと思いつつ、芽依は別のことを考えていた。それは合同会議でのやり取りだ。あの時、宮地の案件をルーム2が引き受ける理由は、当時担当していた瓶子がいるからというものだった。しかし主任弁護人はこの波多野……交代の理由になっていないではないか。

「ねえ、佐伯さん、聞いてる？」

「え？　あ、すみません」

　上の空だったが、波多野は全く気にするそぶりもない。

「鷹野先生ってどんな人なのかな」

　それは誰もが疑問に思うことだ。あれからしばらく仕事を共にした芽依ですら、いまいちつかみきれない。以前は徹底した合理主義者で、血も涙もない人物のように思っていた。しかし今はむしろ、深い悲しみを抱いた人のように思える。しかし独特のバリアがあって、それ以上は入り込めない。芽依はそういうことを話した。しかしもちろん、雨宮久美子のことだけは心の内に隠しておいた。

「鷹野さんによると、弁護は治療なんだそうです。クライアント自身やその背景にある問題を治療する。その一番いい方法を見出すんだって言ってました」

「ふうん、そっか。なんか興味あるなあ」

話しているうちに、目的地に着いた。そこは中規模程度の製鉄工場で、今は使われていない。被害者の松田晴登はこの工場内で乗り込んできた宮地に殺害された。

「あの子みたいね」

門のところに、誰かが立っている。車を降りて彼に近づく。

「渋川孔太くんね」

「はあ、そうですけど」

彼は遺体の第一発見者らしい。年齢は二十歳。顎にだけヒゲを生やしている。ここの工員だ。小柄で、百七十センチ以上ある波多野を見上げている。

「じゃあ、早速だけど、現場に案内してもらえるかな？」

「はあ、こっちです」

渋川は工場内へ移動した。そこはかなり古い倉庫のようなところで、うす暗い。セメントの袋が山積みされていた。

「ここに横たわっていました」

渋川は寝そべるような恰好で、右腕を袋の方に伸ばした。松田は何度も殴られ、すでに息絶えていたという。

「血まみれでした。俺は情けないけど叫んで逃げ出したんです」

「死んでいるかどうか、確認はしなかったのね」

「どう見ても死んでるって思ったんですよ」

波多野はメモしながら、渋川の表情をつぶさに観察していた。

「腕の向きはこっちで間違いなかった？」

「はあ、そう思います」

「思いますじゃなく、絶対にそうなの？　記憶、ちゃんとたどって。それと出血の程度なんだけど、もう少し正確に言ってもらわないと……」

それから波多野はかなり詳しく、その時の状況を訊ねていく。鷹野や上永とも何度か現場に行ったことがあるが、二人ともここまで細部まで訊かない。さすがに元検事というところか。

「渋川くんと松田さんはどういう関係なの？」

「松田は中学で俺の後輩だったんで、よくつるんで悪さをしていました。退院後、この工場を紹介してやったのも俺です」

なるほど、と波多野はメモを取る。芽依もリーガルパッドに書き込んだ。

「もう一度訊くけど、倒れていた方向はこっちなのよね」

質問はさらに続いた。同じことの繰り返しに、渋川はいい加減にうんざりした顔だった。波多野が質問を中断して現場を物色し始めた時、渋川はあくび交じりにまだ一人目かよ、とつぶやいた。一人目？　この後誰かに会うのだろうか。

「宮地さんはあの正門から工場内に入って来たのね？」

「そうです。守衛がいなかったから勝手に入れたんですよ。でも工場が終わった直後で、俺以外にも何人も見てるから」

「誰も宮地さんが松田さんを殺害したところ、見てないのね」

「まあ、そうすね。けど……」

凶器の鉄の棒には、宮地の指紋しか残ってはいない。宮地は何人にも目撃され、本人も犯行を認めている。いまさらこの点で洗い直しても意味はないように思える。

「じゃあ、今日はこの辺りで。また訊きに来るかもしれないからよろしくね」

うんざりした顔で渋川はポケットに両手を突っ込んだ。首だけではいはいと返事をする。

「さ、帰ろっか」

車に乗り込んでエンジンキーを回したとき、一台の車が停まった。すぐに男性が出てきて渋川に話しかけている。

「あれって……」

芽依につられて、波多野もその人物を見る。

端整な顔立ちだが、能面のように表情に乏しく、痩せていて手足が長い。

「一ノ瀬……眞人」

つぶやくと、波多野は険しい顔でその痩せた男をじっと見つめた。一ノ瀬とは東京地検公判部の検事だ。そういえばさっき渋川は、この後に誰かと会うようなことを言っていた。この一ノ瀬のことのようだ。芽依は公判で闘ったことはないし、初めて見た。

「公判検事が現場を視察とは珍しいですよね」

「あれが彼のやり方。少し前にわかったんだけど、彼に公判検事が代わったのよ」

一ノ瀬は数年前からメキメキと頭角を現し、今や知らない者はいないほどの実力者となった。波多野も元検事。面識があってよく知っているのかもしれない。

「一ノ瀬検事って、すごい人なんですよね」

波多野はうなずく。しかしそれに対する言葉はなかった。

「なるほどね……」

それだけ言って、車を出した。芽依は小首を傾げる。波多野は何に納得したのだろう。よくわからないが、彼女が一ノ瀬に対抗意識を燃やしていることだけはわかった。

ルーム１に戻った芽依は、事務仕事に戻った。

波多野と仕事をして思うのは、確かに彼女らルーム２には勢いがあるということだ。適材適所というのか、一部そうでない人物もいるものの、誰もが生き生きと仕事をしている。宮地の主任弁護人が違っていたのには驚いたが、波多野は一ノ瀬のことをよく知っているようだし、そういう意味では合理的かもしれない。

「佐伯さん、鷹野先生から電話です」

綾女がスカイプに出るよう言って来た。芽依はパソコンの前に腰かけた。ニューヨークと中継がつながった。

「どうだ？　俺の留守中、動きはないか」

「特にありません。ただ……」

　芽依は合同会議で宮地の弁護の担当がルーム2に代わったことを話す。鷹野は渋い顔をしていた。しまった。やはり余計なことをしたのだろうか。

「お前が弁護団には入っているんだな」

「はい。公判は波多野先生が担当します」

　鷹野はなるほどとつぶやいた。

「ルーム2のボス、古賀にしてやられたな」

「え？　どういう意味ですか」

　鷹野がいないタイミングでの案件強奪。少しおかしいと思っていたが、狙いがあったというのか。

「ああ、おそらく古賀は師団坂法律事務所自体を手中にしようと本気で考えている。あのえびす顔は油断できない。何を考えているか俺にもつかめないことが多い。今回、波多野花織を使ったのは、古賀が本気で動いたってことだ。この裁判で何かを計画している」

　芽依はごくりとつばを飲み込んだ。

「古賀先生が何を考えているか、鷹野さんでもわからないんですか」

　画面の向こうで鷹野はゆっくりうなずいた。

「俺もこの事件、詳しく調べたわけじゃないからな。少なくともあらましを聞いた限りでは、無罪弁護はとても不可能だ。世論は同情的だが、だからといって執行猶予判決など出るとは思えない。懲役二十年を十五年にしたところで、サプライズとは言えない」

鷹野がわからなければ、自分などにわかるはずはない。

「少しでも動きがあったら、どんな小さなことでもいいから連絡してくれ」

「わかりました。それと……」

「何だ？」

しかし言葉は出てこない。通話を切った。ふうと大きくため息をつく。自分のせいで鷹野が窮地に追い込まれるかもしれない。いや、それどころか父が作り上げた師団坂が乗っ取られるなど考えもしなかった。

「やっぱスパイじゃねえか」

振り返ると、入り口のところに誰かが立っていた。サラサラの髪をかき上げる仕草が、恰好いいようでいて恰好よくない。鷹野との通話を聞かれていたようだ。

「何？　七条くん」

ふん、と七条は鼻を鳴らした。

「嫌々来てやったんだよ。これから模擬法廷で緊急会議だとよ。一応、お前も弁護団の一人だから呼んで来いって波多野先生がさ。まあ、お前がいてもモブキャラ。全く意味ナッシングだけどな」

もう一度髪をかき上げて綾女に流し目をくれると、七条は去って行った。

綾女はほの暗い井戸の中でおぞましいものでも発見したような顔をしている。芽依はエレベーターに乗り込もうとするが、七条がすばやく閉じるボタンを押す。すぐに閉まってしまい乗りそびれてしまった。全くどこの子供だろうか。仕方なくもう一つのエレベーターに乗った。

十五階の模擬法廷には、多くの人がひしめいていた。芽依は頭を下げると、傍聴人席の一番隅の方にちょこんと座った。

「全員そろったようだよ、波多野先生」

優しそうな口調で古賀が促した。

「はい。それでは始めさせていただきます」

波多野は中央にある証人台に歩いて行く。撮影した工場の様子や、顔写真がパワーポイントでモニターに表示された。それは本番の法廷そのものだ。

「この事件、宮地が工場に乗り込み、松田を殴ったことは間違いありません。宮地も自分が殺したと供述している。しかし問題はその後。ここに弁護の余地が生じるわけです」

波多野は語り始めた。

「被告人・宮地幹雄は三、四回殴ったと言ってますが、鑑定によると十六回も殴られています。もし宮地が殴り終えた時、松田は死んでおらず、別の誰かがさらに暴行を加えることで死亡させたのだとすれば、致命傷がどの打撲痕（こん）かを見分けることは不可能です

「……」

模擬法廷にざわめきが起こった。

「第一発見者の渋川と松田さんは少年時代からつるんで悪さをしていました。宮地さんの娘さんが殺された事件、渋川が絡んでいた可能性は十分にあります。渋川にとって松田さんは邪魔な存在だったのかもしれない。しかも第一発見者は渋川。とどめを刺すことは容易でしょうね」

予想できない筋読みだった。松田を殺したのは宮地ではなかったと言うのだ。確かにそうならサプライズだ。傷害の罪は免れられないだろうが、殺人罪とは雲泥の差。情状を考えればうまくすれば執行猶予判決まで可能。実質無罪だ。

「……さすが、波多野先生マジすげえわ」

七条は波多野に尊敬の眼差しを送っていた。

「一ノ瀬検事も必死に動いています。彼は無駄なことは一切しません。ということは逆に言えば焦っている証拠。勝機はあります」

確かに芽依も工場で一ノ瀬を目撃した。おかしいなと思っていたが、そういうことだったのか。

「渋川の調査は俺がやろう」

瓶子がさっと手を挙げた。

「俺も手伝わせてください」

すぐに七条が応じた。

それから波多野を囲んで、全員が活発に意見を出し合い、役割分担が決められていく。中心にいるのは一人のカリスマ性をもった人物。それはまるで父がいた頃のルーム1そのものだ。

「ここも悪くない雰囲気だろ」

熱気に圧倒されている芽依に、一人の男性が声をかけてきた。振り向くと、マネージング・パートナーの古賀だった。

「まあ、ルーム1には及ばんだろうが」

「いえ……」

「そういうわけだ。芽依ちゃん。あんたも協力してやってくれ。ひょっとすると一泡吹かせてやれるかもしれん。そうなれば最高のクリスマス・プレゼントになるだろう。まあ、過度な期待はせんがな」

古賀は以前と同じえびす顔だった。しかし合同会議で見た時とは違って、その笑みが恐ろしく思える。人の生き死にが関係することなのに、まるでゲームのようだ。

「やるぞ！」

七条を先頭に、続々と弁護士たちが退席していく。芽依は広い模擬法廷に一人残され、クリスマス一色に染まる東京の街並みをしばらく眺めていた。

3

それからしばらく時が流れた。

公判を目前に控え、ルーム2は静かだった。

簡単に事は運んでいないが、逆転の奇跡を起こすのではないかという雰囲気だ。一方、芽依は蚊帳（かや）の外という感じだった。

その日、芽依は被害者となった松田晴登宅を訪ねた。松田家は最初の事件以降、引っ越しを余儀なくされ、八王子にあるアパートに移り住んでいた。

「また弁護士さんですか」

出迎えてくれたのは、松田晴登の両親だ。

「ホストみたいな若い弁護士がよく来るんです」

きっと七条のことだろう。

「検事さんも来ますよ。一ノ瀬っていう痩せた人が」

検察側も必死なのだろう。彼らがどういう質問をしていったのかはわからないが、目に見えない攻防が繰り広げられている。

「晴登くんの部屋、見せていただいてよろしいでしょうか」

松田晴登の父親はうなずく。

「どうぞ、こちらです」

通されたのは、四畳半の部屋だ。ロックに興味があったようで、ヘビメタバンドのポスターが貼られ、ギターやアンプが置かれていた。事件後、すでに一年を経過しているが、その当時のままらしい。写真たてには晴登と渋川がロックバンドのライブに行き、一緒に撮った写真が飾られている。晴登の方がかなり背は高いが、歳は渋川の方が一つ上だ。

「晴登くんと渋川孔太さんは、仲がよかったんでしょうか」

一番訊きたいのはそこだ。しかし父親はうんざりしたような顔を見せた。おそらく波多野や一ノ瀬が何度も訊ねた内容だからだろう。

「ええ、そうです。趣味も合うみたいでずっと一緒でね。あんな事件を起こした後、他の友人は離れていったんですが、渋川くんだけは友人でいてくれたんです。働ける工場を紹介してくれたのも彼でした。晴登が死んだ後も気遣ってくれて……」

父親は涙ぐんでいた。

それからも話を聞き続けるが、彼は決して渋川のことを悪く言うことはない。

「これは……」

芽依は机の上に載ったリストバンドを手にした。さっきの写真たてで渋川がつけていたものだ。髑髏のロゴが入っている。

「ヘビメタバンドのメンバーが日本武道館ライブで実際に使っていたものだそうで、買ったら数万はするレアアイテムらしいんです。少年院を出た後、渋川くんがくれたんですよ」

そんな高価なものをどうして？　そう問いかけようと思ったが芽依は口を閉ざした。父親が泣き崩れたからだ。

彼の気持ちはよくわかる。息子を殺された上に、その苦しみは同情を引くことはない。ネットなどでは自業自得という声で一色に染まっている。そんな中で渋川は唯一、味方になってくれたという感じか。父親の話を聞く限り、渋川と晴登が仲たがいをしたという感じではない。

「正直なところ、もう放っておいてもらいたいんです」

「松田さん」

「甘やかして育てたのが悪かったんでしょうか。晴登はあんなことをしてしまった。いくら少年院に入り、出てきてからは真面目に働いていたとはいえ、罪が消えるわけはない。親の私が言うのもなんですが、心から反省などしてはいませんでした。そういうのが宮地さんにはわかってしまったんでしょう。でもやはり私は親です。殺されたことに恨みはある。それでもその思いをどこにぶつければいいのか」

芽依は黙り込んだ。一人息子を失った悲しみと怒り、そしてそれを声高に叫ぶことのできないつらさ……自業自得と切り捨てるのは酷すぎる。結局、松田晴登と渋川が仲たがいしたという事実はつかめないまま、芽依は松田宅を後にした。

芽依はもう一度、事件を追うべく車に乗った。

渋川と松田の関係は父親の話では良好だったと言うが、表面的な部分しか見ていないかもしれない。どこかで亀裂が生じ、宮地の暴行を利用したという可能性は捨てきれない。とはいえ公判まで日がない中、自分がやれることなど限られている。

午後六時。芽依は事件のあった旧工場ではなく、新しくできた製鉄工場にやって来た。移転したのは事件の影響もあったのだろう。芽依はブルドーザーの横で、工場から出てくる渋川を待ち構えた。彼は今、一人暮らしらしい。やがて作業終了のチャイムが鳴り、工員がぞろぞろ出て来た。渋川の姿も見える。

「あの、少しだけお訊きしてもいいですか」

「また？」

露骨に渋川は嫌な顔をした。

「もういいでしょ」

渋川は通り過ぎようとしたので、思い切って別角度からの質問をした。

「一ノ瀬検事はどんな質問をしていったんですか」

反則技のような問いだ。しかし渋川は立ち止まると、ふんと鼻を鳴らした。

「どうでもいいことばかりですよ。いい天気だねとかなんとか。前にあんたと会った日も、あの波多野って人みたいに粘着しなかった。あんたらが帰った後、すぐに帰ったし、それからは来てませんよ」

足早に渋川は立ち去る。せっかく時間を割いて待ち構えていたのに、これでは何の意味もない。芽依は渋川を追いかけようとしたが、前に一人の男性が立ちふさがった。

「おい、もういい加減にしろよ」

髪をかき上げたのは七条だった。視線を外した隙に、渋川はバイクに乗ってどこかへ去っていった。

「七条くん、何故妨害するの」

「もうちょっと頭、使えよ」

七条は芽依の頭を軽くこつんとやった。

「渋川は今のところ、自分が疑われてるなんて思っていねえ。それなのにしつこく訊ねて警戒させてどうすんだ。ボロを出すのを待つんだよ。現に今、ルーム2ではかなり調査が進んでいる」

七条の説明に芽依は口を閉ざした。

「渋川は証人として出廷するんだ。油断させておいてズドーン！　波多野先生が胸元に隠したFNブローニングM1910が火を噴く」

七条は銃を撃つ恰好をした。

「こういう戦略に水差す気かよ。このばっか者があ」

確かに彼の言う通りかもしれない。自分のやっていることは全く意味がないどころか、妨害かもしれない。

「まあ心配すんな。もうじき一ノ瀬の能面がゆがみ、泣きっ面が見られるってもんだ。楽しみにしてな」

七条は拳銃の煙を吹き消すような恰好をして背を向けた。雑草に足をとられて転びかけていたが、蹴り上げてもちこたえる。古そうな歌を口ずさみつつ、最後は絶叫しながら去って行った。


師団坂ビルに戻った。

「お先に、芽依ちゃん」

「あ、お疲れ様です」

ルーム1に戻ると、何人かの事務員が帰宅する途中だった。からくり人形のように会釈だけして氏家も帰っていく。仕事が終わり、芽依は杉村たちと『法源』にいた。芽依は自分が蚊帳の外に置かれていることを認めつつ、公判に向けてのルーム2の様子を報告した。

「ふうん、こりゃマジで逆転するかもなあ」

梅津はお猪口でぐいっとやった。

「波多野先生は確かにやり手です。ですが簡単にはいかないでしょうね」

桐生は慎重だ。杉村がいやいやと赤い顔で横槍を入れる。

「波多野先生は一ノ瀬検事の手の内、知ってるでしょ？　事件に対する執着心も半端ない。何せルーム2のエースストーカーって呼ばれてるくらいですから」

　あんたが言ってるだけだろ、とでも言いたげに桐生は苦笑いを浮かべた。

「会議に参加して思ったんですけど、少し前までのルーム1の雰囲気に似ていました。波多野先生には人をひきつける独特の力があるんです」

　ふうん、という感じで三人は芽依を見つめた。

「まるで真樹夫先生みたいだって言うのかい？」

　振り返ると、立っていたのは上永だった。かなり疲れた顔だが、帽子をとると日本酒を注文した。いつものようにトマトスライスにたこわさが運ばれてくる。

「まあ、そんな感じです」

　芽依は何度かうなずく。

「私も波多野弁護士の能力は認めている。検事時代には脆さもあったが、その攻撃力には冷や汗を流したものだ。彼女は何というか、目の付け所が鋭いんだ。多少強引でも、一点突破をはかって来る。成長した今、その威力と共に正確さも増した。ルームを問わず、師団坂全体でも指折りの弁護士になったと言えるだろうね」

　上永はトマトスライスを口の中に放り込んだ。

「でもまあ、相手が悪いな」

　上永のつぶやきに、全員がそちらを向いた。

「一ノ瀬はまるでアメミットだ」

アメミットという言葉をなぞりつつ、芽依はつばを飲み込む。

「心臓を食らう怪物……ですね」

「ああ、そうだ」

弁護士記章に刻まれたマアトの天秤のことは知っている。死者の心臓とマアトの羽が釣り合えば理想郷に行けるが、羽より重いと怪物に食われてしまう。この怪物の名前がアメミット。ライオンとワニ、カバの混じった姿で、天秤が傾いた瞬間、死者の心臓をむさぼり食うと言われる。

上永は自身の敗戦を語った。若造だと思い油断したわけではないが、気づくとあっさり負けていたのだという。桐生は少しプライドを刺激されたようだが、ぐっと口を閉ざした。

「一ノ瀬には不敗の法廷戦術があるんだよ」

「どんな戦術なんですか」

「それがよくわからない。少なくとも普通に力で押して勝てる場合にはこの戦術を使わない。状況的に検察側が不利、あるいは弁護側に強力な弁護士がついた時にのみ使うようだ」

秘密兵器はおいそれと出さないというわけか。とはいえ波多野が負ける姿もあまり想像できない。一ノ瀬と波多野、どちらが勝つのだろう。

「鷹野さんも負けたらしい」

芽依はえっと漏らした。桐生や梅津、杉村も一様に驚いた顔だ。あの鷹野が負けた？信じられない。刑事事件において検事は圧倒的に優勢だ。起訴されれば九十九パーセント有罪になる。しかしこの場合、鷹野が負けたというのは有罪無罪ではなく、争点で力負けしたという意味だ。芽依はショックでそれ以上、しばらく何も言えなくなった。

4

勝訴判決が出た時、被告人は薄笑いを浮かべた。

いや、そう見えただけか。ロサンゼルス郡地方裁判所で行われた第一級殺人事件は、被告人に無罪判決が下った。彼は百九十センチを優に超すドレッドヘアーの黒人青年で、白人少女を射殺した容疑がかけられていた。

「さすがだな、タカノ」

ゴツゴツとした巨大な手が差し伸べられた。この事件の主任弁護人、アロンゾ・J・ハミルトンという黒人弁護士だ。鷹野は苦笑いを浮かべると、その手を握る。

「あんたがいなけりゃ、被告人は死刑だった」

カリフォルニア州では死刑は廃止されていないので、その通りだろう。この事件、高度な医学的知識が要求される難事件だった。被告人はロサンゼルスの法律事務所ではなく、わざわざ師団坂ニューヨーク・オフィスに弁護を依頼。必勝を期して元医師である鷹野が呼ばれたのだ。アメリカのロー・ファームは日本よりずっと巨大だ。日本の法律事務所では最大でも弁護士数五百人ほどだが、アメリカでは桁が違う。当然ロサンゼルスにも評判のいい弁護士はいくらでもいるだろう。

「俺の力じゃない。ドリームチームの勝利だ」

「O・Jにちなんでか。よく言う。むしろお前さんのワンマンチームだろ」

かつてここロサンゼルスの上級裁判所では、有名フットボール選手O・J・シンプソンの裁判が行われた。ドリームチームと呼ばれる最強の弁護士軍団が結成され、無罪に持ち込んだのだ。それが正義なのかどうかはともかく、ブレーメンの音楽隊のような現在のルーム1とは大違いだ。

「何で日本なんかに帰ったんだ？　こっちにいたらタカノ、あんたの腕前ならいくらでも稼げるだろうに」

「まあ、色々あるのさ」

「穿鑿はせんよ。それでも今日は勝訴を祝って乾杯だ」

正直なところ、嬉しさなど何もなかった。

頼まれて断り切れなかっただけで、本当は決して気の進む仕事ではない。アロンゾ・J・ハミルトン弁護士は一見すると誠実そうだが、ハッキリ言って金の亡者だ。女性関係も酷いものらしい。もうすぐ知事に立候補する予定もあるというが、決して人格的には尊敬できない。ただしその手腕は半端ではない。敵に回したくない男だ。

「なあ、アロンゾ、一つ訊きたいんだが」

「ああ？　何だ」

「馬鹿なこと訊くようだがな」

鷹野は額をカリカリと掻いた。少し真剣な顔になる。

「あんたにとって正義って何だ？」

アロンゾは聞き取れなかったようで、鷹野はWhat is Justice?ともう一度訊ねた。正義とは何か？　人の歴史の中で、何度も繰り返されてきたであろうこの問いに、アメリカの大都市でもまれ、自分の何倍も経験豊富な弁護士はどう答えるのか。Justice?と語尾を上げて考え込むかと思ったが、すぐに答えは返って来た。

「Unable to think」

アロンゾは丸い頭を叩きつつ、にやりと笑った。思考停止……それがアロンゾの正義らしい。鷹野は冗談めかした意外な答えに面食らったが、意外と深い回答なのかもしれない。

そう思った時、大声が響いた。

一人の白人女性が、ナイフを振り回しているのだ。

「殺してやる！」

怒りが収まらないようで、被告人を罵倒（ばとう）していた。自分を逮捕するなら、殺せとも言っている。すでに身柄は押さえつけられているが、その顔には見覚えがある。被害者となった少女の母親だ。鷹野は憐れみの目で見つめていたが、やがて被告人が退廷すると、怒りの矛先は娘の仇を野に放った日本人に向いた。

「お前も同罪だ。この日本人が！」

彼女は鷹野をきつく睨みつけ、わめき散らしていた。早口の英語、何を言っているのかよくわからないが、憎しみが鷹野に向いていることだけはわかった。

アロンゾが肩を叩いた。

「気にすんな」

「ああ、気にはしていない」

二人は法廷を後にした。


判決直後、鷹野はロサンゼルスにある教会にいた。

何という名前の教会かは知らない。小さくて古く、地元の人しか知らないような教会だろう。だがそれでいい。この思いを抑えられれば……。

スマホに芽依から連絡があった。

「ああ、今終わったばかりだ」

「鷹野さん、少し事情が変わりました」

ルーム2では波多野花織の指揮のもと、一斉に動き始めたという。

「波多野先生のおっしゃる通りなら、判決の行方は大きく変わります」

「相手は一ノ瀬だ。簡単にはいくまい」

「でも……」

「気にすんな。それより前に言ったとおり、事件を調査し、気になることがあったら小さなことでも連絡するんだ。力になれるかもしれん」

「はい……」

通話はやっと切れた。鷹野は教会の天井を見上げつつ、今回の少女射殺事件を思い出す。被害者の母親のために祈った。

こちらの仕事はもう終わったが、公判には間に合わない。波多野はどうする気だろうか。相手はあの一ノ瀬だ。あの怪物にどうやって挑むつもりだろう。

5

公判は、二日目を迎えていた。

遺族による復讐殺人はどう裁かれるのかに世間の注目は集まっている。同情論が幅を利かせる中、波多野は第三者が松田にとどめを刺したという可能性を追及していく流れだ。

ここまできたら、後は見守るしかない。そう思っていると、スマホに振動があった。

取り出すと鷹野からだ。やっと日本に戻ってきたらしい。

「あれから連絡がないが、問題はなかったのか」

特に動きはないと答える。しかし鷹野はどんな小さなことでも報告しろと言っていた。

「あえて言うと、渋川の所持品を松田晴登が所有していたのが少し気になりました。数万はするレアアイテムだそうです。ですが父親の話ではもらったものだと言うし、ごめんなさい。あんまり関係ないですよね」

「いや、構わない。続けてくれ」

芽依は一ノ瀬が渋川の所に来ていたことも報告した。鷹野は返事をしなかった。嫌な間だ。どうしたのだろう。

「渋川のところに一ノ瀬が来たんだな？　だが全くどうでもいいことだけを話して帰って行ったと」

「はい……」

再び間が空いた。わかったと言って鷹野は通話を切った。芽依はスマホをしまうと、杉村と顔を見合わせた。この電話の目的は何だったのだろう。

杉村と共に、東京地裁に向かった。もっと人が多いかと思われたが、意外と少なく、傍聴券の抽選もないようだ。

「みんな、今さら事実関係を争わないって思ってるからじゃないですか」

杉村の言葉に芽依も同意した。この裁判、被告人がすべてを認めているわけで、事情を知らない人からすると単調なやり取りで終わるように思えるはずだ。判決だけは注目されるだろうが、今日はまだ証人尋問があるのみで裁判員の評議、判決は先だ。

傍聴席には空席がある。芽依と杉村は腰かけた。弁護人席には波多野と七条がいて、反対側には眼鏡をかけた一ノ瀬検事が腰かけている。被告人席の宮地は下を向いていた。

証言台の前に立ったのは渋川だ。波多野が質問を開始した。

「あなたは倒れている松田さんを見つけ、どうしましたか」

渋川はため息交じりに答える。

「驚いて逃げ出しました」

「どうしてすぐに救急車を呼ぼうとしなかったんですか」

「それは……死んでるのがわかったので。でも後から一一九番通報しましたよ」

苦しそうな答弁を続ける渋川に、波多野は攻撃を仕掛けた。

「それだけですか」

「はあ?」

「松田さんの着衣にはあなたの指紋が残っていたそうです。これは何故ですか」

「確認したからに決まっているでしょう。血を流して倒れていたんだから」

「さきほどあなたは見ただけで死んでいるのがわかったと言いました。ですが今は着衣に触れて確認をしたと発言している。どういうことですか」

「言葉のあやです。すぐに逃げたんじゃなく、確認しました」

「ですがあなたの指紋は、松田さんの内ポケット内部にも付着していたと聞きました。生死の確認にここまで必要でしょうか」

　調査が進んでいると七条は言っていたが、そこまで調べていたのか。確かにその事実はおかしい。

「貸した金を返して欲しかったので」

　渋川は苦しい返答をした。

「友人が死にかけている。あるいはすでに死んでいるこの状況で、救護もせず、財布を抜き取ったとあなたは言うのですか」

　波多野の追及に、渋川は言葉に詰まった。

「あなたは傷ついて倒れている状況を利用し、さらに暴行を加えたのではありませんか」

　渋川は大きく目を開く。傍聴席がざわめいた。

「ち……違います」

　震える声で渋川はそれを否定した。しかし波多野の追及はやまない。

「あなたは落ちていた鉄の棒を拾って被害者を殴ったが、その時は警戒して手袋か何かで指紋が付かないようにしていた。しかし財布を抜き取る時は無警戒だった。だから着衣に指紋が残ったのではありませんか」

「そんなことするか！」

渋川は大声を上げた。その顔は怒りに満ち、隠していた狂暴な素顔がのぞいたような印象だった。

傍聴席は静まり返り、芽依も杉村も息を呑んだ。まるで法廷ドラマのワンシーンだ。弁護人席では七条が、どうだと言わんばかりの顔で両腕を組んで、渋川を見つめている。それから波多野はさらに追及するが、渋川は財布を抜き取ったことを認めただけで、殺人までは認めようとしなかった。しかし状況は大きく変わった。

「すごい……逆転だ」

杉村はつぶやく。渋川は暴行を認めなかったが、渋川が確実に事件に絡んでいることが証明されたのだ。しかも渋川の狂悪そうな印象まで引きずり出した。その衝撃は計り知れない。

情勢は弁護側有利に流れていく。

次に宮地が証言台へと足を進める。気だるそうで、虚ろな目をしている。

宮地に波多野が質問を始めた。宮地は自分が殺したと淡々と語っていく。

「松田は娘の仇です。絶対に許せなかった。殺意をもって落ちていた鉄の棒で殴りました」

「何発ですか」

「無我夢中ではっきりと覚えていません。三、四発でしょうか」

波多野は鑑定によると計十六発です、と指摘したが、宮地はそうかもしれませんと抜け殻のように答えた。

「宮地さん、あなたは自分が殺したと供述しています。ですが被害者の死亡をはっきり確認しましたか」

「それは……してません」

「終わります」

波多野の被告人質問が終わった。宮地は相変わらず生きる希望をなくしたような返答だが、それがかえって真実味を高めている。杉村が言うとおり状況は完全に逆転しているのかもしれない。

「反対尋問はありますか」

裁判長に促され、一ノ瀬は証言台に近づく。芽依の近くにいた傍聴マニアが会話を交わしている。一ノ瀬が負けるぞと興奮気味だ。そんな雰囲気の中、一ノ瀬は尋問を開始した。

「宮地さん、あなたは殺意をもって、被害者を殴りつけたんですか」

「はい。そうです」

一ノ瀬は小首を傾げて、もう一度問いかける。

「松田さんを殺そうとして、殴りつけたんですか」

同じ問いの繰り返しに思えた。当然、宮地の返答は同じくイエス。芽依はしつこいなと思ったが、一ノ瀬は首を横に振る。

「今の二つの問いは、全然違う問いです。わかりますか」

宮地は不審げに一ノ瀬を見る。それは傍聴人も同じだ。芽依にもわからない。杉村も目を瞬かせている。どこが違うというのだ。誰もが一ノ瀬に注目する。

「この事件、ポイントはこの二つの問いの違いです。宮地さん、あなたにはこの二つの問いの違い、わかりますか」

宮地はゆっくりと顔を上げた。一ノ瀬は宮地に近づいた。

「言い換えましょう。宮地さん、あなたが殴りつけて殺そうとしたのは、本当に松田さんだったんですか」

宮地は口を開くが、言葉は出てこなかった。

「あなたが殺そうとしたのは、本当は渋川さんだったんじゃないんですか」

廷内に大きなざわめきが起きた。

「あなたは渋川さんに娘さんのことで話があると言われ、工場に赴いた。その倉庫で会う約束になっていた。しかしその時、倉庫にいたのは松田さんだったんではありませんか」

「…………」

「松田さんは少年院時代にぐんと背が伸び、百八十一センチにまでなった。一方、昔見た松田晴登少年は小柄だった。髪形も当時とは全然違ってとても同一人物には見えなかったでしょう。はっきり言います。宮地さん、あなたは松田さんを渋川さんと勘違いして、殺してしまったんではないんですか」

ざわめきは大きくなった。誰もが予想できない言葉に波多野は真っ青だ。宮地が殺そうとしたのが渋川？　芽依と杉村はただ茫然とするだけだ。静粛にという裁判長の声のもと、宮地はうなだれている。脂汗をかいている。まさか本当にこれは人違い殺人だったというのか。誰もが驚く中、一ノ瀬だけが冷静だった。

「宮地さん、あなたは娘さんのことで、渋川さんに脅されていたんではありませんか。四年前の事件、灯里さんは松田さんに連れ去られたことになっていますが、本当は違っていた。灯里さんは渋川さんや松田さんともともと知り合いだった」

宮地は苦しげに身を震わせている。しかし一ノ瀬は構わずに続けた。

「身長のこともありますが、勘違いしたポイントはヘビメタのリストバンドではありませんか」

答えはなかった。

「リストバンドをつけている松田さんを、渋川さんと勘違いしたんではありませんか」

「…………」

「あなたはあのリストバンドの持ち主が渋川さんだと知っていた。何故なら……」

「もうやめてくれ！」

絶叫が尋問をかき消した。

「その通りだ。私は渋川を殺そうとした。あのクズだけは死んでも許せなかった！」

傍聴席の方に座る渋川を、宮地は目を血走らせながら指さした。

「動機は娘さんの写真ですね」

一ノ瀬の問いに、宮地は証言台に崩れた。

それはこの復讐殺人事件に、完全な決着がついた瞬間だった。

「許せるか……こんなこと許せるか！」

法廷を絶叫が覆った。弁護人席の波多野はまさかの展開に対応しきれず、何もできない。こぶしを握り締め、七条は蒼白となっている。

宮地がひとしきり泣き叫んだあと、一ノ瀬は眼鏡を直した。

「質問が途中になりました。続けます。宮地さん、送られてきた写真に写っていた少年は、あのリストバンドをしていた。だから勘違いしてしまったんですね？」

「そうだ……」

宮地は一ノ瀬の問いに抜け殻のように答えていった。

この事件、一ノ瀬の言うとおりだった。灯里は以前渋川と関係があり、宮地は渋川に灯里のポルノ写真をネットでばらまく、嫌なら金を払えと脅されていたという。死んだ娘の恥を知られたくない宮地は工場に赴き、渋川を殺したつもりで、娘を直接死に至らしめた松田を殺害してしまったのだ。後になって人違いで殺してしまったことを知ったが、本当のことを言えば、娘の恥部が表に出る。それだけは避けたくて口を閉ざしていた。死んでからも娘の名誉を守りたい父親の思いが引き起こした悲劇だった。

渋川は金をもらって写真を渡す際、ひょっとすると宮地に攻撃される可能性がある。だから万が一を考えて、松田に受け渡しを代わってもらった。そしてそのまさかが起きた。渋川は慌てて松田が受け取った現金を回収した。その際に松田のポケットに指紋を残してしまった……その事実が浮かび上がった。

「終わります」

一ノ瀬の反対尋問を芽依は黙って聞いていた。波多野も異議を唱えることはない。

やがて二日目の公判が終わった。

まさかの展開に波多野はショックを受け、何も言い出せない様子だ。七条は無念の涙をこらえるように無理に微笑んでいるようだ。退廷する際に芽依と顔が合ったが、珍しく一言も言わなかった。

やがて一ノ瀬も席を立つ。しかし一人の男が、彼に近づいて行った。

「何でしょうか」

「理由が訊きたい」

いつの間にか鷹野がそこにいた。彼は怒りを抑えきれない様子だった。一ノ瀬のところに歩み寄る。

「ずっと前から真実に気づいていたんだろう。どうしてここまでする?」

一ノ瀬は冷静な顔で返した。

「正義を行うためです」

「被告人をここまで苦しめて、何が正義だ」

一ノ瀬は法廷の衆人環視の中ですべてを明らかにしようとした。確かにこうでもしなければ、真実は明らかにされなかったかもしれない。だが被告人のことを思えば、他にもっとやりようがあったのではないのだろうか。

「一ノ瀬、お前はわざと渋川が殺人犯だと波多野に疑わせ、偽りの真実へミスリードしたんだ」

冷たい視線を一ノ瀬は返した。ミスリードという言葉を聞き、芽依は上永の言っていた一ノ瀬の法廷戦術を思い出す。

「弁護人は冤罪の可能性があるなら、それを追いたいものだ。今回の場合だと、殺したのは宮地ではなく渋川ではないかという疑問がそれに当たる。お前は頻繁に現場を訪れていたが、あれは捜査に問題点があったのではと弁護側に思わせるエサ。冤罪の可能性をわざとにおわせ、ミスリードに導く。それこそ地獄に垂れた蜘蛛の糸のように……」

芽依の背中を冷や汗が伝った。そんなことがあの訪問に隠されていたのか。ひょっとすると、一ノ瀬の戦術にはさらに別の理由もあるのかもしれない。それは決定的な敗北感を相手の弁護士に与えることだ。有能な波多野に対し、自分には今後一生歯が立たないと心の底から思いしらせる。そういう刻印も含めて一ノ瀬の狙いだったのかもしれない。

「検事は真実を明らかにしなければいけません。わたしはすべてを尽くして真実を明らかにしたい。真実こそ正義です」

一ノ瀬は去っていった。鷹野はじっとその場に立ち尽くす。壁に一度、こぶしを叩きつけた。芽依と杉村もうなだれた。

「鷹野さん、わたしのせいで……」

芽依は鷹野に声をかけた。鷹野に言われていたのに、リストバンドのことや、一ノ瀬が渋川に何も訊かなかったことなど、細かいところをすぐに伝えなかった。もう少し早く教えれば鷹野に手はあったのかもしれない。そうなっていれば被告人にこれだけのダメージを与えずに済んだかもしれない。

「いや……お前は悪くない」

悪いのは俺だと言い残し、鷹野は去っていく。

そのさみしげな広い背に、芽依は何もかける言葉が見つからない。クリスマスを目前に控え、頬をなでる風だけが妙に冷たく感じられた。

第六話　正義の迷宮

1

エレベーターで降りると、指紋認証を済ませて扉を開けた。

鷹野和也は師団坂ビル地下にある資料庫にこもって、閲覧していた。

二十六年前、静岡で四方田（よもた）一家三人が刃物で殺害された事件だ。現金などは盗まれていないことから怨恨（えんこん）の線で静岡県警は捜査し、又吉学（またよしまなぶ）を殺人容疑で逮捕した。逮捕後、又吉は犯行を否認。しかし現場から逃走したという目撃証言、又吉宅から被害者の血痕（けっこん）の付いた衣服が見つかり、又吉は検察の取り調べで自白した。金の借り受けをした四方田さんに恨みをもっての犯行だという。ただし凶器は見つかっていない。

犯行の残虐さと殺害人数の多さから死刑判決が出た。十年後、死刑が執行される。又吉は自分は冤罪（えんざい）だと訴えていた。ただし又吉は妄言を吐き幻覚を見るなど、精神に障害をきたしていたことが報告されている。

「本当にこれだけか」

何度探しても、その事件に関する資料はわずかなものだった。他の資料も探すが、見つからない。仕方なく資料庫を出た。

考えているのは、ルーム1の面々のことだ。ここでマネージング・パートナーになって以来、色々なことがあった。あの大リストラ以来、残ったメンバーは思ったよりも頑張っている。今、心に引っかかっているのは、高崎の銀行で起きた強盗殺人事件だ。この事件の弁護を担当している杉村はうまくやっているようだが、どうもきな臭い。そういえば今日は判決の日。時間的にもうすぐ結果が出るはずだ。

「鷹野さん、電話が入りました」

つないでくれと事務員の綾女に言った。受話器の向こうからは耳をつんざくような大声が聞こえてくる。杉村だ。

「なんだ？　もう少し落ち着いて話せ」

「やりましたよ。懲役三十年に持ち込みました」

鷹野は小さく、そうかとつぶやく。杉村は興奮を何とか嚙み殺しつつ、鷹野の反応を期待してか電話の向こうで息を殺して言葉を待っている。

「大したものだな」

「あ、ありがとうございます！」

電話の向こうで杉村は嬉しさを爆発させていた。

鷹野はふうと息を吐きつつ、受話器を戻す。

「珍しいですね。鷹野さんが褒めるなんて」

芽依がコーヒーを運んできた。胃の調子の良くない時を見計らったかのようなタイミングだ。

「確かに今回はよくやりましたよ。認めます。俺でもこの事件、有期懲役にできるかどうか自信ないですから」

桐生がタブレットを操作しながら言った。向かい側で氏家が赤べこのようにうなずいている。一年半前に起きた強盗殺人事件において、被告人、中江雄聖は逮捕された。主犯の田岡順次は中江に続き、警察に逮捕されて自殺した。中江本人の自白もあってポイントは有罪かどうかを争うものではなく、量刑だった。

「でも意外だったのは、検察側の求刑ですね。二人も殺しているのに、検察の求刑は無期懲役でしたから。俺が検事だったら、死刑求刑します。公判を見ていないのでわかりませんが、死刑判決は十分あり得たかと思いますね」

立ち上がると、鷹野はゆっくり芽依のところに歩み寄った。

「杉村が担当した強盗殺人事件、補助してたな」

「はい。傍聴にも行ってましたけど」

「あいつの弁護活動、どんな感じだったんだ？」

芽依の説明によると、主任弁護人だった杉村の弁護活動は、情状証人を集めることが中心だったという。公判では中江の置かれた苦境を訴え、情状酌量を求めた。

「他に気づいたことは？」

「そうですね。被告人の中江さんのところに何度も接見に行っていました。あとは担当の長谷川検事ともよく連絡を取っていたくらいです」

「そうか……わかった」

鷹野は遅めの昼食をとるべく、一階のレストランに向かった。胃に負担の少なそうなうどんを注文し、すすりながら杉村の担当した強盗殺人事件の資料を見つめた。懲役三十年なので無期と大差ないとも言えるが、よく有期懲役に持ち込んだものだ。桐生は自分がやっても厳しかったと言っていたが、鷹野もそう思う。死人に口なし。主犯の田岡に罪を押しつける作戦もありだが、そんなことは検事も判事も百も承知。逆に生き残った中江に重い刑罰を科すべきという逆風が吹いていた。

「えらく遅い昼食だな」

公判を終えて戻った梅津が、鷹野を見つけてよっこらしょと隣に座った。

「鷹野さん、あんた最近、疲れているようだな」

「まあ、いつものことなんで」

「背負い込み過ぎているんじゃないのか」

確かに最近、睡眠がろくにとれない。薬の効きが悪くなっているように思う。しかしそんなことはどうでもいい。杉村が勝ちとった判決に、鷹野はなんとなく違和感を覚えた。ただ自分でもまだその正体がつかめない。店を出て、上の事務所へ戻ろうとしていると、エレベーターが到着し、弁護士がぞろぞろと降りて来た。七条や瓶子らルーム2の面々だ。宮地の弁護での敗北があったが、へこたれているわけにはいかないというところか。

「あ、どうも。お疲れさんです！」

彼らに声をかけたのは、師団坂ビルに入って来た杉村だ。

「前橋地裁から戻りました。いやあ、もう、疲れちゃいましたよ」

杉村はニコニコしながら、終えたばかりの公判について話す。七条は無視して通り過ぎようとしたが、瓶子が立ち止まった。

「え？　高崎の強盗事件、有期刑に持ち込んだのか」

「いやね、もう、大変だったんですから。まあ、自慢するわけじゃありませんがね」

「全部、田岡とかいう主犯のせいにしたんだろ？」

七条がふっかけるが、杉村は余裕の表情だ。

「ほら七条くん、君にもやるよ」

杉村は前橋に行って来たのでとお土産の菓子を配りながら、武勇伝を語り始める。最初に接見した時の中江の話から、公判での様子などに至るまで弾幕を張るように切れ目なく話し続けた。

「まあ、語りだすと長くなるんですけど」

「もう十分に長いっての」

七条は腰に両手を当てていた。しかし他の面々は興味津々に杉村の話を聞く。瓶子はやるなあ、と素直に感心していた。

鷹野も杉村の話を聞きながら、思考をめぐらせる。杉村の活躍に検察側の無期懲役求刑、田岡という主犯……。これらを合理的に考えるなら、まさか。

「いやあ、もうね、再主尋問の切り返しにはちょっとばかり自信が……」

いい加減にしてくれと七条が止めようとしたとき、鷹野が二人の間に入った。ルーム2の面々も黙ってこちらを向く。

「あ、鷹野さん、はい、お土産ですよ」

満面の笑みで杉村は菓子を差し出した。

「やりましたよ。鷹野さんのおかげですが」

鷹野は菓子を受け取ると、じっと杉村を見つめた。

「プリー・バーゲンだったのか」

「はあ？　これはバーゲンで買ったんじゃありませんよ」

どうやら意味が通じていないようだ。鷹野は杉村の肩に手をかけると、彼の名前をもう一度呼んだ。杉村は澄んだ目で元気よくハイ、と返事した。

「お前、検事と司法取引をしたのか」

単刀直入な問いに、杉村は口をあんぐりと開けた。ルーム2の面々も同じような顔だった。司法取引は検察官による捜査や訴追に対して被疑者、被告人が協力することで刑事処分を有利にする制度だ。プリー・バーゲンと訳される。厳密には意味が少し違うのだが、そんなことはいい。杉村の顔からは血の気が引いていた。

「殺人事件において司法取引は認められていない。もしお前がやったというなら弁護士資格剝奪（はくだつ）ものだ。どうだ？　司法取引をしたのか」

杉村は無言で激しく首を横に振った。

そっぽを向いて土産の菓子を食べていた七条が振り返る。鷹野は杉村の答えを待った。

「どうなんだ？　正直に言え」

鷹野の疑いには理由があった。それは予想外の軽い刑罰という理由だけではない。資料を見る限り、犯行状況から中江に共犯者がいることは明白だ。逮捕された当初、中江は田岡の名前を出さず、黙秘を続けていた。ところがその後一転、田岡について供述し始め、彼に脅されて無理やり犯行に及んだのだと泣きながら訴えた。その後、田岡は逮捕された。ただし彼は捕まれば死刑だとわかっていて拘置所で自ら命を絶った。

「つまり事件の主犯をどうしても逮捕したい検察と、自分の罪を軽くしたい被告人の間では利害が一致。この取引は成立する」

「そんなこと、するわけないじゃないですか！」

杉村はようやく大声で応じた。

七条はにやにやしていた。杉村を下から上に嘗め回すような目で見ている。

「おいおいおい、そんなことがあったら、師団坂法律事務所自体の信頼問題になるぞ」

はっきりとした証拠はない。それどころかただの推測だ。これだけの人がいる前で言うことではなかったと鷹野は後悔したが、どうしても気になった。

「僕は無実ですよ！」

杉村は半泣きになって走り去った。

その様子を見ながら、鷹野はため息をつく。しまった。杉村に酷いことを言ってしまった。よく考えてみれば、杉村に司法取引をもちかける力量があるとは思えない。リスクが高すぎる。酒でもおごって悪かったと謝ろうか。いや、自分はこういうところがどうも苦手だ。

とはいえ、取引が全くなかったと断定することはできない。杉村の知らないところで取引があったかもしれないからだ。中江の自供から主犯である田岡逮捕、そして意外にも軽い求刑……この流れは引っかかる。

2

翌日、鷹野は拘置所に足を運んだ。

懲役三十年の判決を受けた中江雄聖に面会するためだ。判決が出てから二週間、被告人には控訴して争うかどうかの考慮期間が与えられる。仲間と共謀して強盗に入り二人を殺したにもかかわらず、この程度の刑罰は軽い。冤罪ではない以上、控訴する可能性はまずないだろう。

案内されて入った部屋では、すでに一人の青年が座ってアクリルの遮蔽板越しにこちらを眺めていた。そばかすのある気の弱そうな印象の痩せた青年だ。

「あれ、杉村先生じゃないんですか」

中江雄聖の第一声はそれだった。鷹野はええ、と応じると腰かける。

「もしかして鷹野先生ですか」

鷹野はゆっくりうなずいた。中江の話では、杉村はことあるごとに鷹野のことを話し、自分の上司はすごい人だ、いざとなったら助けてくれるから大丈夫と話していたらしい。

——さてと、どうしたものかな。

鷹野は世間話をしつつ、中江の表情や仕草をうかがった。

「杉村先生から聞いています。元はお医者さんなんですよね」

「やぶ医者ですがね」

冗談めかした事実に、中江は苦笑いを返した。

しばらく話した感じでは、中江は醇朴(じゅんぼく)な田舎の青年という最初の印象そのものだ。二人を殺した強盗殺人犯には見えない。とはいえその感覚がすべてを狂わす。銀行強盗の銃を用意したのは田岡だが、こいつも現実に引き金を引いて人を殺そうとしている。

「両親が他界し、家賃は滞納……最近の寝泊まりはずっとネットカフェでして」

「そうですか。そこで田岡に出会ったわけだ」

「ええ、お金を貸してくれて。人恋しかった時に温かい言葉をかけてもらったんです」

知りたいのは、取引の事実があったかどうかだ。訊(き)くべきかどうか。自分は弁護士だ。被告人は不利になることでも、話してくれるかもしれない。しかし確信もなく問いかけてしまっては、信頼関係を失う恐れもある。直接問いかけるのは、最後の手段だ。しかし今はまだそんな時期ではない。少し揺さぶりをかけてみるか。

「ところで中江さん、控訴はされないんですか」

「え？　はい」

中江は少し面食らった顔を見せた。彼は杉村を通じて控訴はしないと言っていた。それは当然と言えば当然だ。これ以上の減刑は不可能。彼もわかっているだろう。

「あなたが望むなら、控訴した上で私が弁護します。さすがに無罪にはできませんが、杉村よりも減刑できるかもしれません」

申し出に中江は目をそらし、袖口(そでぐち)をつまんだ。

「ううん、でも……」

気乗りしない様子だった。

しばらく間があって、中江は顔を上げた。

「いえ、やっぱり控訴はしません」

首を横に振る中江に、鷹野はどうしてなのかと追及した。

中江は口元に笑みを浮かべた。それは追い詰められて困った末に、ようやく一つの答えをつかみ得た者の反応に思えた。

「贖罪(しょくざい)がしたいんです」

しっかりと鷹野の目を見て、中江は言った。

「贖罪ですか。杉村はともかく、私はリアリストです。建前はいりませんよ」

「いえ、本気なんです。僕は埼玉に住んでいた中学生の頃、怖い思いをしました。近所で小さな女の子が誘拐され、殺される事件があったんですが、そのショックで学校に行けなくなりました。犯人は知っている人だったんです。すべての大人が怖くなって引きこもりになってしまったんです。二十代半ばになっても就職できず、両親の葬儀にすら行けなかった。何度死のうと思ったかわからない。自分は何て不幸なんだ。誰も僕を助けてくれない。こんな社会なんてつぶれてしまえばいいと思ってました」

腕を組んだまま、鷹野は口を閉ざした。

「田岡さんに勧められるまま、犯行に加わりました。あんなことをした後も、正直、反省なんて気持ちはこれっぽっちもなかったんです。でも杉村さんに会って、わかってくれる人がいた……そう思えて変わることができたんです。判決のあと、まだ生きていてもいいんだ。そう思うと自分のやったことを後悔する気持ちが込み上げて来て。これが贖罪ってやつなんだなって少しはわかったんです」

優しげな声で中江は語り続けた。

「人によってはそれは贖罪じゃないと言うかもしれませんし、ただ自分の命が助かってほっとしているというのが本心かもしれません。ですがそれでも気持ちは変わりません。これからは罪を償うことだけを考えて生きていきたい。被害者の方に心から謝りたい。一生許されなくったって構わない。だから控訴は結構です」

言い切った中江の目は澄んでいた。鷹野はじっと口を閉ざし、彼の目元にあるどす黒い大きめのホクロをダーモスコピーで拡大するように眺めていた。綺麗な円形で滲みはないし、おそらく良性だなと一瞬思っただけで、思考は別のところに飛んだ。

――怪しいな。

ひと言でいえば、それが率直な思いだ。人は用意していればいくらでも演技ができる。しかし不意を突かれたときにはもろいものだ。控訴を勧めるなど想定外だったはず。中江の表情は困惑し、何か断る言い訳を模索していた。しばらくしてから検索マシーンが答えを見つけたような感じだった。

贖罪への思いは本当かもしれない。しかし中江の中核にはどうしても触れられたくない部分があって、それだけは回避しようとする心理が読み取れた。

「わかりました。その気持ちを私も尊重します」

ニッコリと笑みを浮かべて鷹野は立ち上がる。接見を終えた。

次に向かう先は、前橋地検だった。

接見した結果、中江は怪しいと思った。検事が中江に司法取引を持ちかけ、田岡の居場所を吐く代わりに減刑の約束をした可能性が現実味を帯びてきた。中江の事件を担当した長谷川政尚検事の名前は知っていた。又吉学の事件が発生した時期に、静岡地検に所属していたからだ。

又吉を取り調べたのは吉原光信という検事だ。長谷川は主任検事ではなかったとはいえ、地方の地検は結びつきが強い。吉原検事はすでに鬼籍に入っているが、この長谷川が何か知っているかもしれない。

「え、アポイントはないんですか」

前橋地検の受付で話をしていると、眼鏡の女性が近づいてきた。

「どうしましたか」

鷹野は長谷川検事に会いたいと、受付で言ったことを繰り返した。

「そうなんですか。あ、わたし、事務官の望月千鶴(もちづきちづる)といいます」

彼女は検察事務官をしているという。立ち会いの経験はまだない新米らしいが、知的な印象を持つ女性だ。鷹野は名刺を渡す。彼女が言うには長谷川は規則正しい人物で、この時間は食事らしい。

「忙しい方ですからね。この時間は近くの店へ昼食に行かれていると思いますよ」

千鶴は外に出てその店に案内してくれた。鷹野は後に続く。

「中江雄聖の判決についてどう思います？」

鷹野が問いかけると、千鶴は立ち止まることなく応じる。

「軽いですね」

「地検としては当然、控訴するんでしょう？」

「そう思いますけど」

少し歩いて、小さなイタリア料理店の前で千鶴は立ち止まった。

「やはりいるようです。それじゃあ、これで」

　礼を言って千鶴とは別れた。

　鷹野はイタリア料理店に入ると、端の方でナポリタンを食べる中年男のところに近づいた。額が広く、脳みそがたっぷり詰まっているような頭の形だった。長谷川検事は横目で鷹野をうかがった。鷹野は会釈する。

「ご一緒させていただいて、よろしいですか」

　はじめまして、と名乗ると、名刺を渡した。適当に料理を注文する。

　鷹野はナプキンをかけつつ、両手をテーブルの上で組んだ。

「ずいぶん軽い求刑でしたね？　被害者遺族は納得しないでしょう」

　切り出した鷹野に、長谷川はふんと息を漏らした。あんたに言われる筋合いはないという顔だ。ナポリタンにタバスコを大量にふりかけている。

「検事、厳格なあなたらしくないです」

「杉村弁護士にはやられたよ。彼は元ニートらしいね。だからというわけではないが、油断した面はあったかもしれん。彼は自分と中江を重ねてうまく弁護していた。裁判員の構成比も今回、若年層が多かった。そういう要因が判決にも影響していたと思う」

「ですがそれと求刑は話が別です」

「いや……彼の言い分には、わたしもなるほどと思う面があった。検事は悪をやっつけるのが仕事じゃない。真実の味方だ。被告人の事情を考慮して、こういう求刑になった」

　鷹野は笑みを浮かべつつ、応じた。

「田岡順次は暴力団構成員のとき、殺人容疑で逮捕されていますね？　ですが検察は証拠不十分として不起訴にした。奴が犯人であることは明らかなのに、さぞ無念だったでしょう」

　長谷川は鬼のような顔で鷹野を睨んだ。

「何が言いたい？」

「いえ、あなたの心境を推測しただけです」

　料理が運ばれてきた。長谷川はウェイトレスが去ってから静かに言った。

「はっきり言ったらどうだ」

　小さな、それでいて耳に残るような声だった。

「はっきりと言いますと？」

「鷹野さん、あんたはわたしが中江と取引をしたと言いたいんだろ？　刑を軽くする代わりに主犯が誰なのか教えろと持ちかけた……。だが残念だな。それはない。そんな取引は無関係の人間を冤罪にする可能性がある。わたしは誓って取引を持ちかけた覚えなどない」

　失礼すると言って、長谷川は精算に向かった。

　毅然とした態度ではあったが、鷹野には過剰反応に思えた。司法取引を持ちかけていないことに嘘はないようだが、どこかがおかしい。はっきりとは言えないが、何かを隠している気がしたのだ。本当に長谷川は取引をしていないのだろうか。

ふとテーブルの上を見ると、長谷川の皿のナポリタンは綺麗に空になっていた。

3

数日後、鷹野は新幹線に乗っていた。

今日は本来なら休日だ。最近休みなく体を酷使している。パフォーマンスを考えれば完全休養の方がいいだろうに、今日はまた高崎まで行ってとんぼ返りだ。

「本当に合理的じゃない」

いつの間に、この言葉が口癖になったのだろう。

鷹野は窓の外を見つめながら、自分の半生を思い返した。合理的とは効率的という意味ではない。理屈に合うかどうかだ。論文や研究データに納得がいかないことがあると、とことん掘り下げて自分で研究した。その結果、治療方法の常識を変えたこともある。不思議に思えることでもすべては論理的に解決できる。その信念が自分を支えていた気がする。

大学病院にいた頃、ひとりの女性が鷹野の前に現れた。彼女の名前は雨宮久美子(あまみやくみこ)という弁護士。久美子はミスや不適切な医療行為を繰り返す、いわゆるリピーター医師に関することで相談があると言う。医師は誰もが一生懸命やっている。いい加減なことを言うなと鷹野は怒るが、久美子は実例を挙げて反論していく。嫌な女だと最初は思った。しかし久美子は懲りずに鷹野のもとを訪れた。

喧嘩(けんか)ばかりの二人だったが、次第に心が通い合っていく。鷹野はいつの間にか久美子に興味をもっている自分に気づいた。それは一言でいうと彼女の行動がおかしいからだ。

――どう考えても、合理的じゃない。

鷹野の考えではいくら正義だ、自己犠牲だと理想論を唱えようが、人は所詮(しょせん)自分の利益のために行動する。しかし久美子にはそんな様子はない。赤の他人のため、我が身を犠牲にしてまで正義を貫こうとしているように思えた。鷹野はいつしかそんな彼女に惹(ひ)かれ、仲は深まっていく。

久美子はある日、鷹野に打ち明けた。今、一つの冤罪事件を追っているという。それは又吉学という凶悪犯が引き起こした一家惨殺事件だ。又吉は三人を殺したとしてすでに処刑されている。服役した過去もあり、証人の証言、現場にあった又吉の指紋、自白など冤罪の余地はないと思われていた。しかしハメられたのだと冤罪を主張。死ぬ直前まで冤罪を訴えていたという。いくら冤罪を晴らそうが、被告人は死んでいるのに何の意味があるんだと冷やかすと、久美子は怒った。

「人が生きてきたことには必ず意味があるの」

鷹野は合理的じゃないと馬鹿にしていたが、久美子は真剣に自説を展開、医師と弁護士は同じだとよく言っていた。どこが一緒なのだろう。全然違うと言う鷹野に対し、久美子は得意げな顔で応じる。一歳上なだけのくせに、いつも上から目線だった。

「人を治療するってところが一緒よ」

「はあ？　治療だって」

「そう……弁護士だってそうなんだよ。弁護士はクライアントを治療するの。その抱えている苦しみを法律の力で和らげたり、取りのぞいたり……社会的な病を治すお医者さんってところかな」

何言ってんだと馬鹿にしたが、久美子は不思議と怒らなかった。鷹野だったら自分より優れた弁護士になれるかもしれないと言った。鷹野は相手にしなかったが、久美子は何度も同じことを言った。それが本気だったのか冗談だったのかは、結局わからずじまいとなった。

その夜、鷹野は救急外来の担当だった。女性が病院に運び込まれてくる。何者かに暴行を受け、意識不明だという。

その女性は久美子だった。

息はあったものの、頭蓋骨が折れ、大量に脳内出血を起こしていた。脳自体にも損傷がある。あまりにもひどく、危ない状況だった。

どうして……いったい何があった？

混乱の中、鷹野は久美子の手術を執刀することになった。正直厳しい。だがこれまで何度も不可能と思われた手術を超えてきた。奇跡を起こしてきた。しかも一番救いたい命だ。うまくいくはずだ。

　長い手術は終わった。

　信じた思いは届かなかった。

　最後の言葉さえ発することなく久美子は逝ってしまった。それでもあきらめられず、鷹野は必死で蘇生を試みる。もうやめてという声がうっすら聞こえたが構わず続けた。

　真っ白な景色が色を取り戻したのはどれくらい経ってからだったろう。

　目を閉じればその時の風景が鮮明な映像で浮かんでくる。動かない久美子、うなだれる医師たち、何の反応も示さない心電図……。

　どうして救えなかったのだろう。

　もっと難しい手術だって乗り越えて来たではないか。それなのに……俺は久美子を救えなかった。

　久美子を殺した犯人はわからなかった。

　それどころか刑事たちは鷹野を疑っていた。久美子と最も親しかったし、彼女の手術を担当しているのに馬鹿らしいと思ったが、刑事たちはかえって怪しんだ。久美子が暴行を受けてから死ぬまでタイムラグがあり、救急外来にいたことさえ、アリバイに利用しているように思われた。逮捕こそされなかったが、アリバイの確認などもかなり執拗だった。

「あいつは殺人犯だ」

一人の刑事が聞こえよがしに口にした一言が、今も頭を離れない。きっと連中は今もそう思っているのだ。

久美子は殺される前、又吉学の事件を追っていた。その真相まであと一歩だと言っていた。真犯人にたどり着き、口封じで殺されたのではないか。そうとしか思えない。鷹野はそう主張したが、返ってきたのは苦笑いだけだった。

久美子を殺した犯人は今もわからない。

誰だ。誰が久美子を殺した？　俺は絶対にそいつを……。

どこか遠くから声が聞こえる。

「……大丈夫ですか」

鷹野は目を大きく開いた。

女性車掌の驚いた顔が近くにあった。いつの間にか眠りこんでいたようで、ぐっしょり寝汗をかいている。

「すみません」

汗をぬぐうと、鷹野はノートパソコンをしまった。

アナウンスが入り、高崎駅が近づいてきた。

外は肌寒く、鷹野はコートを羽織った。これから向かう先は、強盗殺人事件のあった現場だ。高崎駅で降りて歩く。駅の周辺にはネットカフェがいくつかある。鷹野は中江と田岡が知り合ったというネットカフェの前を通り過ぎ、銀行に向かった。

強盗殺人事件があった銀行にはシャッターが下りていた。一年半前、田岡と中江はここに侵入し、現金六千五百万円を奪って逃げようとした。しかし取り押さえようと向かってきた支店長に驚き、中江が彼を撃った。負傷した支店長に向かって田岡が引き金を引き、射殺した。興奮した田岡はさらに女性事務員も射殺し、二人が死亡した。この事実は複数の目撃証言から動かない。

銃の入手や計画の立案は田岡。中江も情報を共有しており、立案に参画している。完全に共同正犯で、中江も十分死刑になりえる事案。とはいえ判決はすでに出ている。こんなところに来て自分はどうするというのだろう。

携帯に着信があった。知らない番号だ。

「あなたは?」

かけてきたのは前橋地検の検察事務官、望月千鶴だった。この前、長谷川検事を訪ねた時、案内してもらった。

「鷹野先生はあの事件をまだ調べているんですか? さらなる減刑を狙っているとか」

「いや、気まぐれでね」

「そうなんですか。わたしはどうも納得がいかなくて」

「納得できないって、どういう意味です?」

千鶴はため息をついた。

「実はあの取り調べ、少し不自然だと思いまして……」

「不自然？」

「ええ、途中から録音録画がされていないんです」

検察では数年前から取り調べの可視化が図られ、取り調べの様子はＤＶＤに保存される場合が多い。しかし被疑者が録音録画を望まない場合は、記録されない。今回の場合、田岡を恐れて中江が自分から求めたのなら、不自然ではない。鷹野はそう指摘した。

「手続きはしっかりしていたようですし、中江が申し出たのだと思うんですけど……でも」

千鶴は言いよどんだ。鷹野がせっつくと、彼女は長く息を吐き出した。

「長谷川検事についていた立会事務官から聞いた話なんですけど、中江と長谷川検事には二人きりの時間があったそうなんです。その直後に自白したとか変化があったというわけじゃないんですけど、どうも不自然な感じだったって話していました」

「本当ですか」

「はい」

やはりそうか。

「長谷川検事が取引をした……望月さん、あなたはそう思っているんでしょう？」

「ずっと気になっていたんです。鷹野先生が数日前に長谷川検事を訪ねてきて、やっぱりおかしいのかって……」

彼女は純粋に彼女なりの正義で行動しているのだろう。

「それじゃあ、ありがとう」

鷹野は礼を言って通話を切った。


東京に戻った鷹野は赤坂見附の師団坂ビルに向かう。エレベーターで十九階に上がると、休日だというのに芽依に梅津、桐生……ルーム１の面々は杉村を除いて全員が仕事をしていた。鷹野が杉村の机に目をやっていると、芽依が声をかけて来た。

「わたしたちも探っているんです」

「探る？　何をだ」

「もちろん、中江と田岡が起こした強盗殺人事件です」

どうやら芽依たちは、杉村に同情しているようだ。まあ、あの件に関してはこちらが悪い。

「長谷川検事は確かに真面目な方のようです。嘘は言わないでしょう。しかし取引をしていないとは言っていないのではありませんか？　中江に持ちかけていないといっただけで……」

「どういう意味だ？」

鷹野の問いに桐生が答えた。

「取引を持ちかけたのは、中江の方だったかもしれないということです」

鷹野は口を閉ざした。中江が持ちかけた？　確かにそれはなくはない。彼からすれば、死刑の可能性もあったわけで、田岡の情報を提供することで死刑から逃れられる可能性が出てくる。一方、長谷川としても田岡を逃すわけにはいかない。一刻も早く逮捕したいところ。検察と被疑者、互いの利益が一致するのだ。

思い返してみると、確かに長谷川は鷹野の前でこう言った。わたしは誓って取引を持ちかけた覚えなどない……と。それは逆に言えば、中江の方から持ちかけてきたと解することもできる。

「それと中江が公判で言っていた事実で、少し気になることがありまして」

桐生が資料を手に口を開いた。

「気になる事実？　なんだ？」

「本田亘（ほんだわたる）という男性が起こした幼女強姦（ごうかん）殺人です」

その事件は鷹野が中江に接見した際、彼が話していた事件だった。その事件以来、中江は人間不信になって引きこもってしまったと言っていた。

次に口を開いたのは梅津だった。

「本田は有罪になって服役していたが、すでに獄中死していて、話を聞くことはできなかったんだわ」

桐生は何度かうなずいた。

「俺と杉村さんでその事件のことを調べたんですが、不審な点は何もありませんでした。

ただ事件そのものではないですが、気になる点が一つだけあったんです」

「気になる点？　何だそれは？」

「意外なことに、この事件を主任検事として取り調べたのは、当時さいたま地検にいた長谷川検事だったんですよ」

鷹野は口元に手を当てた。これは偶然と呼べるほどのものか？　いや……鷹野は今までに与えられた情報を自分の中で整理した。杉村に敗れたベテラン検事長谷川の軽すぎる求刑、拘置所で見せた中江の何かを隠しているような態度、録音録画が途中から実施されなかったこと、長谷川の思わせぶりな言い回し、立会事務官が席を外し、長谷川と中江が二人きりになっていたこと、そして本田の事件を長谷川が担当していたという事実……ここまで重なれば偶然とは思えない。これらが示す合理的な答えは……。

「どうしたんですか」

芽依の問いに答えることもなく、鷹野はエレベーターに乗り込むと、脱いだばかりのコートを羽織った。

4

鷹野は車を飛ばした。

向かう先は、代々木上原（よよぎうえはら）にある長谷川検事の実家だ。

もらった名刺には電話番号はなかったが、住所はわかった。事務官の望月千鶴の話によると、長谷川は平日、前橋の官舎にいる。ただし休日は実家に戻っているらしいので、とりあえずそこへ向かう。正直なところ、証拠と呼べるものを用意する時間はなかった。というより不可能だろう。あとは長谷川という男の良心に働きかけ、彼の心をへし折ることだ。

やがて車は代々木上原の住宅地にある長谷川宅に到着した。決して大きくはない平凡な一軒家だった。庭にはまだ小さな男の子がいて、若い女性と遊んでいる。車を降り、鷹野が見つめていると、その女性がこちらに気づいた。

「あれ、お客さんですか」

「弁護士の鷹野といいます。長谷川検事はどこへ？」

「ワンちゃんの散歩に出ているんです」

庭を走り回っていた小さな子供が転倒した。女性は抱っこすると頭をなでた。

「父はこの子をすごくかわいがってくれるんですけど、本人は自分がおじいちゃんになったって自覚がないみたいなんです。変ですよね。ああ、三十分もあれば戻りますから、中で待っててください。お茶菓子出しますから」

だいたい回るコースは決まっているらしい。鷹野は丁寧に申し出を断った。別に待ってもよかったのだが、どうも気が引けた。

長谷川の娘の説明に従って、川の辺りに車で向かう。やがて一人の男性が犬を連れて歩いているのに気づく。鷹野は車を降りて近寄った。

「長谷川検事、少しだけお話があります」

呼びかけると、長谷川は露骨に嫌な顔を見せた。振り返って辺りをうかがうと、誰もいない橋の下に鷹野を誘った。

「まだ取引がどうこう言うつもりか」

「ええ、こんなところまで来て申し訳ありません」

「申し訳ないと思うなら帰ってくれないか」

鷹野は微笑みを浮かべつつ、首を横に振る。

「娘さんやお孫さんも待っているようですし、手短に終わらせます。あなたは自分から取引を持ちかけたことはないと言いましたね」

「ああ、言ったな」

「ただし中江から持ちかけ、応じたことを否定していませんよね」

長谷川はふんと鼻で笑った。

「どっちからでも同じことだ。わたしは主犯を捕まえるために、取引などしない」

「そうでしょうね」

鷹野の言葉に、長谷川は虚を衝かれた顔になった。

「中江が持ちかけた取引は、主犯である田岡について話すことではありません。埼玉で本田という男性が起こした幼女強姦殺人事件のことです。あの事件、取り調べた検事はあなたでしたよね」

　長谷川は無言でじっと鷹野を見据えた。

「中江はこう言ったんではないですか？　あの事件、本当は自分が犯人だった。死刑求刑をしたら、公判でこのことを言うと。当時、中江はまだ十四歳に達しておらず、罪には問われない。死刑求刑して困るのは、かつて無罪の者を有罪にし、獄中死させた長谷川検事、あなただけですよ、と」

　長谷川は何も言わなかった。しかしその顔からは一瞬で血の気が引いていた。

「もちろん嘘ですが、あなたはそう思わなかった」

「…………」

「中江は恐ろしい犯罪者です。人を信じさせることに長けている。私の前でも贖罪の意志を示しましたがあれは演技。おそらくあの反省に接すれば、百人中九十九人の弁護士は中江の反省は本物だと信じてしまうでしょう。ですがそうじゃない」

　鷹野は一歩、長谷川との距離を詰めた。

「中江は当時、本田と親しかったため、本田に事件のことを聞いていたんです。犯行を目撃していたのかもしれない。中江は自分が助かるため、うまくいけばもうけものくらいの気持ちで嘘をつき、取引を持ちかけた。あなたは思いもかけない告白に、ひるんでしまった。自分が信じてきた検事としてのプライドがグラグラ揺れ、そこにつけ込まれたんです」

長谷川は相変わらず無言だ。しかしその沈黙は百万言を費やすよりも雄弁だ。この推理、間違いはない。長谷川は中江の脅しに屈したのだ。

「わたしは……」

長谷川は脱力したように壁に手をついた。

こめかみに血管が浮かび、顔が紅潮している。いつの間にか長谷川の手からリードが抜け落ち、犬がクンクンと彼の足もとにまとわりついている。少し遅れて彼はそうだ、と小さくつぶやいた。鷹野はそれからしばらく何も言わず、犬のリードを拾い上げ、長谷川の手に渡した。

「今思えば、何故あんな取引に応じたのかわからない。少し考えれば、中江の主張はハッタリだとわかりそうなものを……。だが怖かった。法廷で中江が本田のことを言い出すことが。万が一にでもわたしは無実の者を冤罪にして獄中死に追いやったとなれば、生きていく自信がない。わたしは取り返しのつかないことをしてしまった」

長谷川はすべてを吐き出した。この人は潔癖とも言えるほど、仕事に厳しい検事なのだろう。真面目さがゆえに悪魔に魅入られてしまうとは皮肉だ。鷹野はそっと肩に手を置いた。

「それともう一つ。又吉学の事件のことです。あなたは当時まだ若く、主任検事ではなかった。しかし取り調べについて知っているのではありませんか」

長谷川の口は重く、開くことがなかった。きっと今は中江との取引で頭がいっぱいのはずだ。答えは返ってこなかった。おそらくこれ以上待っても無駄だろう。

「信じています。あなたの正義を」

そう言い残して鷹野は背を向ける。代々木上原を後にした。


翌日、東京には粉雪が舞った。

積もるほどではないが、冷え込むわけだ。手をかざすとひらひらと舞い落ち、すぐに溶けて消えた。正義とひと言でいうが、つかみどころのないものだなと思う。久美子の進んでいた道は霧の中を手探りで進んでいるようなもので、ゴールが見えない。

検察側は中江の控訴を決定した。

おそらく鷹野の言葉が効いたのだろう。あの時、鷹野は逃れられない証拠を突きつけたわけではない。長谷川の良心に働きかけただけだ。こんなことが可能なのは一部の人間だけ。長谷川もまた、正義というものに心焼かれた憐れな人間なのかもしれない。そう思った時、スマホが振動した。相手は名乗ることはなかったが、聞き覚えのある声だった。

「長谷川検事ですね？」

スマホの向こうから、ああという小さな声が聞こえた。

「控訴したんですね」

桐生から報告があったので知っているが、直接報告するために電話をくれたのだろうか。

「ありがとうと言いたかった」

「こちらこそ。ありがとうございます」

おかしな礼だなと、鷹野は内心で思った。これで再び検察と師団坂は控訴審でやり合うことになる。

「それと……又吉学は冤罪だ」

意外な言葉が漏れた。直線的な答えに鷹野は珍しくえっ、と声を発する。

鷹野がその根拠について問いかけると、長谷川は又吉を自白させた吉原検事のことについて語った。

「あの人は言っていた。真犯人がいるかもしれないと」

鷹野は大きく目を開けた。本当だろうか。もしそうなら、二十六年を経て又吉学の事件が動き始めるかもしれない。

「長谷川検事、詳しくお願いします」

「久しぶりに飲みに誘われたとき、吉原さんはそのことを口にしたんだ。又吉の死刑が執行された直後のことで、吉原さんはひどく酔っていたがな」

「それは吉原検事が、死刑執行に責任を感じていたということですか」

「……私にはそう思えた」

吉原は真犯人について決して多くは語らなかったという。どうして吉原は真犯人の可能性に気づいたのだろう。鷹野はもう一度、問いかける。だが長谷川の口は重かった。

パンドラの箱がわずかに開き、光が漏れた気がしたが、ここまでなのだろうか。そう思ったときに長谷川の声が聞こえた。

「キムラヒデユキという人物を調べるといい」

突如としてもたらされた名前に、鷹野は一瞬、言葉につまった。

「誰なんですか」

「まるでわからない。吉原さんがその名前を口にしたのはその時だけだったし、後で聞いても答えてはくれなかった。年齢も住所も職業も、どんな漢字なのかも知らない。私も犯罪者リストを探ったが、わからないんだ」

ため息の後、言葉が消えた。

キムラヒデユキ。鷹野は心の中でその名前をくり返した。それ以外に何かわからないのだろうか。そう問いかけたが、長谷川から答えは返ってこなかった。

「正義を貫いて欲しい」

長谷川はそれだけを言い残して、通話を切った。しばらく体中が熱かった。どうして長谷川はこんなことを自分に告げたのだろう。まあいい。彼は中江との取引という重い荷物を下ろしたのだ。訊く機会はいくらでもあるだろう。

興奮覚めやらぬまま、鷹野は別の事件の弁護に追われた。いまだにキムラヒデユキという名前が頭の中を駆けめぐっている。

担当したのは、これといって裏のある事件ではなく、ありがちな強制わいせつ事件だった。ただし逮捕されたのは四十代の文部科学省の官僚で、冤罪を主張している。

「本当のところ、どうなんですか」

その男は覇気のない目で鷹野を見上げた。

「やっちまったよ。仕方ないじゃないか」

あっさりと被疑者は心を開いた。どう仕方ないのかわからない。鷹野はカルネアデス事件を思い出していた。あの時、自分は保坂に厳しいことを言った。しかしどの被疑者にもあのような態度をとるわけではない。あの時は彼にとってあの弁護が最善だからと判断したにすぎない。

「頼む、絶対に起訴猶予にしてくれ。そうでないと終わりなんだ」

この男には、社会正義から考えるなら、厳罰を与えてやるべきだろう。しかし自分は裁判官ではない。わざと弁護の手を抜くことはしない。

「お任せください」

鷹野は歯ごたえのない接見を終えて、警察を後にする。

長谷川の告白。その興奮が覚めない中、鷹野はメトロに乗った。赤坂見附で降りて、いつものように師団坂ビルに入る。流れ作業のようにエレベーターに乗った。

考えているのは、又吉学の事件のことだった。キムラヒデユキ……この人物を調べていくことで事態は大きく展開するかもしれない。真犯人なのか、違うのか……少なくとも全くなすすべのなかった今までとは違う。

ルーム1に戻ると、芽依が猛スピードで近づいて来た。中江の判決に対し、検察が控訴したことを告げる。

「知っている」

突っぱねるが、芽依はさらに一歩、近づいた。

「それだけじゃないんです」

芽依だけでなく、近くにいた梅津や桐生も同じような顔だ。氏家でさえ心なしか、動揺しているように思えた。

「どうしたんだ」

訊ねると、代表するように芽依が口を開いた。

「長谷川検事が、自殺しました」

「なに！」

鷹野は声を上げた。自殺……その二文字が頭の中で響いている。

「長谷川検事は長い間精神科病院に通っていて、ストレスで胃潰瘍にもなっていたそうです。病気を苦にしての自殺だったらしく……」

芽依が説明しているが、そのセリフは右から左へ抜けていく。重い何かが体中にのしかかって来て、押しつぶされそうな圧迫感だ。鷹野はその重みを背負ったまま、窓の外を見つめる。粉雪はまだ、音もなく降り続いていた。

5

長谷川検事の通夜が行われた晩、鷹野は環状線を赤羽駅近くで降りた。

師団坂の途中にある教会の十字架を見上げる。何度も通ったが、今もまだ神を信じる気にはなれない。それでも今はここに来たい。そう素直に思った。

ここに来るのは何度目かわからない。ただし初めて来たのは、久美子の死から二か月後だ。

久美子の家はクリスチャンで、彼女の遺体はここ師団坂教会の墓地に埋葬された。警察は鷹野を追及することを諦めたが、久美子の事件以来、鷹野は手術になると手が震えるようになっていた。外科医・鷹野和也はあの時に死んでいたのだ。鷹野は絶望し、夜の街で飲んだくれた。

もう死んでもいい。かつての同僚が見かねて慰めてくれたが、何の慰めにもならない。俺はこのまま死んでいくのだな。このどこまでも落ちて行くような感覚が止まったとき、リアルな死が待っていると思った。そんな日々の中、誰かが声をかけて来た。彼は鷹野が疑われた時、助けてくれた佐伯真樹夫弁護士だった。

「これでいいのか？　彼女の遺志を無駄にしないために立ち上がれ」

綺麗ごとを言う佐伯に鷹野はいら立ちを感じた。

「偉そうに。あんたに何がわかるんだ」

　余計なお世話だと鷹野は暴力にすがった。自分でもここまで落ちたかと自虐的な笑いが込み上げてくる。しかし思いのほか佐伯は強く、返り討ちにされた。カウンターに吹っ飛ばされ、頭を打って気を失った鷹野に水がかけられる。体中の傷がその時になってうずいた。佐伯は目覚めた鷹野をかつぐように車に乗せる。

「どこへ行く気だ？」

　佐伯は答えなかった。車が停まったのがここ、師団坂教会の前だった。佐伯は久美子の過去について話した。彼女はこの近くで生まれ育った。小さい頃、父親が横領の疑いをかけられた際、佐伯に冤罪を晴らしてもらったのだそうだ。どうしても自分も弁護士になりたいと必死で勉強したらしい。理想に燃え、真相に迫った久美子は、それが原因で殺されたのかもしれない。これからどうすればいいのか。鷹野は佐伯に問うと、彼は意外な答えを返した。

「弁護士になればいい」

　思いもしない言葉だった。佐伯は久美子がやり残した事件を追ってはどうかと提案する。

「馬鹿らしい」

　突っぱねたが、言葉とは裏腹に鷹野の中に在りし日の久美子の姿が浮かんだ。久美子は鷹野のことを自分より優れた弁護士になれると言った。だがそんなことよりも、もっと合理的な思考が背中を押した。

久美子は又吉学の事件の真相まであと一歩だと言っていた。弁護士として又吉学の事件を追えば、久美子を殺した犯人がわかるかもしれない……それが弁護士になる動機だった。

それから十五年、頑張ってはいるつもりだ。だが久美子を殺した犯人も、又吉学の事件の真犯人もわからない。ここで祈りを捧げても、神はずっと黙秘権を行使している。お手上げの状態だった。しかし……。

「また来られたんですね」

牧師の冨野が声をかけて来た。鷹野は小さく、ええと返事するだけだ。彼女はどうしたのかと訊ねることはなかった。それでも鷹野が久美子の死に加えまた一つ、重い荷を新たに背負い込んでしまったことには気づいたらしく、それで十分のようだ。

長谷川は病苦で自殺したと言うが、それが嘘であることはすぐにわかった。共に食事をしたとき、長谷川は大量のタバスコをナポリタンにふりかけ、完食していた。とても胃を気にしている者とは思えない。彼は自分が中江の脅迫に屈したこと、正義を歪めたことを恥じて死を選んだに違いない。最後に鷹野へ連絡してきたのも、今思えば遺言のようなものだったのだろう。

鷹野はやりきれない気持ちのまま、祈りをささげた。

「鷹野さん」

背後から声がした。聞き覚えのある声に振り向くと、芽依の顔があった。

ここへ来ていることに気づかれていたのか。鷹野は苦笑いを返す。まあ驚くことはない。彼女は佐伯真樹夫の娘なのだから。鷹野は立ち上がった。無言のまま、芽依の脇を通り抜けようとする。

「待ってくれんか、鷹野さん」

芽依の背後には梅津がいた。

「あんたと雨宮弁護士の間に何があったかは穿鑿せんよ。一人で背負い込むのは勝手だが、手伝わせてくれてもいいだろう。同じルーム1の弁護士として」

パイプオルガンの横には桐生と杉村もいる。

「俺たちは戦力にはなりませんか」

桐生がやや怒気を込めて言った。鷹野はその若く混じりけのない瞳をじっと見つめた。戦力にならないとは思わない。桐生は優れた素質を持っている。今回の事件も、鷹野の閃きをサポートしたのは桐生だ。しかし桐生にはわからないだろう。この思いは……。

「鷹野さん、あなたは誤解しています」

桐生の指摘に、鷹野は誤解という言葉をなぞった。

「どういう意味だ？」

「俺は今回、取引を持ちかけたのは中江の方ではないか……そう指摘しました。長谷川と本田との関連も。ですが実はあれ、杉村さんに教えてもらったことなんです」

杉村は照れたように頭の後ろを掻いた。

鷹野は杉村の顔を見つめる。そうだったのか。あれはいいヒントだった。発想の転換という意味で有意義だった。

「僕らでも、少しくらいは力になれるはずです」

久美子を失ったとき、もう死んでもいいと思っていた。だが知らない内に俺は一人ではなくなっていたのか。熱いものが胸に込み上げ、鷹野は教会を出ると、立ち止まった。礼を言いたいのをぐっとこらえて、言葉を換える。

「ついて来られない奴は、切除する」

はいという返事と、ええ？　という声が混じって笑いが起きた。鷹野は口元に笑みを浮かべる。梅津がメシでも食いに行くかと誘った。杉村はガッツポーズをした。芽依も勝手にこちらのおごりだと決めつけている。

「たまにはフランス料理がいいですねえ。三つ星のとこで」

まあいいかと思ったその時、スマホが振動する。ルーム1にいる綾女からで、重大事件の弁護の依頼が入ったという。鷹野は浮かれているメンバーを見渡した。

「予定変更、帰ってカンファレンスだ」

「ええ？　本気ですか」

杉村を中心にブーイングが起きた。

「嘘をつくのは合理的じゃない」

「なんですかそれ、今から帰る方が合理的じゃないですよ」

がっくりと肩を落とす杉村たちを尻目に、鷹野は先陣をきって歩き始める。一度だけ振りかえり、教会の十字架を見上げた。


その晩、鷹野はシニア・パートナールームにいた。

東京の街並みを見下ろしつつ、考えているのはこれからのことだ。又吉学の事件から久美子を殺した犯人にたどり着きたい。

カギを握るのはやはりキムラヒデユキという人物だ。

鷹野はリーガルパッドをめくった。

お嬢様やらニートやら、ロバの絵やらおかしな人物評価が書かれている。

ここに来てすぐ、残った弁護士たちについて自分なりに分析をした。まるでブレーメンの音楽隊だと馬鹿にした。だが彼らは自分が思ったより芯があり、熱いものをもっている。又吉学の事件のことを共に追う仲間になってくれるかもしれない。

だが罪悪感がかま首をもたげていた。

自分は彼らをだましているのかもしれない。又吉学の事件を追うのは、その犯人が久美子を殺したと思うからだ。久美子を殺した犯人を見つけたい。その一心で動いている。

だが問題はそこからだ。

鷹野は鏡に映る自分の姿を見つめた。

自分の中に怪物がいる。

それは飼いならせないほど獰猛で、気を抜くと自分自身でいられなくなるようなものだ。久美子を殺した奴が赦せない。時々頭が白くなり、手が震えた。メスが握れなくなったのもそのためだ。

キムラヒデユキ。

その人物の住所も年齢もまるでわからない。ネットで探しているが、同姓同名の山に埋もれてそれらしき人物にはたどり着けない。それなのにその名前がもたらされた今、自分の中でその人物像が膨張している。

久美子を殺した人物がわかれば、俺はそいつを殺すだろう。

いやむしろ、そのためだけに生きてきた。

佐伯真樹夫はこのことに気づいていたのだろうか。それでも弁護士の道に誘い、その心を変えようとしたのだろうか。わからないまま、彼は逝ってしまった。

鷹野は弁護士バッジを手にとって裏返す。

天秤が刻まれている。マアトの天秤にのせた瞬間、きっと俺の心臓は怪物に食われるだろう。だがそれを望んでいる。それで構わないと思っている。

時はこの傷をまるで癒さなかった。教会で祈っても、神は何も答えはしない。ただ黙秘し続けるだけだ。

リーガルパッドには正義とは何か？　そんな問いがある。

有史以来、いったい何人の者がこの解答不能の問いに挑んだことだろう。一ノ瀬は真実こそが正義だと言い放った。アロンゾ・J・ハミルトンは思考停止だと答えた。そして久美子は人を幸せにすることだと微笑んだ。この難問に佐伯真樹夫は答えを出せたのだろうか。

いいさ、誰にも答えられないのだ。答えは自分で見つける。そう思いつつ、鷹野はリーガルパッドを鞄にしまった。

本書は、二〇一五年八月に小社より刊行された単行本『ＪＵＳＴＩＣＥ』を加筆修正のうえ改題し、文庫化したものです。

正義(せいぎ)の天秤(てんびん)

大門剛明(だいもんたけあき)

令和2年 3月25日　初版発行
令和5年 4月30日　5版発行

発行者●山下直久

発行●株式会社KADOKAWA
〒102-8177　東京都千代田区富士見2-13-3
電話　0570-002-301(ナビダイヤル)

角川文庫 22085

印刷所●株式会社暁印刷
製本所●本間製本株式会社

表紙画●和田三造

●お問い合わせ
https://www.kadokawa.co.jp/（「お問い合わせ」へお進みください）
※内容によっては、お答えできない場合があります。
※サポートは日本国内のみとさせていただきます。
※Japanese text only

ISBN 978-4-04-109197-5　C0193

◇◇◇

角川文庫発刊に際して

角川源義

第二次世界大戦の敗北は、軍事力の敗北であった以上に、私たちの若い文化力の敗退であった。私たちの文化が戦争に対して如何に無力であり、単なるあだ花に過ぎなかったかを、私たちは身を以て体験し痛感した。西洋近代文化の摂取にとって、明治以後八十年の歳月は決して短かすぎたとは言えない。にもかかわらず、近代文化の伝統を確立し、自由な批判と柔軟な良識に富む文化層として自らを形成することに私たちは失敗して来た。そしてこれは、各層への文化の普及滲透を任務とする出版人の責任でもあった。

一九四五年以来、私たちは再び振出しに戻り、第一歩から踏み出すことを余儀なくされた。これは大きな不幸ではあるが、反面、これまでの混沌・未熟・歪曲の中にあった我が国の文化に秩序と確たる基礎を齎らすためには絶好の機会でもある。角川書店は、このような祖国の文化的危機にあたり、微力をも顧みず再建の礎石たるべき抱負と決意とをもって出発したが、ここに創立以来の念願を果すべく角川文庫を発刊する。これまで刊行されたあらゆる全集叢書文庫類の長所と短所とを検討し、古今東西の不朽の典籍を、良心的編集のもとに、廉価に、そして書架にふさわしい美本として、多くのひとびとに提供しようとする。しかし私たちは徒らに百科全書的な知識のジレッタントを作ることを目的とせず、あくまで祖国の文化に秩序と再建への道を示し、この文庫を角川書店の栄ある事業として、今後永久に継続発展せしめ、学芸と教養との殿堂として大成せんことを期したい。多くの読書子の愛情ある忠言と支持とによって、この希望と抱負とを完遂せしめられんことを願う。

一九四九年五月三日

角川文庫ベストセラー

角川文庫ベストセラー

悪果　黒川博行

大阪府警今里署のマル暴担当刑事・堀内は、相棒の伊達とともに賭博の現場に突入。逮捕者の取調べから明らかになった金の流れをネタに客を強請り始める。かつてなくリアルに描かれる、警察小説の最高傑作！

疫病神　黒川博行

建設コンサルタントの二宮は産業廃棄物処理場をめぐるトラブルに巻き込まれる。巨額の利権が絡んだ局面で共闘することになったのは、桑原というヤクザだった。金に群がる悪党たちとの駆け引きの行方は――。

螻蛄　黒川博行

信者500万人を擁する宗教団体のスキャンダルに金の匂いを嗅ぎつけた、建設コンサルタントの二宮とヤクザの桑原。金満坊主の宝物を狙った、悪徳刑事や極道との騙し合いの行方は!?「疫病神」シリーズ!!

繚乱　黒川博行

大阪府警を追われたかつてのマル暴担コンビ、堀内と伊達。競売専門の不動産会社で働く伊達は、調査中の敷地900坪の巨大パチンコ店に金の匂いを嗅ぎつけると、堀内を誘って一攫千金の大勝負を仕掛けるが!?

ふちなしのかがみ　辻村深月

冬也に一目惚れした加奈子は、恋の行方を知りたくて禁断の占いに手を出してしまう。鏡の前に蠟燭を並べ、向こうを見ると――子どもの頃、誰もが覗き込んだ異界への扉を、青春ミステリの旗手が鮮やかに描く。

角川文庫ベストセラー

四畳半神話大系 森見登美彦

私は冴えない大学3回生。バラ色のキャンパスライフを想像していたのに、現実はほど遠い。できれば1回生に戻ってやり直したい！　4つの並行世界で繰り広げられる、おかしくもほろ苦い青春ストーリー。

夜は短し歩けよ乙女 森見登美彦

黒髪の乙女にひそかに想いを寄せる先輩は、京都のいたるところで彼女の姿を追い求めた。二人を待ち受ける珍事件の数々、そして運命の大転回。山本周五郎賞受賞、本屋大賞2位、恋愛ファンタジーの大傑作！

ペンギン・ハイウェイ 森見登美彦

小学4年生のぼくが住む郊外の町に突然ペンギンたちが現れた。この事件に歯科医院のお姉さんが関わっていることを知ったぼくは、その謎を研究することにした。未知と出会うことの驚きに満ちた長編小説。

新釈　走れメロス　他四篇 森見登美彦

芽野史郎は全力で京都を疾走した——。無二の親友との約束を守「らない」ために！　表題作他、近代文学の傑作四篇が、全く違う魅力で現代京都で生まれ変わる！　滑稽の頂点をきわめた、歴史的短篇集！

氷菓 米澤穂信

「何事にも積極的に関わらない」がモットーの折木奉太郎だったが、古典部の仲間に依頼され、日常に潜む不思議な謎を次々と解き明かしていくことに。角川学園小説大賞出身、期待の俊英、清冽なデビュー作！

角川文庫ベストセラー

いつか、虹の向こうへ　伊岡　瞬

尾木遼平、46歳、元刑事。職も家族も失った彼に残されたのは、3人の居候との奇妙な同居生活だけだ。家出中の少女と出会ったことがきっかけで、殺人事件に巻き込まれ……第25回横溝正史ミステリ大賞受賞作。

145gの孤独　伊岡　瞬

プロ野球投手の倉沢は、試合中の死球事故が原因で現役を引退した。その後彼が始めた仕事「付き添い屋」には、奇妙な依頼客が次々と訪れて……情感豊かな筆致で綴り上げた、ハートウォーミング・ミステリ。

教室に雨は降らない　伊岡　瞬

森島巧は小学校で臨時教師として働き始めた23歳だ。音大を卒業するも、流されるように教員の道に進んでしまう。腰掛け気分で働いていたが、学校で起こる様々な問題に巻き込まれ……傑作青春ミステリ。

代償　伊岡　瞬

不幸な境遇のため、遠縁の達也と暮らすことになった圭輔。新たな友人・寿人に安らぎを得たものの、魔の手は容赦なく圭輔を追いつめた。長じて弁護士となった圭輔に、収監された達也から弁護依頼が舞い込む。

本性　伊岡　瞬

他人の家庭に入り込んでは攪乱し、強請った挙句に消える正体不明の女《サトウミサキ》。別の焼死事件を追っていた刑事の下に15年前の名刺が届き、刑事たちは過去を探り始め、ミサキに迫ってゆくが……。

角川文庫ベストセラー

さあ、地獄へ堕ちよう　菅原和也

SMバーでM嬢として働くミチは、偶然再会した幼馴染から《地獄へ堕ちよう》というWebサイトの存在を教えられる。そのサイトに登録し、指定された相手を殺害すると報酬が与えられるというのだが……。

デッドマン　河合莞爾

身体の一部が切り取られた猟奇殺人が次々と発生した。鏑木率いる警視庁特別捜査班が事件を追う中、継ぎ合わされた死体から蘇ったという男からメールが届く。自分たちを殺した犯人を見つけてほしいとあり……。

見えざる網　伊兼源太郎

「あなたはSNSについてどう思いますか？」街頭インタビューで異論を呈した今光は、混雑した駅のホームで押されて落ちかけた。事件の意外な黒幕とは⁉　第33回横溝正史ミステリ大賞受賞作。

神様の裏の顔　藤崎翔

神様のような清廉な教師、坪井誠造が逝去した。その通夜は悲しみに包まれ、誰もが涙した……と思いきや、年齢も職業も多様な参列者たちが彼を思い返すうち、とんでもない犯罪者であった疑惑が持ち上がり……。

虹を待つ彼女　逸木裕

2020年、研究者の工藤は、死者を人工知能化する計画に参加する。モデルは、6年前にゲームのなかで自らを標的に自殺した美貌のゲームクリエイター。謎に包まれた彼女に惹かれていく工藤だったが――。